불한당들에게도 은총이

La grâce des brigands

# 불한당들에게도 은총이

베로니크 오발데 장편소설 | 이충민 옮김

mujintree
뮤진트리

# 차례

## Ⅳ. 그 밖의 사람들

## Ⅴ. 필리트

Ⅰ

마리아 크리스티나 바토넌

# 해변의 바람 없는 오후

못된 여동생 마리아 크리스티나 바토녠은 샌타모니카에 사는 게 정말 좋았다.

그 첫 번째 이유는 깔깔거리며 지나가는 말로 농담인 척 얘기하면 모를까 절대 남들에겐 고백할 수 없는 것이었는데, 바로 아무 때나 바닷가에서 새우 칵테일과 수박 아이스크림을 먹을 수 있다는 것이었다.

그녀는 돈 많은 관광객들이 드나드는 레스토랑에 자주 갈 여유가 있었고, 그곳에선 그녀의 이름을 알고 있는 종업원이 늘 새우에 땅콩가루를 얹어주었다. 종업원은 땅콩이라고 하지 않고 "마리아 크리스티나, 호콩을 넣었어요"라고 했는데, 이 지방 출신이 아닌 척하고 싶었던지 r 발음을 간드러지게 굴리곤 했다. 그녀는 레스토랑 테라스에 있는, 어중이떠중이 손님에겐 허락되지 않는 테이블에 앉을 권리가 있었다. 테라스를 받치고 있는 기둥 밑으로는 만灣이 펼쳐져 있어, 사람들은 거기서 태양이 수령초처럼 새빨간 후광과 함께 태평양 깊은 곳으로 사라지는 광경을 감상하면서 느긋하게 상그리아를 홀짝거리곤 했다. 또한 마리아는 마음만 먹으면 녹색 컨버터블을 집어타고 고속도로에서 액셀을 끝까지 밟을 수도 있었고, 한밤중에 멀홀랜드 드라이브를 거슬러오르면서 억만장자들의 정원(라틴어 이름을 한 고급 난초와 장미들의 심기를 거슬리지 않으려고 자정에야 물을 주는)에서 불어오는 서늘한 바람을 느낄 수도 있었으며, 사막 한복판에 조성해놓은 대나무 숲의 습기에 얼굴을 적실 수도 있었다. 집에는 가고 싶을 때 가면 그만이었다. 바닷가 쪽으로 내려가는 오솔길 근처에 차를 대충 인도에 걸치게 대놓고, 아파트 문을 꽝 닫고 열쇠를 바닥에 던져놓고, 옷을 훌훌 바닥에 벗어던지고 떠나가라 음악을 틀고, 지하실에 개인 발전기라도 있는 양 전등이란 전등은 모조리 켤 수도 있었다.

그녀는 이 모든 것을 할 수 있었지만 실제로 하는 적은 거의 없었다.

그렇게 할 수 있다는 생각만으로도 즐거웠고 그것이면 충분했다.

그렇게 사람들의 눈살을 찌푸리게 만드는 자유분방한 여자였다면 아마 마리아 크리스티나 바토넨은 훨씬 행복했을 것이다.

그런 욕망에도 불구하고 그녀가 실제로 하는 것은, 작가로 살면서 성공이 가져다준 약간의 명성을 조신하게 즐기는 것뿐이었다. 샌타모니카에 사는 게 좋은 또다른 이유가 바로 그것이었다. 그곳에는 우울하거나 병약한, 혹은 우울하면서 병약한 작가들이 많이 살고 있었고, 그들은 빙어 떼를 찾는 늙은 상어들처럼 부교浮橋를 어슬렁거리곤 했다. 모두 한때는 시나리오 작가나 교양 프로그램 진행자가 되고자 했던 이들이었다. 뜻을 이룬 사람도 아닌 사람도 있었지만, 그건 중요하지 않았다. 그들은 시가릴로(얇은 시가)를 피우면서 바다를 바라보고 탕헤르나 파리나 교토에서 사는 상상을 했다. 이 늙은 작가들 중한 명은 마리아 크리스티나의 인생에서 가장 중요한 남자였다.

마리아 크리스티나는 서른 살이었고(어쩌면 서른하나나 서른둘이었을지도 모른다), 글을 쓰는 것은 아직 괴로운 일이 아니었으며, 자신이 누리는 작가로서의 명성을 불가사의한 행운이라도 되는 것처럼 교만하지 않게, 조심스레 거리를 두면서 대하고 있었다.

1989년 6월 12일, 정확히 열두 시 사십 분에(마리아 크리스티나는 일기에 날짜와 시간을 적어두었다) 그녀는 전화 한 통을 받는다. 나중에 그녀는 약간의 과장을 보태어 이 전화가 인생의 모든 가능성을 흐릿한 추억으로, 달콤한 향수로 만들어버렸다고 생각할 것이다.

전화는 주방에서 한참 전부터 울리고 있고 마리아 크리스티나는 결국 전화를 받으려고 자리에서 일어난다. 서재에서 북유럽 문학의 표절에 관한 발표문을 집필 중이었던 터라 전화벨 소리가 짜증이 난다. 마리아 크리스티나는 조용해야만 일을 할 수 있다. 일을 하려면 세상으로부터 격리되어야 한다. 보통 그녀는 밤에 글을 쓴다. 게다가 술을 마시는 것도 밤중이다. 글쓰기, 밤, 술은 떼려야 뗄 수 없는 것들이다.

(나는 마리아 크리스티나 바토넨의 이야기를 누군가의 전기나 약력처럼, 하단에 꼭 읽어야 할 서지와 각주로 범벅이 된 문헌처럼 쓰는 것을 단념했다. 대략적인 사실 관계만을 쓰되 그녀에 대해 내가 아는 것을 가지고 쓰기로 했다. 남들에게 들은 이야기도 포함해서. 어쩌면 나는 이런 글을 쓰기에 가장 적당한 사람은 아닐지도 모른다. 나는 마리아 크리스티나를 나중에야 만났다. 하지만 나는 1994년 1월 17일까지 벌어진 일의 진상에 접근하고 싶다. 아니면 적어도 그 1월 17일에 벌어진 일의 의미만이라도 밝히고 싶고, 마리아 크리스티나 바토넨의 생애를 통해 증거들을 추적하고 싶다. 주제넘은 일이 되겠지만 나는 추측도 해볼 것이고 공란을 메우기도 할 것이고 모자란 것을 보충하기도 할 것이다. 각 상황에서 그녀가 내린 납득할 수

없는 결정들만 보면 마리아 크리스티나 바토넨의 인생은 다른 모든 사람들의 인생과 마찬가지로 뚜렷한 목적 없이 되는대로 흘러간 여정처럼 보인다. 하지만 조금 멀리서 바라보면 이 여정은 끈질기고 의지가 강한 사람이 목적지를 분명히 의식한 채 확고한 의도를 갖고 걸어간 인생에 더 가까울 것이다.)

그녀는 컬러풀한 오버사이즈 블라우스를 걸친 채 맨 발바닥을 방바닥에 딱 붙이고 어깨 사이에 머리를 파묻고는 생각에 골몰해 잔뜩 긴장한 상태로 책상에 앉아 있다.

전화벨 소리가 들리자 마리아 크리스티나는 가정부인 돌로레스 멘데스가 전화를 받으러 가서 길게 수다라도 나눌 것처럼 바스툴bar stool에 앉아 늘 그러듯 여보세요, 바토넨 빌라입니다, 라고 대답할 거라고 생각한다.

돌로레스 멘데스는 늘 여보세요, 바토넨 빌라입니다, 라고 한다. 그런 말을 들으면 이 집에 바토넨이라는 이름의 사람이 잔뜩 살기라도 하는 줄 알 것이다. 마리아 크리스티나가 사는 곳은 안마당과 수영장이 있는 레지던스 건물의 1층으로, 빌라와는 조금도 닮지 않았으며 그보다는 깨끗하게 관리된 모텔과 비슷하다. 앞면에 ABCD 꼭짓점이 있고 E에서 두 대각선이 교차하는 우아한 흰색 평행육면체 말이다.

나는 돌로레스 멘데스가 '바토넨 빌라'라는 표현을 쓰는 것이 과거 그녀가 **진짜** 부잣집들에서 일하던 시절 전화를 받을 때마다 그런 식으로 여보세요, 니콜슨 빌라입니다, 라든지 니콜슨 가족의 집입니다, 같은 JFK 시대 이전 1950년대 부르주아 냄새가 나는 인사말을 해야 했기 때문은 아닌가 생각한다.

마리아 크리스티나는 돌로레스가 그 말을 내뱉을 때마다 괴롭게 얼굴을 찌푸린다. 좌파이면서 돌로레스 멘데스를 가정부로 두는 것이 가능하단 말인가?(저녁마다 식탁에서 카이피리냐 칵테일을 함께 홀짝거리는 사이이긴 하지만 그녀가 불법 체류자인데다 아이 셋을 먹여 살려야 하는 쿠바 출신의 가정부라는 사실은 변함이 없다.) 좌파이고 지식인이고 어느 정도는 페미니스트인 사람으로서, 독재에 시달리는 가난한 섬나라에서 온 가정부가 전화기에 대고 이런 식의 표현을 중얼거리는 것을 참을 수 있단 말인가?

마리아 크리스티나는 결국 서재를 나와 전화기까지 가는 내내 툴툴거리면서 돌로레스의 이름을 여러 차례 소리 높여 부른다. 수화기를 들고 짜증나는 목소리로 "예"라는 말을 내뱉으면서, 돌로레스가 도대체 어디에 있나 주위를 살핀다. 찬장 위에 쪽지가 보인다. 전남편이 또 아이들을 납치해 가서 평소보다 일찍 떠나요, 마리아 크리스티나님이 일할 때는 방해하면 안 되니 직접 말씀드리지 못해요, 등등이 중언부언 변명조로 적혀 있다.

그런데 수화기에서 목소리가 들린다.

"마리아 크리스티나?"

십여 년 만인데도 목소리가 기억이 난다. 아니, 사람의 목소리도 늙는 법이다보니, 또한 이 목소리를 전화로 들은 적이 많지 않다보니 상대가 누구인지 즉시 알아차리지 못한다. 하지만 그녀는 갑자기 너무나 불안해졌고, 그래서 수화기를 내려놓지 않은 채 몸을 돌려 시원한 음료수나 술을 찾는다.

개수대 근처에 진gin이 조금 있다. 그녀는 그게 가능하기라도 할 것처럼 전화선을 최대한 끌어당기고 팔을 뻗어 술병을 잡으려 한다. 하지만 곧 얼마나 우스꽝스러운 짓인지 깨닫고는 거실 바닥에 주저앉아 눈을 감는다.

"응, 나야." 그녀가 말한다.

"마리아 크리스티나, 마리아 크리스티나, 마리아 크리스티나." 목소리는 곧 실성이라도 할 것처럼 멜로디를 조바꿈하면서 그녀의 이름을 되풀이한다.

마리아 크리스티나는 관자놀이를 손으로 문지른다.

"엄마, 무슨 일이야?"

그녀는 자기가 이 전기신호를 엄마라고 부르는 것에 놀란다. '엄마'라는 말이 새로 생긴 말, 아직 아무도 써본 적이 없는 말 같다. 그녀는 조금 더 큰 목소리로 다시 말한다.

"엄마, 무슨 일이야?"

"오, 하느님! 마리아 크리스티나, 소리 지르지 마."

결국 달라진 건 아무것도 없다는 사실에 그녀는 다시금, 그리고 즉시 놀란다. 속으로 생각한다, 또 징징거리겠네. 그리고 수화기에서는 어머니가 훌쩍이는 소리가 들려온다. 그것은 귀를 뚫고 들어와 폐부를 저미는 축축하고 끈적끈적한 감정의 물결이다. 그녀는 생각한다, 또 쇼하고 있네. 그녀의 어머니는 어머니답게 행동하는 사람인 것이다. 모녀는 십 년 넘게 대화를 나눈 적이 없다. 그래서 어머니는 감정이 복받쳐 오열을 삼키고 있다. 마지막으로 연락했을 때 자기 입으로 인연을 끊자고 한 것도 잊고 있다. 처녀적 성姓이 리쇼몽이었던 마르그리트 바토넨은 매사에 그렇듯 또 연기를 한다. 연기력은 형편없지만 배역에 몰입해 있다. 그녀는 늘 그런 연기가 먹힐 거라고 생각했다.

마리아 크리스티나는 주위를 둘러본다. 책 더미, 대충 쌓아놓은 잡동사니들, 튤립 화병들—돌로레스는 매주 한 번씩 현관에 있는 화병 두 개에 튤립을 꽂는다. 그것은 마리아 크리스티나에게는 필수적인 사치다. 줄기를 자른 꽃들은, 특히 나른한 튤립은 물을 조금만 많이 주어도 힘을 잃어 몸을 다시 가누지 못한다. 꽃들이 체념하고 쓰러지는 모습은 얼마나 아름다운지—도어매트 옆의 구두들, 온갖 종류의 구두들, 무난한 색깔은 거의 없는 구두들, 하얀색 타일의 이음매들, 먼지들(돌로레스는 가정부로서 훌륭한 편이 아니다), 뭉쳐서 굴러다니는 먼지들, 문 밑으로 스며드는 공기 때문에 천천히 떠도는 고양이털,

이 익숙하고 평화로운 모든 것을 바라본다.

"정말 오랜만이야."

마리아 크리스티나는 대답할 말이 없다. 타일 틈에 박혀 있던 모래를 집게손가락 끝의 말랑말랑한 살에 붙여본다.

고양이가 눈앞을 지나간다. 생각에 잠기기라도 한 듯 눈살을 찌푸리고 느릿하게 걸음을 옮기며 그녀를 무시한다. 그녀가 자기 눈높이에 있는 것을 보지 못한 척한다. 고양이는 삼색털이다. 그렇다면 암컷이라는 말이 된다.*

마리아 크리스티나는 자기 전화번호를 어떻게 알아냈냐고 묻고 싶다. 하지만 그렇게 묻는 것을 단념한다. 사실 설명 같은 건 필요 없다. 연락을 하려고 했다는 게 중요하다. 어떻게 알아냈는지, 그 외의 이야기는 수다거리, 무용담에 불과할 것이다.

"네 언니에 대해 할 얘기가 있어."

"나 지금 굉장히 바빠."

"그럼 그럼 그럼, 바쁘겠지, 알아. 하지만 중요한 일이야, 마리아 크리스티나."

(상대방을 함정에 빠뜨리기라도 하려는 듯, 꽉 잡고 놓아주지 않으려는 듯, 혹은 자기가 누구랑 얘기 중인지 잊지 않으려는 듯, 문장이 끝날 때마다 꼬박꼬박 상대의 이름을 부르는 이

---

* 삼색 얼룩 고양이는 대부분 암컷이다.

놈의 짓거리는 구역질이 난다.)

"언니가 아파?"

"네가 와봐야겠어, 마리아 크리스티나."

(질문에는 대답하지 않고 말을 돌리는 짓거리도.)

"나 못 가."(여기서 생략된 말은 분홍색 집을, 벚꽃이 만개한 그곳을, 언니를 만나려고 그 먼 길을 다시 갈 수는 없다는 것이다.)

"네가 와야 돼, 마리아 크리스티나."

"나 못 간다니까."(마리아 크리스티나는 정서불안 아동에게 말하기라도 하는 것처럼 한 음절씩 끊어 또박또박 발음한다. 게다가 갑자기 목소리가 너무 커진다. 겁에 질린 것인가?)

"네가 라페루즈에 와줘야겠어, 마리아 크리스티나."

마리아 크리스티나는 수화기를 살며시 바닥에 내려놓고 자리에서 일어난다. 팔을 뻗어서는 닿지 않는 술병을 가지러 간다. 그녀는 한 잔을 따르고 나서 다시 수화기를 든다.

"무슨 일인데?" 그녀가 묻는다.

한 모금을 넘긴다.

"그 먼 길을 가려면 무슨 일인지는 알아야 할 것 아냐."

"필리트 때문에 그래."

"필리트가 누군데?"

"마리아 크리스티나, 필리트는 네 조카야."

"메나 언니가 애가 있어?"

마리아 크리스티나는 고개를 쳐든다. 눈앞의 벽에는 포스터가 붙어 있다. '여자에게 남자가 필요한 것은 금붕어에게 핸드백이 필요한 정도다'라는 말이 적힌 포스터다.

그녀는 눈을 감는다. 고양이가 다시 앞을 지나간다. 자그마한 발바닥의 젤리 같은 살이 바닥에서 떨어지는 소리가 들린다. 그녀는 한숨을 쉰다. 어머니가 주저리주저리 사연을 늘어놓아 그녀를 옴짝달싹 못하게 할 게 뻔한데, 지금 그녀가 원하는 것은 침묵뿐이다. 그래서 그녀는 조심스럽게 입을 연다, 생각해볼게.

# 건축물의 붕괴

어머니가 무엇을 원하는지 알게 된 후 마리아 크리스티나는 상황을 설명하려고 라파엘 클라라문트에게 전화를 건다.

신호음이 족히 오십 번은 울리는데도 그녀는 전화를 끊지 않는다. 그녀는 여전히 거실 바닥 타일 위에 앉아 있다. 고양이는 무엇인가의 침입을 막기라도 하겠다는 듯 햇빛 속에서 서성인다.

고양이의 이름은 장 뤼크다. 장 뤼크 고다르 때문이다. 장 뤼크는 원래 클라라문트의 것이었는데, 그가 이사를 하면서 2헥타르짜리 정원도 없는 집에서 고양이를 키울 수는 없다고 해서 그녀가 거두게 되었다. 녀석은 암컷이지만 클라라문트는 몰랐던 것 같다. 〈경멸〉*은 그가 가장 좋아하는 영화 중 하나다. 장 뤼크는 스무 살이다. 정작 녀석은 이제 실외에 나가는 일이 거의 없다. 눈을 찌푸린 채 미동도 않는다. 움직인다고 해야 어쩌다가 너덜너덜한 발 젤리로 느릿느릿 걸음을 옮기는 게 전부다.

클라라뭉트는 전화를 받지 않는다. 마리아 크리스티나는 전화를 끊고 천천히 호흡을 고른다. 머리카락을 비틀어올린 다음 뒤통수를 벽에 기대어 머리칼이 목덜미에 닿지 않도록 고정한다. 에어컨은 아직 고장이다. 머리를 아주 짧게 잘라야겠다고 생각한다. 몇 년 전처럼 삭발을 할까. 손바닥을 타일에 댄다. 타일에는 땀자국이 남을 것이다. 냉기가 손목을 지나 간신히 팔꿈치까지 올라온다. 고양이라면 아무 흔적도 남기지 않을 것이다, 허공에 떠다니는 수많은 적갈색 장모長毛를 제외하면.

그녀는 몸을 일으켜 냉장고에서 탄산수를 꺼낸다(그녀가 탄산수를 꺼내는 것을 골백 번은 보았기에 나는 그 장면을 정확히 재현할 수 있다). 한 손으로 냉장고 문을 잡고 탄산수를 병째로 들이컨다. 머리를 뒤로 젖히다가 균형을 잃고 쓰러지기라도 할 것 같다. 두 발로 서는 법을 이제 막 배우기라도 한 것 같다. 탄산수 때문에 목구멍 안쪽이 따갑다. 진을 마실 때와 비슷한 느낌인데, 시원하기까지 하다.

그녀는 침실에 가서 원피스를 걸친다. 생각에 몰두해 눈을

---

* 장 뤼크 고다르의 1963년 작.

거의 감은 채 걷는다.

그녀가 고른 것은 퍼시픽블루 원피스다. 그녀가 그 옷을 처음 입었을 때 그 표현을 쓴 것은 클라라문트였다. 아주 먼 바다가 아니면 이곳의 태평양은 파랗지 않다. 이 지역은 안개가 많아 거의 언제나 해가 쨍쨍한데도 하늘은 12월의 수프처럼 붉은빛이 감돈다.

그녀는 머리카락을 틀어올린다. 머리카락은 뚜렷한 갈색이지만 염색 때문인지 탈색 때문인지 햇빛 때문인지, 아니면 세 가지 이유 모두에서인지 군데군데 빨간색 브리지가 들어가 있다. 머리카락은 엉클어져 있어서 틀어올리면 영락없는 새 둥지꼴이 된다. 그녀는 주홍색 립스틱을 바른다. 마리아 크리스티나는 이 선명한 립스틱 외에는 화장을 전혀 하지 않는다. 클라라문트의 밑에서 일하던 시절이라면 아이섀도를 떡칠하지 않고 그에게 얼굴을 보이는 일은 결코 없었을 것이다. 화장이 비극의 여주인공 같은 광채를 준다고 생각했던 것이다.

그 뒤로 그녀는 립스틱만 바른다. 햇볕이 피부를 태워 눈가에 감동적인 작은 주름이 잔뜩 생겨도 개의치 않는다. 물론 그게 감동적이라는 것은 자기 생각일 뿐이다. 언젠가부터 그녀는 실제 나이보다 늙어 보이기로 했다. 이 결정은 더 큰 계획의 일부다.

그 밖의 것들을 이야기하자면, 마리아 크리스티나는 작고 호리호리한 여성이다. 운동을 조금만 했다면 단단한 몸은 훨씬 균형 잡힐 수 있었을 것이다. 하지만 지금도 그녀는 자기 몸이 마음에 든다. 그녀는 자기 몸을 늘 자신과 함께해온 양질의 실용적 액세서리 정도로 여긴다. 그녀는 자신의 몸과 정신 사이에 상관관계가 없으며—그녀는 자기 정신이 유동적이고 연약하며 떨리는 홀로그램 비슷한 것이라고 느낀다—몸은 정신의 운송수단일 뿐이라고 생각한다. 지금으로서는 그런 식이다.

마리아 크리스티나는 상대의 평가 기준이 어떻든 간에 자신이 예쁜 여자의 범주에 속한다는 것을 알고 있다. 그녀에게는 일종의 불안정한, 과도기적 아름다움이 있다. 그녀는 남들을 흉내 내는 데에 탁월한 재능이 있어서, 자기가 멋있다고 생각하는 이들이나 친해지고 싶은 이들의 걸음걸이나 리듬을 곧잘 따라 했다(그녀는 구김살 없는 유복한 집 아가씨들이 어떤 상황에든 녹아드는 것을 무척이나 부러워했다).

마리아 크리스티나는 때로 사회 모순이 가득한 세상에 살기도 한다.

그녀는 집을 나와 인도변에 주차해둔 자동차를 찾으러 간다. 그 자리에는 노숙자 두 명이 살고 있는데 무슨 이유인지 주민들의 불평에도 불구하고 이사 갈 생각을 하지 않는다. 두 사람 중 다리가 하나 없는 쪽은 전직 경찰이라는 말이 있다. 무릎 위쪽에서 다리가 잘렸는데, 매트리스 옆에 놓인 판지에 베

트남에서 다리를 잃었다고 적혀 있다. 두 사람은 걸핏하면 다툰다. 욕설을 퍼붓고 멱살을 잡으면서 들러붙어 드잡이를 벌이다가 기진맥진한 권투 선수들처럼 서로 떨어진다. 그래봐야 고루한 주정뱅이 노인네들에 불과하다. 얼마 전 마리아 크리스티나는 인근 주민이 일요일 아침에 창문을 열어놓고 직소기를 사용했다며 그들이 욕지거리하는 것을 들은 적이 있다.

그녀는 두 노숙자에게 인사를 한다. 그들은 공주님이라고 부르면서 굽실거리고 아양을 떤다. 뒤쪽에서 그들이 킥킥거리면서 역겨운 신음 소리를 내는 게 들린다. 파란색 원피스 때문이다. 그러자 그녀는 이 동네 사람들이라면 절대 하지 않을 행동을 한다. 그들을 돌아보며 가운뎃손가락을 똑바로 치켜든다.

레지던스 1층의 테라스 있는 집의 주인인 머리 씨는 그자들이 성범죄자는 아닌지 확인해봤다고 했다. 마리아 크리스티나는 그런 것을 어떻게 확인할 수 있는지도 모르겠고, 그게 머리 씨와 무슨 상관인지도 모르겠다. 자식도 아내도 없는 사람과, 가진 거라고는 개 한 마리와 적정 체중에서 150파운드 초과되는 살덩이밖에 없는 사람과.

마리아 크리스티나는 차에 시동을 걸고 패서디나 쪽으로 출발한다. 그쪽 동네는 공기 중에 계蛋 냄새가 심하지 않다. 그녀는 도중에 딸기를 사려고 자갈밭 주차장이 달린 번쩍이는 쇼윈도의 청과물 가게에 차를 세운다. (조립식 건물 위에 있는 거대한 오렌지가 지나가는 운전자들에게 미소 띤 얼굴로 눈길을 보낸다.) 그녀는 제 크기가 아닌 과일들을 보면 사족을 못 쓴다. 캘리포니아에서 토마토는 멜론만큼 크고 멜론은 수박만큼 크다. 꼭 옛날 SF영화 같다. 과일들은 상점의 네온 조명을 받아 상냥하면서도 음산하게 반짝인다.

그녀는 딸기 한 상자를 산다. 딸기들은 대사만 없을 뿐 만화 속 인물들과 똑같다. 딸기는 그녀가 먹을 게 아니다. 이렇게 자연의 섭리에 어긋나는 과일을 먹을 생각은 추호도 없다. 딸기는 인공적이라면 뭐든지 좋아하는 클라라문트를 위한 것이다.

클라라문트는 마리아 크리스티나가 사는 곳과 비슷한 종류의 레지던스에 살고 있다. 그는 그곳을 좋아하지 않는다. 마리아 크리스티나가 그를 처음 만났을 때 그는 거대한 정원이 딸린 저택에 살고 있었다. 원주인이었던 노부인이 1952년 프랑스에서 자재를 공수해 비벌리힐스에 지은 저택이었다. 그곳에서 이 무성영화 시대의 옛 스타 여배우는 가짜 박제 동물들과 튈르리 정원에서 가져온 진짜 석재들에 둘러싸여 기품 있게 쇠락해갔다. 저택의 정원에는 온실이 하나 있어 노부인은 그곳에서 손님들을 맞이했고, 노부인이 죽은 뒤 집을 구입한 클라라문트도 똑같이 온실에서 손님들을 맞이했다.

좁은 복도와 전자식 도어록이 있는 레지던스는 그처럼 으리으리한 곳을 대신할 수 없다. 클라라문트는 유지비가 적게 드는 현대식 건물에 사는 것의 불편함을 한참씩 열거하곤 한다. 그는 복도에 있는 긴 의자를 꺼내 통로를 막고 태양의 행로를 따라 하루 종일 10센티미터씩 자리를 옮긴다. 마리아 크리스티나가 볼 때 그렇게 줄곧 햇볕 아래 있으려 하는 것은 어떤 형태의 절망, 순종견純種犬의 우아한 우울증이다.

클라라몬트는 그녀가 도착하는 것을 3층 회랑에서 본다. 평소 남들을 불편하게 만들 요량으로 키워온 무시무시한 직감 덕에 눈을 뜨지 않고도 마리아 크리스티나가 레지던스에 침입한 것을 파악한다. 그는 굳이 그럴 필요가 없는데도 소리를 질러 자기가 있다는 사실을 알린다.

그녀는 그가 있는 곳까지 기어올라간다. 그는 눈을 감은 채 얼굴 근육 하나 움직이지 않으면서 책이 여러 권 쌓여 있는 스툴을 가리킨다. 평소와 다름없이 흰색으로 빼어 입고 있다. 그런 집에 사는 사람이면 리넨이나 면으로 된 셔츠를 입을 것 같지만 사실 그는 합성섬유를 선호한다. 손톱으로 긁으면 신경 거슬리는 소리가 나고 땀 냄새로 상대를 불편하게 만들 수 있기 때문이다. 라파엘 클라라몬트에게 상대를 불편하게 만드는 것보다 더 재미있는 일이 무엇이란 말인가?

마약 남용이 노벨 문학상의 꿈을 앗아가기 전까지만 해도 라파엘 클라라몬트는 대단한 작가였다(죽지도 않은 작가에게 과거시제로 '대단한'이라는 말을 붙일 수 있는지 모르겠지만).

이제 그는 헤로인을 빨고 음식을 먹어대는 것 말고는 별로 하는 일이 없다. 성장호르몬과 유제품으로 어린아이들을 키우는 나라의 기준에서 보아도 그는 평균 체중을 상당히 웃도는 비만이다.

마리아 크리스티나의 어머니가 그를 만났다면—물론 두 사람이 만난다는 것은 어떤 시공간에서도 절대 불가능할 일이지만, 어머니가 신비한 우연으로 그 정도 덩치의 사람을 보게 되었다고 치면—어머니는 기골 한번 장대하네, 라고 했을 것이다. 하지만 그가 내보이는 조금은 퇴폐적인 나른함 앞에서 그런 평가는 쏙 들어간다. 라파엘 클라라문트는 엄청난 거구지만 사람들에게 쇼크를 유발하고 재미있어하는 것 말고는 그 유별난 체구를 쓰는 일이 없다.

십 년 전 마리아 크리스티나는 그를 매우 사랑했다. 지금도 그렇다고는 하기 어렵다.

"내 인생의 빛께서 어인 일로 이 늙은 기둥서방을 찾아오셨나." 천천히 몸을 돌리면서 그가 말한다.

그는 예리한 눈으로 그녀를 바라본다. 부자연스러울 정도로 선명한 벽안碧眼인데다 동공은 핀헤드만큼이나 작다. 얼굴이 보통 사람과는 차원이 다르게 넓적해서 파묻히는 감이 있지만, 이목구비는 매우 수려하다. 마치 원근법이 맞지 않는 그림을 보는 것 같다.

어떤 면에서 마리아 크리스티나는 거기에 매료되어 있다. 그녀는 손님을 냉랭하게 맞이하는 그의 태도가 절대왕정 및 그 후손들과 관계가 있다고 생각한다. 그녀는 그가 잔인한 군주를 연기하는 배우 같다고 여긴다. 자신의 '인생의 빛'이라는 것은 특권일 뿐 아니라 책무임을 끊임없이 상기시키는 군주 말이다.

마리아 크리스티나는 거대한 딸기들을 소파테이블로 쓰이는 스툴에 내려놓는다.

"집 안에 들어가서 물 한 잔 마시고 올게." 그녀가 말한다.

"어디 가지 않을 테니 천천히 다녀오세요, 내 오감伍感의 쾌락님."

어둠침침한 클라라문트의 아파트는 그가 저택을 다시 팔아야 했을 때 처분하지 못한 온갖 잡동사니 천지다. 그는 햇빛에 책과 그림들이 상할까 두려운 듯 나무 차양을 늘 내려둔다. 바깥의 햇살이 강렬해 동굴에 들어가는 것 같은 느낌이 더욱 심하다. 실내는 어둡다보니 서늘해 보인다. 하지만 실은 후텁지근하고 캄캄하다. 그 즉시 마리아 크리스티나는 클라라문트의 냄새에, 매캐하고 축축하고 양분이 많은 것 같기까지 한 남자 냄새에 휩싸인다. 그녀는 냄새를 허파 깊숙이 들이마신다. 그가 늘 하고 다니는 실크 스카프를 빼앗아 집에 가져가서 원할 때마다 그의 냄새를 맡고 싶다. 아주 잠깐이나마 그런 욕망이 지속된다. 신발에 나무가시가 들어간 것 같은 기분이다. 마리아 크리스티나는 고개를 저어 그런 욕망을 부정하고는 눈을 크게 뜨고 곧장 수도꼭지 쪽으로 간다. 물이 미적지근하고 약품 냄새가 심해 수도를 잠시 틀어둔다.

"냉장고에 물 있어." 클라라문트가 바깥에서 외친다.

마리아 크리스티나는 냉장고를 연다. 거대한 배불뚝이 냉장고가 윙 하고 모터 소리를 낸다. 그 환한 뱃속에는 먹을 것이 수북하다. 먹을 것들은 반투명 플라스틱 용기에 담겨 있는데, 음식 종류에 따라 뚜껑 색깔도 다르다. 빨간색 뚜껑은 야채이고 녹색은 쇠고기(미트볼, 스튜, 고기 조림), 파란색은 닭고기, 노란색은 수프인 식이다. 뚜껑 색깔도 아무렇게나 정한 게 아니다. 그것만 봐도 클라라문트가 상투적인 것을 싫어함을 알 수 있다. 마리아 크리스티나는 냉장고 문에서 물을 꺼내고는 살짝 열린 방문틈으로 클라라문트의 서재를 들여다본다. 서재 안은 모든 것이 폼페이처럼 아주 얇은 화산재에 덮여 화석이 된 것 같다. 컴퓨터야 이천 년은 된 것이니 작동할 리가 없다. 하지만 손으로 적은 메모들이 옆에 놓여 있고 책 더미가 불안하게 쌓여 있어서, 조금 전까지 누가 일을 하고 있었다고 해도 믿을 지경이다. 그녀는 잠시 서재에 들어간다. 그의 밑에서 일하던 시절이 떠오른다. 지금은 모든 게 뒤죽박죽이다. 오래 전의 출판 계약서들이 방바닥에 흩어져 있다. 그녀는 계약서들을 주워든다. 그리고 눈앞에 펼쳐진 두 페이지를, 보지 말았어야 할 두

페이지를 저도 모르게 읽는다. 아니, 방 안이 그토록 난장판이었던 것은 클라라문트가 레베카 스테인과 작성한 계약서들을 그녀가 읽게 하려는 하늘의 뜻이었는지도 모른다. 그녀는 자기가 읽은 문구의 의미를 즉시 가늠하지 못한다. 나중에 필요할 때 꺼내볼 참으로 어딘가에 정보를 쑤셔넣기라도 하는 것 같다.

마리아 크리스티나는 다시 눈부신 빛 속으로 나와 클라라문트 옆에 앉는다.

"요즘 어떻게 지내?" 그녀는 애초에 하려고 했던 이야기를 과연 해야 할지 확신하지 못한 채로 말문을 연다.

"보다시피 대지진을 기다리면서 내 야성적 충동을 쫓으려하고 있어. 그런데 옆집 애송이가 신경을 긁으면서 계속 방해를하네. 그 자식은 전화를 할 때마다 꼭 베란다 난간에 몸을 기대고 하거든. 전화선을 복도까지 끌고 와서 한없이 떠들어대는거야. 비열한 인간이 자기 궁궐에서 무슨 일을 하건 알 바 아니긴 한데, 놈은 에이전트를 하루 종일 달달 볶고 있어, 아니면여기저기 데이트 약속을 잡거나. 우리 언덕* 사교계의 총아가되고 싶은 거지. 글쎄 자기 아파트에서 **창문을 활짝 열어둔 채로**남자들 좆을 빠는데, 평민답게 거드름을 피우면서 그 취미에

---

* 비벌리힐스를 말한다.

빠져 있다니까. 요즘 세상에도 평판이라는 게 존재했다면 내가 기꺼이 그놈 평판을 망가뜨려줬을 텐데 말이야."

온갖 수사를 동원하는 클라라문트의 말투는 많은 사람들을 짜증나게 하지만 마리아 크리스티나는 그게 재미있고 듣다보면 익숙한 곳에 온 것처럼 긴장이 풀어진다. 그녀는 그의 손을 잡고 손가락 두 개를 쥔다. 그는 그 압박에 반응해 한쪽 눈을 뜬다.

"무슨 일이야, 여기를 다 오고? 은총이 가득하신 마리아님께서."

"어젯밤 꿈에 왼손 손가락이 일곱 개인 남자가 나왔어."

"그 얘기 하려고 온 건 아닐 거 아냐?"

"응."

"안 좋은 일이라도 있어요, 아름다우신 마리아님?"

"이런저런 질문을 해보고 있어."

"무엇에 관해서?"

"아이들."

그는 놀란 표정으로 그녀를 쳐다보더니 눈살을 찌푸린다.

"혹시 내 아이를 갖고 싶은 거라면 말이야, 아니면 배 속에서 조금이라도 움직임이 느껴진다면 말이야, 이건 분명히 알아둬. 물론 내가 만약 누군가와 아이를 갖는 문제를 상의하려고 한다면 제일 먼저 당신하고 이야기할 거야. 당신 말고는 그럴 사람도 없고. 하지만 문제는 이제는 내가 그쪽으로는 완전히 포기했다는 거야. 나는 이제 아무하고도 자지 않아. 게다가 나는 남자 구실도 못하는 뚱보에 불과하다고."

"그런 얘기가 아니야."

"그런 부탁을 하려는 게 아니라면 좋아, 어찌된 일인지 설명해봐."

마리아 크리스티나는 한숨을 쉰다.

"당신은 임산부들을 싫어하잖아."

"그렇지 않아. 애를 배면 보통 외모가 별로가 되잖아. 그 점이 약간 내 미학적 기준에 거슬리는 거지."

"그런 식으로 말하지 좀 마. 미성년자들의 자그마한 젖통이나 완벽한 엉덩이만 생각하는 끔찍한 남성우월주의자 같잖아."

"하지만 그게 사실이 아니라는 걸 알잖아, 이 날라리 아가씨야!"

클라라문트는 웃음을 짓더니 마리아 크리스티나의 손을 자기 입에 갖다 대고 자기 손은 그녀의 허벅지에 얹는다. 그는 손도 크기가 범상치 않다. 복슬복슬한 작은 짐승이 마리아 크리스티나의 허벅지 위에서 잠들기라도 하려는 것 같다. 게다가 그녀는 갑자기 몸이 후끈거리는 느낌이 든다. 일종의 두개골 밑 통풍 문제다. 매사에 잘난 체하는 뚱보 약쟁이를 보고 이런 상태가 되는 걸 어떻게 설명할 수 있단 말인가?

"설마 임신한 건 아니겠지?"

"아니야, 그건 절대 아니야."

"그럼 무슨 일인데?"

"어머니한테 전화가 왔어."

"…"

"십 년 동안 서로 얘기를 한 적이 없거든."

"놀랍네."

"뭐가?"

"어머니가 전화했다니까. 십오 년 전에 죽었다고 했잖아."

"어머니가 죽었다고 한 적 없는데."

"그렇게 썼잖아."

"클라르, 그 책은 소설이야."

"수준 낮은 질문 해서 미안한데, 그러면 당신 첫 소설에서는 어머니가 죽은 이야기만 빼고 전부 진짜였던 거야?"

"언니가 죽은 것 하고."

"언니가 살아 있다고? 어머니가 신주 모시듯 하는 무슨 종교 행사에 가다가 자동차 사고로 죽은 게 아니었어? 그 종교 행사 이야기는 진짜라 치고 말이야."

"응, 언니는 안 죽었어."

"듣던 중 다행이네."

클라라문트는 앉아 있던 의자에 더 꼭 파묻히더니 마지막으로 상황을 정리해보려 한다.

"그러면 왜 어머니와 언니가 살아 있다는 얘기를 한 번도 안 한 거야?"

"내가 당신한테 어머니랑 언니 얘기를 제대로 한 적이 있기나 해?"

"얘기한 적 있어. 항상 과거시제로 말하기는 했지만."

마리아 크리스티나는 대화가 이상한 방향으로 흐르고 있다는 것을 깨닫는다. 그녀는 클라라문트가 자신에 대해 조금이나마 아는 게 있다는 것에 잠시 놀란다.

그는 어느새 그녀의 허벅지에서 손을 거두었다. 몇 년 전 그녀가 그를 떠났을 때처럼 자존심이 상한 듯하다. 그녀는 그가 무언가 비꼬는 말을 할 것임을 느낀다. 그녀에게 상처를 주려 할 것이다. 그는 왜 어머니와 언니의 죽음만이 책에서 실화가 아닌지 묻지 않는다. 그녀가 자기를 믿지 않았다는 것이 불쾌하다. 하지만 먼저 말을 꺼내는 것은 그녀다.

"그만 얘기하자."

"마리아 크리스티나, 난 당신이 이해가 안 돼."

"그만 얘기하자고."

그녀는 자리에서 일어난다. 바깥으로 들고 나왔던 술잔을 갖다놓으려고 아파트의 어둠 속으로 복귀한다. 주방에 하나밖에 없는 의자 끄트머리에 알록달록한 무늬의 보라색 스카프가 걸려 있는 게 보이자 그것을 집어 목에 두른다.

"또 들를게, 클라르. 바람 좀 쐬어야겠어."

"가봐."

태도만 보면 불청객이라도 쫓아내는 듯하다. 클라라문트라는 남자는 가끔 자존심이 지나쳐 손해 볼 일을 하기도 한다.

마리아 크리스티나는 레지던스에서 나와 차에 탄다. 시계를 보고는 조앤이 일하는 식당에 가면 그녀를 만날 수 있을 거라고 생각한다.

# 자기 자리를 찾아가는 여인들

마리아 크리스티나에게 가장 친한 친구라는 것이 있다면 조앤은 그에 가장 가까운 사람일 것이다. 두 사람은 마리아 크리스티나가 캘리포니아에 도착해 클라라문트의 밑에서, 그의 저택에서 일하던 시절에 알게 되었다.

조앤은 마리아 크리스티나의 룸메이트였는데, 곧 그녀가 임신했다는 것이 밝혀졌다. 두 사람은 함께 아기의 탄생을 기다렸다. 그 무렵에는 지진이 잦았는데, 마리아 크리스티나는 처음에는 겁에 질렸고 나중에는 그저 혼란스러워했다. 조앤은 소파에 누워 아이스하키 중계를 보고 파프리카 칩스와 탄산음료를 입안에 들이부으면서 시간을 보내곤 했다.

아기가 태어났다. 남자아이였다. 조앤은 친정아버지의 이름을 따서 아기에게 루이스라는 이름을 붙여주었다. 마리아 크리스티나는 갓난아기의 모든 옷에 이름을 수놓아주었다. 그녀는 어머니에게 롱앤드쇼트 스티치, 레이지데이지 스티치, 펀 스티치, 오픈리프 스티치, 크로스 스티치를 배운 적이 있었다. 그 기술이 마침내 무엇인가에 소용된다는 게 기뻤다.

루이스는 이제 열두 살쯤 된다. 루이스는 빨간 바지에 한 손에는 징 박힌 핑거리스 가죽장갑을 끼고 다닌다. 루이스는 착한 아이처럼 보이고 싶어 하지 않는 착한 아이다. 루이스는 정기적으로 마리아 크리스티나가 사는 레지던스의 수영장에 와서 수영을 한다.

조앤은 술집 여급이다. 월말에 청구서들이 밀리면 폰섹스 일을 하기도 한다. 유료 번호로 전화를 건 남자들과 대화를 나누면서 자기가 무슨 옷을 입고 있는지 얘기하고, 그들의 목소리가 자신을 흥분시킨다고 말하고, 같이 있다면 무슨 짓을 하고 싶은지 얘기한다.

조앤이 그런 남자들의 전화를 받는데 마침 마리아 크리스티나가 옆에 있을 때도 있다. 그녀는 친구가 포르노 영화라도 찍는 것처럼 굉장히 외설적인 말을 하는 것을 귀 기울여 듣는다. 조앤의 폰섹스 네임은 달리아이다. 남자들의 성욕은 마리아 크리스티나에게 늘 경탄의 대상이다. 그에 관한 글을 써야겠다는 생각을 이미 여러 번 했다. 조앤에게 그 생각을 얘기하자 조앤은 좋은 생각이라고 여겼지만 곧 자기가 마리아 크리스티나의 책에 등장하는 것에 두려움을 느꼈다.

"회사 측하고 문제를 일으키고 싶진 않아."

"그럴 리 없어. 다큐멘터리도 아니고 증언록도 아니잖아. 소설을 쓰려는 거라고."

"알았어, 알았어."

하지만 가끔 조앤은 전에 비해 친구의 직업을 불편하게 여기는 듯하다. 마리아 크리스티나가 성공을 거두었기 때문일 수도 있고, 여자 소설가들은 주변 사람들의 인생을 도둑질한다는 속설 때문일 수도 있다. 이 문제를 숙고해보았다면 마리아 크리스티나는 조앤의 경계심에 상처를 받았을 것이다. 그래서 그녀는 그 일을 너무 깊이 생각하지 않으려는 편이다.

마리아 크리스티나는 조앤이 여급으로 일하는 가게 앞 주차장에 차를 댄다. 그곳은 식당 겸 화랑 겸 술집 겸 공연장이다. 내부의 벽은 모두 검은색으로 칠해져 있다. 그곳에서 일하는 사람들은 젊고 미혼에 문신을 하고 이상한 옷을 입는다. 조앤은 그들보다 나이가 많다. 그녀에게는 과거 예술가들에게 영감을 제공하던 여인 같은 구석이 있다. 여자 모델이 패션 디자이너에게 뮤즈가 되었던 식으로 말이다. 하지만 실제로는 전혀 아니다. 그녀는 웃음소리가 아주 크고 굉장히 날씬하고 모든 사람을 '코코(귀염둥이)'라고 부른다. 조앤은 나이 먹는 것을 편안하게 받아들이고 있다. 그녀가 싱글맘이라는 사실은 이곳의 누구에게도 문제가 되지 않는다.

마침 조앤이 담배를 피우려고 밖으로 나온다. 까만 벽들 사이에 갇혀 있다보면 바깥 공기가 쐬고 싶어진다는 게 그녀의 단골 대사다. 또 그녀는 전화 통화를 가게 밖에서 한다. 그녀에겐 모토로라 휴대전화가 있다. 마리아 크리스티나가 기억하기로 폰섹스 회사에서 마련해준 것이다. 아직은 휴대전화를 쓰는 사람이 거의 없는 시대다. 마리아 크리스티나는 휴대전화에 아무 매력을 느끼지 못한다. 남들이 아무 때나 자기에게 연락할 수 있다는 생각 자체가 마음에 들지 않는다. 그녀는 조앤이 식당 주차장에서 혼자 얘기하는 것이 우스꽝스럽다고 생각한다. 조앤, 그건 남들에게 종속되는 거잖아, 라고 말해보지만 조앤은 어깨를 으쓱할 뿐이다. 조앤은 남들이 없는 물건을 소유하는 것을 좋아한다.

마리아 크리스티나와 조앤은 서로 입을 맞추고 그늘 밑 작은 담장 위에 걸터앉는다. 마리아 크리스티나는 햇볕을 받아 뜨거워진 쇄석 냄새도, 라디오를 들으려고 시동을 끄지 않는 머저리들이 뿜어대는 배기가스 냄새도 좋아하지 않는다. 조앤은 마리아 크리스티나가 그러는 것을 재미있어하면서 툭하면 마리아 크리스티나가 '촌년'이라서 그렇다고 한다. 그러면 마리아 크리스티나는 고래고래 소리를 지르면서 자기는 시골을 혐오한다고 대꾸하고, 아스팔트가 구두창에 들러붙는 것처럼 그놈의 타르 냄새가 허파에 들러붙어 싫은 거라고 설명한다.

바람 한 점 없는 것이 일요일 오후 같다. 멀리 패스트푸드점 근처, 작열하는 태양 아래, 치킨너겟을 먹으려고 까마귀들이 싸우고 있다. 까마귀들은 그곳에 살면서 육식만 하게 되었다.

"엄마한테 전화가 왔는데 언니한테 애가 있다더라." 마리아 크리스티나가 말을 꺼낸다.

"좋은 소식이네."

"꼭 그렇지는 않아."

"아, 맞다, 그렇지, 언니가 약간 (조앤은 집게손가락으로 관자놀이를 두드린다) 정신이 나갔다고 그랬지?"

"응, 맞아."

"그러면 애는 어떤데?"

"모르겠어."

"남자애야, 여자애야?"

"남자애래."

"이름은 뭔데?"

"필리트."

"필-리-트? 그런 이름도 있어?"

"있나보지."

"무슨 먹는 것 이름 같아. 초코바 같은 거. (조앤의 목소리가 고음이 된다.) 아몬드 필리트를 꼭 먹어보세요."

"그럴 수도 있지."

"아니면 무슨 만성 질병 같아. 필리트가 재발해서 밤새 앓았어요."

마리아 크리스티나는 코를 찡그린다. 문제의 조카에 대한 질문거리와 농담거리가 다 떨어졌는지 조앤은 잠시 말을 멈추더니 건물 밖으로 나올 때 들고 온 작은 금속 갑에 담배꽁초를 쑤셔넣는다. 사장은 가게 앞 땅바닥에 꽁초가 굴러다니는 것을 좋아하지 않는다.

"지난주에 체육관에서 만난 남자 얘기했나?" 그녀가 다시 말을 잇는다.

"아니. 하긴 얘기했는지도 모르겠다. 기억이 안 나."

"너는 내가 하는 얘기는 하나도 기억 못 하더라."

"아니야. 네가 만나는 남자가 너무 많아서 기억을 못 하는 거지."

"그렇게까지 많지는 않아."

"넌 어떻게 그러는지 모르겠어. 나는 아무 남자도 안 만나잖아."

"아직도 그놈의 클라라문트를 사랑하고 있으니까 그렇지."

"말도 안 돼."

"아니면 네가 서재 밖으로 나오는 일이 없는 거든지."

"조, 일을 하느라고 그런 거잖아."

"아니야, 네가 생각이 너무 많아서 그래."

그런 말은 지극히 수동적으로 사는 사람이나 아무것도 아닌 일로 스스로 불행해지는 사람들한테나 하는 거잖아, 마리아 크리스티나는 생각한다. 하지만 깊이 생각하는 것은 그녀의 직업에서 큰 부분을 차지하고 있지 않은가? (클라르가 자신을 나무라는 소리가 들린다. 글을 쓰는 건 직업이 아니야. 그녀는 잊지 않기 위해 이 격언을 팔뚝에 문신으로 새겨야겠다고 생각한다.)

"그냥 인사나 하려고 들른 거야. 우리 언니 아들 얘기도 할 겸 해서."

"네 조카."

"내 조카."

"필리이이트." (조앤은 이 이름을 발음하면서 눈알을 굴린다.)

"엄마는 내가 가서 그 애를 데리고 왔으면 하더라고."

"캘리포니아 구경이라도 시켜주라고? 근데 걔 몇 살이야?"

"모르겠어."

"아는 게 별로 없네."

"사실은, 엄마는 내가 그 애를 데리고 있으라는 거야."

"데-리-고-있-으-라-고?"

"응, 데리고 있으라고."

조앤은 휘파람 부는 소리를 낸다.

"무슨 헛소리야." 그녀가 말한다.

그러고는 제자리 뛰기를 하면서 덧붙인다.

"나 들어가봐야 해. 그 닉이라는 바보 자식이 휴식 시간을 감시하거든. 나중에 전화할게, 다시 얘기하자."

마리아 크리스티나는 그녀가 가는 것을 바라본다. 조앤은 손을 흔들어 인사하고 어깨 너머로 키스를 보낸다. 너무 금방 자리를 뜨는 것 같아 입으로 소리는 내지 않고 '걱정하지 마'라고 말한다. 그리고 스윙도어를 지나 어둠 속으로 사라진다.

# 은총

다음 날 아침 마리아 크리스티나는 공항으로 출발한다.

전날 밤 조앤에게서는 전화가 오지 않았다. 마리아 크리스티나는 조앤을 원망하지 않는다. 그들의 우정은 그렇게 세심하지 않다.

저녁 내내 그녀는 이 난처한 상황을 설명하고 의견을 구하려 했던 세 명 중 두 명이 대화를 회피했다는 사실을 곱씹었다. 그녀는 주디 갈런드와 얘기하려고 그의 CB(생활무전기)를 호출해보았지만 어딘가 외출이라도 했는지 답이 없었다. 그녀는 자기가 주변 사람을 고르는 데 소질이 없다고 결론 내렸다.

그녀는 짐을 꾸렸다. 물건을 정돈하는 법도 모르고 옷을 개는 법도 몰라 그냥 아무렇게나 가방에 쑤셔넣었다. 장 뤼크에게 밥을 주고 녀석을 잘 돌봐달라고 돌로레스에게 메모를 남겼다. 메모에는 며칠 집을 비울 거라고 적었다. "북쪽에서 처리할 일이 있어요." 왜 그런 식으로 썼는지는 그녀 자신도 모른다. 누가 보면 알래스카에 살인사건이라도 수사하러 간 줄 알 것이다.

마리아 크리스티나는 주차장에 차를 대고 탑승 수속을 무사히 마치고 거대한 대기실에 자리를 잡는다.

책도 읽을 수 없고 일도 할 수 없는 상태이지만 UCLA에서 발표할 내용에 대한 자료는 일단 챙겨왔다. 하지만 정신은 온통 라페루즈에서 자신을 기다리고 있는 일에 쏠려 있다. 단서가 거의 없다보니 이런 노력은 아무 소득이 없다. 그녀는 어머니가 지금 어떻게 생겼는지조차 모른다. 몇 년 뒤의 자기 얼굴을 보게 될까 두렵다. 그러다가 이내 자기가 집안 색깔을 없애려고 많은 노력을 기울였으며 이제는 서로 간에 비슷한 점이 별로 없을 거라고 생각하고는 마음을 편히 먹는다. 자신은 부모님과는 체형도 얼굴 생김새도 다르다. 그녀는 두려움과 안도감 사이를 끝없이 왕복한다.

마음을 진정시키기 위해 주위 사람들에 집중해본다. 마리아 크리스티나는 못생기고 싹싹한 여자들만 보면 정신을 못 차린다. 피부염으로 홍반 비슷한 게 잔뜩 뒤덮인 희고 굵은 팔뚝, 목살에 묻혀 실종된 턱, 살이 쪄서 밋밋한 얼굴선, 단추 같은 입, 안경 때문에 쪼그라든 눈(우스꽝스러운 안경테와 두꺼운 근시용 렌즈). 이런 여자들은 희한하게 생긴 목걸이(말도 안 되게 큰 나무 구슬들로 만든)와 헐렁한 민소매 원피스(이런 종류의 디테일을 보면 그들이 뚱뚱한 몸매를 부끄럽게 여기지 않음을 알 수 있다) 차림인데다 어깨까지 처져 있어 몸매가 호리병처럼 아래쪽으로 펑퍼짐하다. 이런 여자들은 너무나 푸근하고 상냥해서 가까이 다가가 그 밝은 기운을 받고 싶을 정도다. 어린아이들은 공항에 오면 이런 여자들을 절대 놓치지 않는다. 아이가 울기 시작하면 이런 여자들은 아이에게 말을 걸고(마리아 크리스티나라면 아이가 더 심하게 울까 두려워 절대 말을 걸지 못할 것이다) 그러면 아이는 순식간에 조용해져서 더듬더듬 대화를 시작한다. 이런 여자들은 아기들에, 아니 뭇 어린이들에 익숙하기라도 한 것처럼, 곧 기타를 꺼내 재미난 동요라도 불러주기라도 할 것처럼 낭랑한 목소리로 말한다.

공항에는 늘 이런 여자들이 잔뜩 있다. 그들이 직경 5센티미터의 구멍이 숭숭 뚫린 철제 의자에 몸을 억지로 욱여넣고 앉아 있는 모습을 보고 있노라면, 그런 의자를 발명한 사람들은 편안함이 뭔지 잘 모를 거라는 생각이 든다.

그런 여자들과 동행하는 남자들은 허약하고, 하이킹 슈즈를 신고 있고, 머리가 벗어지기 시작하는 것을 받아들이고, 자기가 그처럼 '아름다운 존재'와 같이 있다는 사실에 놀라 뿌듯한 것처럼 보인다.

　언제나 그렇듯, 숲 속의 짐승을 보든 동시대를 살아가는 사람들을 보든, 관찰을 하고 있으면 마리아 크리스티나는 마음이 진정된다.

　비행기에 탑승할 무렵 그녀는 비행공포증에도 불구하고 어느 정도 평온을 되찾았다. 물론 비행 시간 내내 오직 자신의 의지만으로 비행기의 추락을 막으려고 애쓰겠지만.

# 야생으로의 복귀

차를 렌트한 공항에서 라페루즈로 가는 도로는 숨이 막힐 정도로 단조롭다. 삼림은 죄다 벌채되어 그나마 있으나 마나 한 단풍나무 숲 몇 군데와 약간의 자작나무들만 남아 있다. 그 외에 존재하는 것이라고는 거대한 쇼핑센터들과 주차장에서 대기 중인 수천 대의 자동차뿐이다. 그렇게 대지는 주차장들로 뒤덮여버렸고, 그 맥박은 아스팔트 바닥 밑에 봉인되었다. 내륙으로 들어갈수록 도로변에 농장으로의 귀환을 예고하는 신호들이 점점 더 많이 눈에 띈다. 유채꽃 밭이 광활히 펼쳐져 있어 풍경은 단조롭고 대기 중에는 독한 꽃가루가 가득하다. 마리아 크리스티나는 운전하는 내내 기침을 한다. 몸을 핸들에 딱 붙이고 눈을 가늘게 뜬 채 도로만을 주시한다. 마치

졸음이 올까 두려운 것 같다. 눈이 아프거나. 하지만 결국 긴장을 푸는 데 성공한다. 그것은 일종의 자기최면과도 같다. 마리아 크리스티나는 운전을 좋아한다. 자기만의 반사 신경이 몸에 생긴 것이 뿌듯하다. 운전을 하는 것도 좋고 그 덕에 다른 곳에 갈 수 있는 것도 좋다. 그녀의 두 발은 제 할 일을 한다. 그녀는 라페루즈까지 가는 길이 자신을 다시금 유년기로 돌려보낼 것임을 알고 있다. 이 여정이 화해의 시도로 간주될 수도 있다는 걸 알고 있다. 물론 그녀는 화해 따위는 바라지도 않지만, 적어도 본인은 그렇게 생각하고 있지만, 어머니와 얘기하고 싶은 마음 따위 조금도 없지만, 아버지 장례식에 오지 않았다고 욕먹을 게 뻔하지만, 캘리포니아에 사는 것을 두고 어머니가 무슨 소리를 하던 무시할 테지만. 네가 행복하다면 다행이지만 그래도 그건 잘못된 거야, 라고 어머니는 말하겠지만, 그런 말을 하는 게 어머니의 의무라고 생각하고 그렇게 말하겠지만. 마리아 크리스티나의 어머니는 딸의 성공에 분명 심기가 불편할 테고 그건 그녀의 첫 소설에도 쓰여 있지만, 이 집안에서는 질투가 만사의 원동력이니 심기가 불편할 뿐 아니라 질투도 하고 있겠지만, 딸이 이미 성공한 것을 알고만 있다면 분명 심기도 불편하고 질투심도 났겠지만. 하긴 라페루즈에도 라디오와 텔레비전은 있으니 모르지는 않을 것이다. 비록 마르그리트 리쇼몽은 라디오에서 저녁예배 방송밖에 듣지 않지만, 게다가 어쩌면 예전에 진행하던 지역 방송(《주님께 더욱 가까이》)을 아직도 하고 있을지도 모르고. 라페루즈는 마르그리트 리쇼몽만큼 후진적이지는 않다. 라페루즈는 그래도 어느 정도는 세상의 흐름에 발맞춰 국경 너머에서 무슨 일이 일어나는지 관심이 있을 것이고, 예전처럼 외부와 담을 쌓고 사는 도시는 아닐 것이다. 라페루즈의 번화가에서 누군가가 마르그리트 리쇼몽을 붙잡고 따님을 텔레비전에서 봤어요, 라고 말했을 수도 있고, 그러면 마르그리트 리쇼몽은 눈썹을 씰룩거렸을 게 틀림없고, 딸과 사이가 나쁜 것을 드러내지 않으려고 그 소식을 이미 알고 있는 척하거나 그 소식에 화가 나서 장바구니를 꼭 껴안고 저는 마리아 크리스티나라는 딸이 없는데요, 라고 대꾸했을 것이다.

마리아 크리스티나는 왜 어머니의 한마디만으로 즉시 비행기를 타고 날아갔을까, 왜 로스앤젤레스에서의 숭고한 안락을, 무위도식하는 종려나무들을, 친구들을, 태평양을 내팽개쳤을까, 왜 어머니의 명령에 응했을까, 왜 라페루즈로 돌아가는 것일까? 그동안 내내 어머니의 손짓을 기다리고 있었던 걸까, 화해를 갈망하고 있었을까, 우리는 늘 여기에 있단다, 널 기다리고 있어, 라고 어머니가 말해주기를 바라고 있었던 걸까? 마리아 크리스티나는 아직도 정말로 죄책감을 느끼고 있는 걸까?

그녀는 차를 세워 저린 다리를 풀고 다시 출발한다. 오른쪽 조수석에 펴놓은 지도를 곁눈질한다. 지도는 그녀에게 즐거움의 대상이다. 아버지를 닮아서일 것이다. 그녀는 아버지와 닮은 데가 많다. 아버지는 그녀에게 핀란드 지도, 핀란드령 라플란드 해안과 핀란드의 피오르 지도, 북극해 해저 지도 등 별의별 지도를 다 보여주곤 했다.

아버지를 생각하면 사진 한 장이 떠오른다. 부모님이 나온 유일한 사진이자 그녀가 본 유일한 부모님 사진이다. 결혼사진은 아니다. 당시 라페루즈에서는 결혼식 때 사진을 잘 찍지 않았고, 어머니는 시내의 사진사 스티븐스를 부르는 건 쓸데없는 돈 낭비라고 선언했다. 결혼이라는 것은 인생에서 중대하고 필수적인 단계니 사진 따위 없어도 누구나 기억할 수 있다는 것이었다. 게다가 부모님 집에는 사진이라고는 한 장도 없다. 집에 카메라도 없었고, 어머니는 마음에 들지 않는 아이들이 잔뜩 나온다며 학급 사진 구입을 거부했다. 그런 연유로 마리아 크리스티나는 부모님 집에서 평생 사진을 하나밖에 보지 못했는데, 아버지와 어머니뿐 아니라 언니, 사진 속에서는 키가 60센티미터밖에 되지 않는, 어머니의 품에 안긴 언니도 나온 사진이었다. 그것은 유일한 가족사진으로, 그 사진에 마리아 크리스티나는 없다(그들에 대해 말한 것도, 그들에 대해 책을 쓴 것도, 소멸을 막는 성벽이 되어준 것도 그녀인데). 그리고 이 사진은 부모님의 부부 관계에 대해 무엇을 말하고 있는가? 두 사람이 사랑하고 결혼했다는 사실이 여전히 미스터리로 남아 있는 상황에 이 사진에서 그 비밀을 조금이나마 엿볼 수 있을까? 그녀는 어렸을 때 부모님 사이의 애정의 흔적을 볼 수 있을까 싶어 이 사진을 뚫어지게 들여다보곤 했다. 사진 속의 두 사람은 신체 접촉이 없었고, 어머니의 시선은 카메라를, 아버지의 시선은 어딘가 먼 곳을 향해 있었다. 마리아 크리스티나는 눈곱만큼의 다정함이라도 찾아낼 수 있기를 간절히 바랐다. 두 분이 서로 사랑한다면, 서로 스킨십을 한다면 좋았을 텐데, 엄마가 아빠의 팔짱을 끼거나 둘이 손을 잡기를 바라는 것도 아니었어, 단지 그렇게 심하게 따로따로인 것이 싫었을 뿐이야. 두 사람은 아직 굉장히 젊은데도 이미 너무나 무뚝뚝하고 뻣뻣하다. 언젠가는 엄마도 소녀의 우수를 느끼지 않았을까, 언젠가는 엄마도 그런 무뚝뚝한 사람이 아니지 않았을까. 사진 속에서는 누구도 웃고 있지 않다. 모두가 침묵을 지키고 있고, 심지어 메나도 입을 다물고 있다. 평소와는 달리 칭얼거리지도 않는다. 보이는 것이라고는 그녀의 얼굴과 태양처럼 펼친 자그마한 왼손뿐, 몸의 나머지 부분은 흰 모포에 싸여 있다. 밖으로 쫓겨나기라도 한 것처럼 문 닫힌 분홍 집의 현관 층계에서 찍은 이 사진의 침묵은 믿을 수 없을 정도다. 그들은 닫힌 문 앞에 있다. 회색조의 미세한 반짝이 점들로 이루어진 인물들은 저마다 도드라져 보인다. 이 사진에서 마리아 크리스티나는 숨어 있다. 그녀는 사진의 심층에, 어머니의 뱃속에 있고, 아직은 아무도 그 사실을 모른다. 보이는 이미지 뒷면에 후경後景이 존재하기라도 하는 것처럼, 아니 뒷면에 무수한 이미지가 겹겹이 있기라도 한 것처럼, 불행한 가족의 냉담한 슬픔만이 보이도록 감광한 종이의 표면이 그 겹겹의 이미지들을 가리고 있기라도 한 것처럼 그녀는 보이지 않는다.

렌터카의 운전대에서 마리아 크리스티나는 고개를 젓는다, 맙소사. 이 도로는 갑자기 그녀를 눈물 젖게 만든다. 그녀는 다시 운전에 집중한다. 아스팔트와 믿음직한 노란 선을 바라본다. 지도라는 읽을 수 있는 물건을 오른쪽에 펴놓고 있으니 마음이 놓인다. 운 좋게도 자신이 공간과 영토를, 인생 전체와 목표를 통제하는 것 같다는 기분이 든다.

수종樹種이 조금씩 달라지고, 기온도 달라진다. 겨울에, 그러나 습하고 푸르른 겨울에 접어드는 것 같다. 앞으로는 태양과 대양만 좋아하겠다고 생각한다. 마음이 조마조마해서 창문을 연다. 대지에서 부식토와 탈태하는 버섯 냄새가 강하게 풍겨온다. 그녀에게 너무나 낯익은 냄새다. 숲과 유년기의 냄새. 이제는 호수와 나무가 너무 많아서, 마리아 크리스티나가 라페루즈 쪽으로 가면 갈수록 갓길에는 차에 치여 죽은 짐승의 사체가 점점 늘어난다.

# II

## 바토넨-리쇼몽 가족

# 전사 前事

마리아 크리스티나 바토넨의 부모는 1952년에 만난 듯하다. 분명한 것은 두 사람 모두 라페루즈로부터 멀리 떨어진 곳에서 왔으며, 두 사람의 행로가 그 해에 마침내 서로 합쳐졌다는 것이다. 놀랍게도 사람들이 서로 수첩의 일정을 맞추기라도 하는 것처럼, 혹은—두 사람 모두 수첩이나 그 비슷한 것을 갖고 있었을 것 같지는 않으므로—같은 시간 같은 장소에 도착하기 위해 보조를 맞추기라도 하는 것처럼 보일 때가 있다. 마리아 크리스티나의 부모의 경우 사건은 한 사람이 기차를 놓치고 다른 사람이 말다툼을 하면서 시작되었다.

마리아 크리스티나 바토넨의 아버지는 여러 세대 전에 누나부트*로 이주한 핀란드계 집안의 후손이었다. 그의 어머니는 이름이 코코일라라고 했다. 핀란드어로 무슨 뜻이 있는 이름이었다. 하지만 그 뜻이 무엇인지에 대해서는 이론異論이 분분해 여기서 자세히 다룰 수 없고, 사실 중요하지도 않다. 마리아 크리스티나는 이름에 의미가 있는 것을 언제나 싫어했다. 사물은 사물이고 사람은 사람이다.

19세기에 마리아 크리스티나의 조상들은 북극해를 건너 누나부트 최북단의 작은 정착촌에 자리를 잡았다. 그들은 이누이트들과 공존했다. 수천 년 전부터 그곳에서 살아온 이누이트들은 그들을 따뜻이 맞이했고, 그 위도에서 생존하기 위한 필수적 조언을 아낌없이 제공했다(이누이트들은 지구상에서 사람이 살 수 있는 가장 추운 곳에서 버틴다는 자부심으로 약간의 거드름을 피우며 생존 기술을 공유했다). 그들은 이누이트들과 어울렸고 종국에는 완전히 동화되었다. 그래서 문명을 전파하겠다는 의무감에 불타는 호전적 개척자들이 남쪽으로부터 도착했을 때, 이들은 이누이트와 구별 없이 함께 보호구역에 갇혀버렸다. 새로 온 개척자들은 이들에게 곰과 바다표범 사냥을 금지하고 사향소 쿼터제를 부과했고, 이들을 징용해 빙판 밑의 석유를 파내는 데 이용하고, 교화의 여지가 없는 야생동물 취급을 했다.

* 북극 제도에 위치한 캐나다의 준주準州.

마리아 크리스티나의 아버지가 그녀에게 말한 바에 따르면, 핀란드계 조상들이 이 캐나다의 피오르에 정착했던 시기에 북극해는 바다가 아니었다. 따라서 그들은 라플란드에서 여기까지 걸어서 왔을 것이며, 그중 몇몇을 곰과 늑대 때문에 잃었을 것이고, 고향 땅이 생각난다는 이유로 이 피오르에 숙영지를 만들었을 것이다.

마리아 크리스티나는 가족사에 대한 이런 설명이 여러 가지로 미심쩍었다. 그녀는 조상들의 시대에 바다가 완전히 얼음으로 덮여 있었다는 이야기를 전혀 믿지 않았다. 정착촌은 19세기 말에 건설되었는데, 그렇게 가까운 시기까지 북극해가 바다가 아니었다는 사실을 누가 믿겠는가? 더구나 그녀는 어부들이 물이 스며드는 작은 카약에 타고 있다가 거대한 범고래에게 잡아먹히는 재미나고 교훈적인 그림들(분명히 바다가 있었다는 증거)을 본 적이 있었다. 왜 핀란드인들이 애초에 떠나온 곳과 다를 게 없는 곳으로 오려고 그런 고생을 했는지 알 수 없었다. 극지의 추위, 희박한 인구, 식인 동물 등등 음울한 특징은 똑같은데 말이다.

마리아 크리스티나의 아버지는 덩치는 커도 성격이 온화하고 조용하다보니 오랫동안 우둔한 사람이라는 오해를 받았다. 그는 불행히도 태어날 때 어머니가 죽었다. 정확히 말하면 죽어가던 어머니가 분만의 순간 심부전으로 결정적 타격을 받은 것이었다. 그때가 초산이었던 불쌍한 코코일라는 진통이 참을 수 없는 지경이 되자 마을의 산파를 불렀다. 그녀를 쓰러뜨린 심근경색이 전력을 다해 훼방을 놓아 분만의 결과가 지극히 불투명했음에도 불구하고 그녀는 꿋꿋하게 아들을 세상에 내놓았다. 대단한 것은 그녀의 육신이 자신을 옭아매던 아기로부터 해방될 수 있었으며, 불쌍한 코코일라가 자기 어머니로부터 배운 소위 '새끼 바다표범' 식 호흡*을 죽은 상태에서도 계속했다는 것이다.

그녀의 육체는 상황을 모르고 하던 일을 계속했던 것이다.

아기가 어머니의 배 속에서 나오자 산모의 흉곽은 상하 운동을 멈췄고, 마리아 크리스티나의 아버지의 아버지는 홀아비가 되는 동시에 애 아빠가 되었다. 그는 아들을 직접 키우지 않고 아이의 두 할머니에게 맡겼다. 두 할머니는 일주일씩 아이를 맡으면서 진보적인 커플처럼 교대로 양육을 했다.

이런 원초적 드라마로 유년기가 얼룩졌던 청년은 기회가 오자 즉시 브루스 피오르를 떠났다. 그 말인 즉 그가 속한 공동체가 국가로부터 20세기 초, 즉 개척시대에 당한 몹쓸 짓에 대해 배상을 받게 된 것이었다. 냉전으로 인해, 또한 막대한 전략적 중요성을 지니게 된 이 미개발 지역을 두고 소련이라는 초강대

---

* "바다표범처럼 호흡하다"라는 말은 거칠게 호흡한다는 뜻이다.

국과 캐나다라는 강대국 사이에 벌어진 헤게모니 다툼으로 인해, 1952년 캐나다 정부는 이 지역 주민들에게 매우 우호적이 되었다. 여기에는 또한 수백만 톤의 석유가 매장되어 있는 이 지역 주민들에게 환심을 사려는 의도도 있었다.

주민 일 인당, 즉 그가 즐겨 말한 것처럼 '두頭당' 37달러의 금액이 교부되자 청년은 즉시 고향을 탈출했다. 그 돈으로 자유의 티켓을 살 수 있었던 것이다.

마리아 크리스티나의 아버지는 글을 배운 적이 없었다. 바다 표범을 사냥하거나 빙하 밑에서 홍합을 채취하면서 한 해의 대부분을 보내고(간조 때가 되어 바다가 물러나고 해초와 잔새우와 빙판 밑에 은신한 작은 바닷물 웅덩이들로 이루어진 영토가 모습을 드러내면, 그곳에서 빛은 파란색이어서 마치 물 없는 해저를 걷는 기분이 된다), 나머지 시간에는 석유 시추 기술자들의 숙소 세 군데에서 나오는 빨래를 처리하는 브루스 피오르의 세탁장에서 육체노동을 하는 사람에게 문자는 필수 불가결한 것이 아니었다.

떠나기로 결심이 서자 마리아 크리스티나의 아버지는 격주 간격으로 오는 물자 보급선에 몸을 실었다. 여러 섬을 들르는 십이 일의 항해 끝에 그는 이카누크*에 내렸고, 기차역으로 향해 갔다.

나는 그가 왜 고향 브루스 피오르를 떠났는지 정확히 모른다. 평생 알아왔던 곳에 머물며 가족을 이룰 수도 있었을 것이고, 아니면 적어도 이웃들과 자기 개들과 두 대체모代替母와 관계를 유지할 수도 있었을 것이다.

고향 마을에서 말하는 것처럼 '흉성凶星'을 타고나긴 했지만 주변 사람들에게 애지중지 보살핌을 받았던 소년이(한배에서 태어난 강아지들 중 다리가 세 개인 녀석이 유독 관심을 받는 것처럼 말이다. 왠지 몰라도 우리는 종국에 다른 놈들에게 먹혀버릴 것을 알면서도 이 불완전한 작은 존재에게 이해할 수 없는 애정을 쏟게 된다) 어떤 이유에서 그런 결심을 하게 되었는지 짐작하는 것은 극도로 어려운 일이다.

한 번도 글을 배운 적이 없지만 서명해야 할 서류마다 근사한 이니셜로 사인을 했다는 사실이 예기치 않게 그를 라페루즈로 이끌었다. 정확히 말하자면 그는 이누크티투트어 문자를 더듬더듬 읽기는 했다. 하지만 그것도 브루스 피오르를 떠나기로 한 뒤로는 아무짝에도 쓸모가 없어졌다.

이카누크에서 그는 기차를 잘못 탔다. 밴쿠버행 기차를 놓친 것이었다. 밴쿠버라는 단어의 첫 글자가 그의 성姓과 같아 행선지를 기억할 수 있다고 생각한 터였다. 하지만 그의 이름은 리엄Liam이었고, 그래서 라페루즈의 L을 보고 착각을 해버렸다.

---

* 허구의 지명이다.

이것만 봐도 그가 얼마나 순진했는지 알 수 있다.

그래서 그는 타야 할 기차를 놓치고 라페루즈행 기차를 탔다.

그는 플랫폼에 내려 주변을 둘러보았다.

그곳은 세상의 색깔이 달랐다. 피오르의 푸르른 빙판, 북극광, 더러운 개털 같은 것은 어디에도 없었다. 라페루즈는 메노나이트의 한 이단 분파와, 최초의 영국 식민지 개척자들이 아파치족을 신경썼던 만큼이나 그들을 경계하는 몇몇 가톨릭교도 가족들에게 피난처가 되어준 적막한 소도시였다. 라페루즈는 주변 늪지 때문에 말뚝 위에 건설되었으며, 한 해의 절반은 몹시 짙은 안개에 잠겨 있었다. 도착하자마자 만발한 벚꽃이 그를 맞이했기 때문인지 도시는 리엄 바토넨에게 열대 지방처럼 보였다. 실제로 기후는 온화하고 습했으며, 도시는 주변으로부터 살짝 고립된 별세계처럼 보였고, 대기는 온실과 비슷했다. 레바논 산맥*에 와 있다고 해도 믿을 지경이었다. 하지만 리엄 바토넨은 레바논 산맥이 뭔지도 몰랐고, 반면 과실수라는 것들이 어떨지는 막연히 상상한 모습이 있었다. 그 자신도 짐작한 바였지만 세상에 대한 이러한 단편적 지식은 사람들에게 존중받는 데 도움이 되지 않았다. 최대한 빨리 경험을 쌓아야 했

---

* 레바논에 위치한 지중해 연안의 산맥.

다. 기차를 다시 탈 생각도 있었지만 정부 배상금 37달러를 다 써버렸기에 이 도시에서 할 수 있는 일을 찾아보기로 했다. 출신지는 밝히지 않을 생각이었다. 리엄 바토넨은 놀림받는 것을 좋아하지 않았고, 자기가 덩치만 크고 거동이 굼떠 보이는데다 무사태평한 천성 때문에 둔해 보여서 남들에게 이용당할 수도 있다는 걸 알고 있었다.

라페루즈에는 차들과 말들이 있었다.

당시가 1952년이고 시기적으로는 6월이었음을 감안하면—위의 이야기가 사실이라면 리엄 바토넨을 브루스 피오르에서 구출해준 물자 보급선이 운행될 수 있었어야 하고, 그러기 위해서는 해빙으로 바닷길이 이미 일부는 열려 있었어야 한다. 또한 벚꽃이 만발해 있었다는 것도 잊지 말자—하늘에는 안개가 거의 없었을 것이다.

따라서 라페루즈 시는 리엄 바토넨에게 실제만큼 음울해 보이지 않았을 것이다.

그리고 그는 마르그리트 리쇼몽과 마주쳤고, 그녀가 마음에 들었으며, 열렬한 구애 끝에 그녀와 결혼했다.

물론 실제로 일이 그렇게 간단하게 진행된 것은 아니었다. 하지만 마리아 크리스티나와 그녀의 언니가 어렸을 때 들은 바에 의하면 그런 식이었다. 그리고 자매에게는 오랫동안 그 정도 설명이면 충분했다.

"엄마아빠 어떻게 만났어?" 바토넨 부부의 두 딸 중 언니인 메나가 이렇게 시작하면 어머니는 다음과 같이 대답하곤 했다.

"엄마가 막 외할아버지랑 다투고 있었어. 그래서 외할아버지가 운전하던 트럭에서 내렸는데 너희 아빠가 인도에 서 있는 거야."

"근데 어떻게?" 마리아 크리스티나가 더 물었다(그녀는 아직 못된 여동생이 아니었다).

"어떻게라니?"

"마리아 크리스티나, 너는 어떻게 이해하는 게 없니?" 메나가 한숨을 쉬었다.

"외할아버지가 운전하고 있는데 트럭에서 어떻게 내렸냐고?"

"몰라, 신호등 때문에 잠시 차를 세웠겠지."

"그때는 라페루즈에 신호등이 없었다고." 마리아 크리스티나는 반박했다.

"그러면 사거리에서 브레이크를 밟았나보지. 엄마는 트럭에서 뛰어내렸거든."

"트럭에서 뛰어내렸다고?" 메나가 감탄했다.

"응, 할아버지가 제지소에서 인쇄소로 갈 때 자주 따라갔거든."

"종이를 릴로 가져갔어, 연連*으로 가져갔어?"

"그게 무슨 상관이야?" 메나는 말을 끊더니 손가락으로 자기 이마를 톡톡 두드리고 하늘로 눈을 치떴다.

여하튼, 마르그리트가 헝클어진 머리에 비명을 지르며 손짓 발짓을 해가면서 트럭에서 차도로 뛰어내리는 것을 보고 리엄 바토넨은 추잡한 트럭 운전수로부터 젊은 아가씨를 구해야 한다고 생각했다. 그는 트럭을 막고 서서 운전수에게 차에서 내리라고 요구했다. 마르그리트 리쇼몽의 부친은 운전석 문을 열고는 길을 막고 선 건장한 사내에게 해명하려 했지만 그네 말을 잘 알아듣지 못한 사내는 그를 억지로 내리게 했다.

"근데 왜 싸운 건데?"

"아빠랑 싸웠냐고?"

"아니, 리쇼몽 할아버지랑 왜 싸웠냐고, 엄마는 왜 발광하면서 트럭에서 내린 건데?"

"발광하면서?" 메나는 어이가 없어서 그 말을 따라했다(동생이 하는 말은 상궤를 벗어나기 일쑤였다).

"몰라. 내가 또 할아버지를 귀찮게 했겠지."

상황은 일단락되었다.

리쇼몽 할아버지는 그곳에서 80킬로미터 떨어진 곳에서 제지소를 운영하고 있었고, 한 달에 두 번씩 주거래처인 라페루

---

* 일정한 크기로 자른 종이의 500장 한 묶음.

즈 인쇄소에 배달을 나갔다. 거기까지는 이상할 게 없다. 그는 자식이 아홉이었는데 그중 다섯이 살아남았고, 막내가 마르그리트 리쇼몽이었다. 종이 만드는 일로 그 많은 식구를 먹여 살리는 것은 쉽지 않았다. 그의 식구들은 오모코 강 바로 옆 제지용 물레방아가 붙어 있는 큰 집에 살았다. 그 때문에 집 안에는 물이 스며들었고, 아이들이 건강하지 않고 일찍 죽는 것은 그 습기와 무관치 않았다.

"집 안의 습기 때문에 정말 아이들이 죽을 수 있다는 거야?" 마리아 크리스티나는 묻곤 했다.

"벽에서 물이 배어나왔어, 만지면 손이 축축해졌고."

"그게 관련이 있어?"

"폐에도 물이 찬 거겠지." 마르그리트 리쇼몽은 말했다.

"이해가 안 돼."

"폐에 곰팡이가 슨 거야." 마르그리트 리쇼몽은 마치 그것이 납득할 수 있는 유일한 설명이며 그 비현실성에 놀랄 사람은 아무도 없다는 듯 수수께끼 같은 미소를 지으며 딸들에게 설명했다. "그리고 예수님께서 그 애들을 데려가셨어."

"그러고 나서 어떻게 됐는데?" 마리아 크리스티나가 궁금함을 참지 못하고 물었다.

"언제?"

"엄마랑 아빠랑 만났을 때 말이야."

"그야 곧바로 이 남자가 내 남편이 되고 내 자식들의 아버지가 될 거라고 생각했지."

"아빠는?"

"아빠가 뭘?"

"아빠도 엄마를 보고 똑같은 생각을 했어?"

"절대 아니지. 남자들은 그런 식으로 생각하지 않아. 그런 식으로 생각하면 남자가 아니지. 오직 예수님만이 남자들이 원하는 것을 헤아려 살펴주실 수 있단다."

어머니가 그런 말을 하면 마리아 크리스티나는 당혹스러웠다. 어머니가 그런 문제에 대해 그토록 단호하게 말할 자격이 없어 보여서였다. 어머니는 남자 경험이 안쓰러울 정도로 부족했고, 세상 경험은 두말할 나위도 없었다.

이 경우, 리엄 바토넨은 그녀를 처음 만난 날 그런 식으로 생각하지 않았다. 그는 감상적인 사람이 아니었으며, 단지 용감하게 신사답게 행동하고 싶을 뿐이었다(즉, 단호한 생각이라기보다는 반사작용에 더 가까운 것이었다). 설사 엉큼한 마음이 있었다 해도 수중의 돈보다 많지 않았다.

게다가 평소에도 자주 듣는 말이었지만, 마르그리트는 눈길을 끄는 여자가 아니었다.

그녀는 작은 키에 교활한 생김새였는데 특히나 프레리도 그*와 닮은 모습이었다. 물론 육감적인 가슴이 있기는 했지만 그때까지 가슴 때문에 좋은 일이 생긴 적은 한 번도 없었다.

그녀의 아버지 리쇼몽 씨는 고집 센 청년에게 상황을 설명했다. 이건 가족 간의 말다툼이다, 외인이 간섭할 일이 아니다, 어쨌든 무슨 불법적인 일이 벌어진 것은 아니지 않느냐, 그러니 딸아이가 다시 트럭에 타는 것을 막지 않고 길을 비켜준다면 정말 고맙겠다, 인쇄소에 배달을 해야 하는데 벌써 시간이 늦었단 말이다.

그 이후에 벌어진 일에 대해서는 그때그때 말이 다르다.

우선, 할 일이 없어서였는지(앞으로 열 시간 동안 뭘 할까?), 호기심 때문이었는지(인쇄소는 어떻게 생겼을까?), 기사도 정신 때문이었는지(이 아가씨를 자기가 아버지라고 주장하는 작자의 마수에 내버려둘 순 없다), 이제 와서 그 이유를 정확히 알기는 어렵지만 리엄 바토넨이 모녀를 따라가겠다고 고집을 부렸다는 설. 어찌 되었건 이 설에 따르면 그는 트럭에 올라타서 공장까지 그들을 에스코트했다.

다음으론, 청년이 아가씨가 다시 트럭에 타는 걸 막지 않았고, 아가씨는 청년에게 이 사람이 자기 아버지가 맞으며 자기가 본래 걸핏하면 화를 못 참고 폭발하는 편이라고 확인해주었다는 설. 그래서 얼마 후(대충 일주일쯤 뒤에) 그들은 라페루

---

* 북미 대초원 지대에 사는 다람쥣과 동물. '개쥐'라고도 한다.

즈 시내에서 만나 잠시 시간을 함께 보냈고, 이 최초의 다툼 때문에 그들 사이에 유대감이 생겼다는 설.

나는 개인적으로 첫 번째 버전이 더 마음에 든다. 이 버전은 인쇄소에 대한 리엄 바토넨의 열광(잉크와 종이 냄새, 인쇄기 소음, 당시로서는 어느 정도 특권층의 것에 속했던 도서업계에서, 넓게는 인쇄물 업계에서 일한다는 자부심을 드러내며 창고 문 앞에서 근사한 자세로 담배를 피우는 인쇄기 기사들의 모습)을 설명해주며, 왜 작업반장이 널찍한 어깨와 단단한 체구를 훑어보고는 그를 즉시 채용했는지에 대한 설명이 된다.

"글을 못 쓰는데 고용계약서에는 어떻게 서명했어?"

"그땐 계약서 같은 거 안 썼어." 마르그리트 리쇼몽은 짜증을 냈다. "그냥 서로 손을 마주치면 끝이었어."

"그래도 인쇄소에서 일하려면 최소한 글은 읽을 줄 알아야 할 거 아냐."

"인쇄 일을 하다보면 글을 깨치게 될 거라고 생각했겠지. 하여튼 처음에는 배달 보조와 종이 세척 담당으로 채용된 거였고."

"전에는 잉크 통 씻는 일이라고 했잖아."

"잉크건 종이건 감자건 무슨 상관이야?" 메나가 나섰다.

사실 알아두어야 할 것은 간단하다. 마르그리트 리쇼몽은 리엄 바토넨이 자기 취향이라고 느꼈으며, 그가 자기를 지긋지긋한 물레방아에서 벗어나게 해줄 것이라고, 그의 이상한 말투가 마음에 든다고, 그렇게 먼 곳에서 왔으니 아마 자기를 더 멀리 남쪽으로 데려가는 것도 마다하지 않을 거라고, 이제 시카고와 그 교외 지구와 벽에 곰팡이가 없는 콘크리트 주택을 구경하게 될 거라고 생각했고, 과묵해 보이긴 했지만 라프족* 특유의 생김새가 싫지 않았다. 그녀는 공략에 나섰고, 아버지가 배달 나갔을 때 종이 창고에서 서성이다가 순결을 내주었으며, 그를 식구들에게 소개했고, 얼마 되지 않아 결혼했다(이렇게 자유분방한 행동은 마르그리트 리쇼몽이 아직 예수 그리스도를 영접하지 않았으며 그때만 해도 리엄 바토넨이라는 사람에게서 자기만의 구세주를 찾으려 했다는 사실로 설명될 수 있다).

"그러면 둘이 사랑하는 게 아니었어?" 1952년의 상황이 정확히 어떻게 돌아갔는지 알았다면 마리아 크리스티나는 이렇게 물었을 것이다.

마르그리트 리쇼몽이 피하려 한 것은 바로 그런 종류의 질문이었다.

더구나 주님의 사랑을 제외하면 집에서 '사랑'이라는 단어

---

* 스칸디나비아 반도의 라플란드에 거주하는 소수민족. 마리아 크리스티나의 친가는 라플란드 출신이다.

는 금지되어 있었다. 영적인 사랑이 아니라면 사랑은 체액 교환(냄새도 과히 좋지 않은), 오감의 혼란, 분별력 상실에 불과했다.

"근데 아빠가 먼저 청혼을 해서 엄마가 결국 승낙한 게 아니었어?"

"그래? 그런 말 한 기억이 없는데. 근데 마리아 크리스티나, 너는 왜 그렇게 질문이 많으니?"

"경찰에서 일하나보지." 언니는 말하곤 했다.

그리고 메나는 손가락으로 동생의 머리를 튕겼고, 동생은 즉시 응수하여 언니의 코에 팔꿈치를 먹였다.

"말썽 좀 그만 부려." 이렇게 말하고 마르그리트 리쇼몽은 싸움을 말리기가 귀찮아 눈을 감고 손을 절레절레 저으면서 방을 나갔다.

# 바보들의 변모

두 자매는 늘 싸움질이었다. 두 마리 무자비한 짐승 같았다. 머리를 쥐어박고 머리카락을 잡아당기고 깨물고 상처를 입혔다. 자매는 새로운 욕설을 개발했고 옷핀으로 찔러댔고 할퀼 때 병균이 옮으라고 손톱을 씻지 않았고 올라타 누르고 상대보다 위쪽에 있으려고 했다. 하지만 자매는 또한 서로 포옹하고 자기는 세상에서 최고의 자매를 두었다고 단언하고 자기가 외동딸이었다면 절대 이 집안에서 살아남지 못했을 거라고 했다.

실제로 시간이 지날수록 아버지는 온화한 성격이라기보다는 무심한 성격이며, 어머니는 확실히 제정신이 아니라는 것이 드러났다.

엄마는 하루 종일 딸들에게 화를 내다가 잠시 미안해하면서 주님께 용서를 구했다. 갑자기 집안을 빙빙 돌기 시작하다가 계단을 오르내리기도 했다. 문이 쾅 닫히는 소리가 나더니 분통을 못 이겨 지긋지긋해 지긋지긋해 지긋지긋해, 혼잣말하는 소리가 들리기도 하고, 다들 나를 못 괴롭혀 안달이야, 라고 하기도 했다. 그럴 때면 '다들'이라는 말이 남편과 딸들—심지어 이런 극단적인 경우에도 언제나 남성이 우선이다—을 가리키는 것인지, 아니면 이 대명사가 식구들, 자기 아버지, 라페루즈 주민들, 메노나이트 신도들, 어떤 신비로운 힘 등도 포함하는 것인지 알 수가 없었다. 마르그리트 리쇼몽은 보이지 않는 존재와 끊임없이 교류하는 사람이었던 것이다. 그러다가 엄마가 발작을 하는데도 집 밖으로 달아나지 않은 멍청한 딸이 있으면 그 애에게 왈칵 덤벼들었다. 그녀는 아이의 몸을 마구 흔들어대다가 어깨를 잡고 부엌에 앉혔다. 그러고는 겨우 체포한 이 딸아이가 어리석으며 몰래 죄를 많이 저질렀다고 한탄하고는, 보이지 않는 존재를 증인 삼아, 너는 뭐가 되려고 그러니? 너는 뭐가 되려고 그러니? 뇌까렸다.

　"애가 뭘 원하는지 모르겠어요, 도대체 뭘 원하는지 모르겠어요, 게다가 애는 원하는 것도 없어요, 관심 있는 것도 없고요. 하루 종일 머리나 빗고 현관 층계에 앉아 손톱 깎은 부스러기나 들여다보고 포르노 만화나 보면서 죽치고 있을 수도 있는 애라니까요. 어떻게 할 도리가 없어요. 다른 딸아이도 마찬가지예요. 이것들은 정말 어떻게 할 도리가 없어요."

그러다가 결국은 딸에게 욕을 했다.

"이 등신 천치야."

그리고 좀더 시적인 단계로 넘어갔다.

"내가 너 때문에 피눈물을 흘리게 될 거다."

이런 경우 학대받는 아이는 보통 자기 내면으로 도피해 엄마가 난장판을 만들어도 아무 대꾸도 않고 순간적으로 귀머거리가 되고 감각이 마비되었는데(울기라도 했다간 큰일이 났을 것이다), 마르그리트 리쇼몽은 아이가 그렇게 아무렇지도 않은 척하고 있는 것도 참지 못해, 날 똑바로 봐, 내 말 들어, 정신 딴 데 둔 척하지 마, 라고 했고 그러다가 갑자기 진정이 되어 울먹이기 시작했다. 정신을 차려보니 놀랍게도 자기가 눈을 부라리면서 딸아이의 스웨터를 잡아당기고 있기라도 한 것처럼 말이다. 그녀는 사과를 했고 그때부터는 눈물과 약속과 콧물과 혀 짧은 말들의 홍수였다. 그러고는 그렇게 괴롭힌 딸아이를 그날 저녁 당장 찾아와 침대 끝에 앉아 머리를 쓰다듬으면서 (메나의 금발, 마리아 크리스티나의 검은 머리) 넌 정말 예뻐, 내 평생 가장 아름다운 일은 너를 낳은 거야, 같은 말을 했다. 나한테 마귀가 들어서 그런 말을 시킨 거야, 라고 하기도 했다. 또 늘 그런 것은 아니지만 어떨 때는 다시 눈물을 흘리면서 미안해, 미안해, 답답해서 숨을 쉴 수가 없었어, 하지만 알지, 엄마가 널 사랑하는 거 알지, 라고 했고, 그러면 아이는 엄마가 자기를 사랑하는 것을 안다면서 엄마를 위로했다. 그때 아이가 무슨 생각을 했는지는 모르겠다. 자기를 학대하는 엄마를 위로하면서 어린 소녀가 무슨 생각을 할 수 있겠는가?

마르그리트 리쇼몽은 교구의 부인네들을 만나고 '아씨'의 하인 노릇을 하는 데 대부분의 시간을 썼다. '아씨'는 라페루즈에서 가장 부유한 빌라에 사는 백 살 먹은 갑부 노처녀였는데, 이름은 샤를로트 라페루즈로 라페루즈를 처음 일군 집안의 자손이었다. 그녀는 하느님에게 자기 인생을 바쳤다. 죽을 때까지 숫처녀로 지낸 것이다. 그녀는 사탄의 앞잡이들, 즉 메노나이트 신자들과의 투쟁을 위해 상당한 재산을 교구에 기부했다. 평생 빈자의 죄악을 몰랐던 이 여인의 부와 저택의 화려함 때문에 마르그리트 리쇼몽은 노예 노릇을 한다는 생각이 들지 않았다. 오히려 사정은 정반대였다. '아씨'의 부유함은 그녀에게 아름다운 곳을 드나든다는 자부심을 주었고, 자기도 그녀와 같은 부류라는 상상을 하게 했다.

마르그리트 리쇼몽은 사실상 식모 취급을 받았지만 스스로는 집사라고 자부했다. 그녀는 흰색 앞치마를 두르고 '아씨'의 식사 시중을 들었으며, 흠잡을 데 없는 프랑스어를 사용해야 했고, '아씨'가 아직 교구 사제, 의사, 군郡 검사, 교리 공부를 가르치는 몇몇 노부인 등을 초대하던 시절에는 요리가 훌륭하다는 칭찬에 얼굴을 붉히곤 했다. 그녀는 신부의 시가 연기를 맡을 수 있는 영예와—그녀는 환희에 차 신부를 '예하'라고 부르기까지 했다—꽁초와 재를 치울 수 있는 특전에 무한히 감사했다.

식후주食後酒를 마신 뒤 그들은 그녀를 식탁으로 불러 치하하고 "우리 귀여운 마르고*"라고 부르곤 했다. 그녀는 벌써부터 기사 작위를 받는 광경을 그려보고 있었고, 기쁨에 탄성을 참지 못했다.

스포츠를 좋아하고** 진보적이었던 마리아 크리스티나와 메나는 어머니를 두고 이렇게 말하곤 했다.

"자기가 뭐라도 되는 줄 아나봐."

---

\* '마르그리트'의 애칭.

\*\* 보수적 사회에서 여성의 스포츠 활동은 좋게 보이지 않았다.

# 리쇼몽 한 명의 가치는
# 바토넨 두 명과 같다

마르그리트 리쇼몽은 성이 바토넨인 남자와 결혼했으면서도 평생 마르그리트 리쇼몽이라는 이름을 고집했다. 자기 성을—그리고 아마 자기 정체성의 일부를—버리고 리엄 바토넨의 성을 따르는 게 거북해서가 아니었다. 그녀는 말할 것도 없이 마르그리트 리쇼몽이라는 이름이 더 듣기 좋지 않냐고 공공연히 떠들고 다녔다. 마르그리트 리쇼몽은 무슨 일이든 생각을 혼자 간직하는 법이 없는 여자였다.

내가 볼 때 그녀는 소지주小地主 특유의, 철책 위로 손을 마주치며 "그럼 계약한 겁니다" 하는 식의 거래를 거듭한 끝에 이젠 가진 게 거의 없지만 그럼에도 남아 있는 강가의 땅뙈기를 기반으로 과거의 영광을 회복하겠다는 은밀한 희망을 버리지 않는, 이해할 수 없는 자존심이 있는 사람이었다. 캐나다의 이 촌구석에서는 리쇼몽이라는 이름이 바토넨보다 훨씬 더 많은 것을 의미했다.

# 추레한 가옥의 상세도면

바토넨 일가가 살던 집에는 방이 네 개, 창문이 네 개(욕실에는 쇠창살 달린 채광창이 하나 있었는데 어느 날 극심한 불안감에 되는대로 대충 막아 폐쇄시켜버렸다), 정원 끝의 거미줄투성이 변소, 닭장 하나, 마지막으로 경첩이 약간 헐거운 문짝 여섯 개가 있었다. 여섯 개의 문 중 하나는 사용하지 않았다. 경첩이 좀 헐거워지자 마르그리트 리쇼몽이 그 앞에 옷장 하나를 갖다놓아 문을 완전히 막아버린 것이었다. 거실 쪽에서 보면 이 복도 문은 존재하지 않았고, 그 때문에 바토넨 자매는 방향을 헷갈렸다. 꼭 그림으로 그린 가짜 문 같았다.

거실은 어떻게 해도 화사해지지 않았다. 심지어 크리스마스트리를 세울 때도 최대한 소박하게 했다. 트리에는 장식도 반짝이도 없었고, 양말이든 탈지면 수염을 한 꼭두각시든 무언가를 걸 수도 없었다. 수액이 다 빠지지도 않은 이 향긋한 이교도적 전나무가 거실 한복판에서 상징한 것은 무엇이었을까? 어쩌면 그것은 리엄의 핀란드 태생과 그의 못된 빨간 옷 요정*에 대한 양보였을까? 아니면 그 유폐된 나무를 볼 때마다 마르그리트 리쇼몽 안에서 알 수 없는 감정이 깨어났던 걸까? 모르겠다.

창문 네 개 중 남향은 없었다. 마리아 크리스티나는 이에 대해 자기만의 이론이 있었다. 회교국의 술탄들은 후궁들을 하렘에 가두어두었는데 여인들이 시간의 흐름을 알지 못하게 하려고 창문을 모조리 북쪽으로 냈다는 이야기를 어디선가 읽은 적이 있었다. 마리아 크리스티나는 자기들이 갇혀 있는 것은 도무지 방위를 알 수 없는 이 집의 가옥 구조와 밀접한 관계가 있다고 생각했다(이곳은 때론 위험할 정도로 추운 고장이다).

집 앞 현관에는 꺼끌꺼끌한 시멘트 층계 네 개가 있었는데, 그 때문에 무릎이 까지기 일쑤였다.

집은 적당히 추했다. 그 지방의 석재로 토대를 쌓은 뒤 그 위에 세운 집이었다(석재들은 그리 멀지 않은 곳에 있는 오모코 강에서 나온 것이었다. 리쇼몽 가족의 제지용 물레방아를 돌

---

* 산타클로스는 라플란드에 산다고 전해진다.

리는 그 오모코 강 말이다). 흰 지붕널을 얹은 높다란 집들이나 주변의 금욕적인 벽돌 주택들과 달리 바토넨 가족의 집은 분홍색이었다. 리엄 바토넨이 처음부터 집을 분홍색으로 칠할 작정이었을 것 같지는 않다. 내 생각에는 색깔이 바래서, 색소 하나가 예기치 않게 제멋대로 굴어서 원래는 오렌지색이나 어쩌면 심지어 연분홍색이어야 했을 것이 분홍색이 되어버린 것 같다. 분홍색 집에 사는 건 쉬운 일이 아니다. 학교에서는 까불기 좋아하는 애들이 이 집의 과감한 색깔에 경의를 표한답시고 바토넨 자매에게 '분홍 엉덩이 자매'*라는 별명을 붙여주었다.

바토넨 자매는 같은 방에서 잤다(방의 개수를 얘기할 때 나는 부엌도 방으로 쳤다. 나는 부동산업자가 아니다). 이 방은 정북향으로 '미래의 길'이라는 이름의 오솔길을 바라보고 있었는데, 우스꽝스럽게도 그 길 끝에는 라페루즈 공동묘지가 있었다.

리엄은 그 집을 마르그리트 리쇼몽이 메나를 임신했을 때 임차했고, 얼마 후 마르그리트 리쇼몽이 미친 듯이 고집을 피우는 바람에 결국 구입하고 말았다. 라페루즈처럼 볼품없는 마을에서 세입자로 사는 것은 견딜 수 없다는 것이었다. 그녀는 집주인을 달달 볶아서 결국 집을 포기하게 만들었다. 하긴

---

* '분홍색 엉덩이'라는 말은 굉장히 상스럽고 음란한 표현이다.

상습 침수 지역의 작은 집을 붙들고 있어봐야 무슨 소용이겠는가? 바토넨 가족이 내린 주요 결정 중 상당수는 자신의 사회적 지위에 대한 마르그리트 리쇼몽의 자의식에서 비롯되었다. 리엄은 마르그리트의 빨래를 위해 별채를 만들어주었지만(그리고 그녀의 신경 발작을 위해. 그녀는 그곳에 틀어박혀 울고 광분했으며, 그러는 동안 식구들은 집 안에서 혹은 현관 계단에 앉아 바깥바람을 쐬면서 이 천재지변이 끝나기만을 기다렸다) 화장실까지 만들어주지는 않았다. 마르그리트 리쇼몽은 화장실에 대해서는 그다지 신경 쓰지 않았고, 집이야 커지면 좋겠지만 화장실은, 그 악취 나는 휴식 장소는 정원 끝이 제격이라고 생각했다. 화장실을 집 안에 넣는다니 상스럽게 그게 뭐야? 그녀는 아마 집이 끝없이 커져서 애초의 부지는 없어져버리거나 삼켜져버리고, 닭장이 있는 곳까지 확장되면서도 알 수 없는 요술 덕에 화장실은 피하고, 계속 넓어지고 높아져서 정원을 삼켜버리고, 그렇게 물밀듯이 증축되어 대로大路와 만나기를 꿈꿨을 것이다.

바토넨 가족의 집은 자매의 인생에 심각한 문제가 되었다. 분홍색인 것만으로도 모자라 지독히 추하고 관리 상태도 엉망이라 두 아이는 부끄러워 죽을 지경이었다(정원은 버려진 땅 같았고, 담장은 개머루에 먹혀버렸고, 제멋대로 자란 쐐기풀과 설구화雪球花로 발 디딜 틈이 없었다). 그래서 학교 친구가 집에 바래다주기라도 하면 막바지에는 늘 혼자 오려고 했다. 집을 보여주는 것이 불편하다보니 집에 거의 다 오면 "그냥 혼자 갈게, 그게 편해"라고 했던 것이다. 또한 집은 사람이 안에 있건 없건 문이 이중으로 잠겨 있는 경우가 많았다. 라페루즈에서는 아무도 문에 자물쇠를 채우지 않는다는 사실을 감안하면 특이한 일이었다. 게다가 바토녠 자매는 당연히 열쇠가 없었다. 그래서 학교에서 돌아와 현관 계단에 앉아 있는 경우가 잦았다. 학교 가방은 내팽개쳐 정원의 원시림에 처박아 둔 채로 자매는 별것 아닌 걸 가지고 말다툼을 벌이거나 서로 비밀을 나누고 우울하게 선잠이 들곤 했으며, 팔꿈치를 시멘트 위에 괴고 고개를 뒤로 젖혀 하늘을 바라보곤 했다. 누가 집 앞을 지나가다가 자기가 뭐라도 되는 듯 친한 척 말을 걸면(애들아, 문에 앉아 있는 거니?) 자매는 불청객에게 조심스러운 눈길을 던지고는 아무 대답도 안 했고, 들릴락 말락 낮은 소리로 쑥덕거렸다. 그러면 그 이웃은 애들이 예의가 없다며 엄마에게 고자질을 할 것이고, 엄마는 또 한바탕 욕지거리를 할 것이었다. 하지만 자매는 개의치 않았다. 애당초 사람 대접을 받은 적이 없다보니 피곤한 일을 피하고 싶다는 생각 자체가 없었다.

그런데 왜 분홍 집을 열쇠로 잠가놓았을까? 내가 보기에 마르그리트 리쇼몽의 두려움 말고는 달리 설명할 길이 없다. 그녀는 무섭지 않은 게 없었고, 특히 자기가 모르거나 모른다고 생각하는 사람들을 두려워했다. 그녀는 사람 얼굴을 잘 알아보지 못하는 편이어서 친오빠들조차 알아보지 못할 때도 있었다. 오빠들이 찾아와 문의 빗장을 당기면 그녀는 부엌 커튼을 열고 눈살을 찌푸리며 코를 찡그렸다. 현관 문지방을 넘겠다는 허가를 받으려면 신원을 증명해야 했고, 그녀는 이러한 주의력 부족을 해명한답시고 거드름을 피우면서, 내가 아는 사람이 너무 많아서 말이지, 라고 말하곤 했는데 당연히 그것은 사실이 아니었다. 아무튼 그야 그렇다 치고, 그녀가 근시였거나 조기 치매가 왔을 가능성은 엄연히 존재한다.

실제로 그녀는 아주 일찍부터 지독한 광신도 성향의 기미를 보였다. 그녀는 '광명의 구속 교회'의 열성적 신도가 되었다. 그녀는 잠자는 동안 종종 하느님이 자기에게 말을 걸며, 자기가 꾸는 꿈들은 천사와 악마의 싸움일 뿐이라고 주장했다. 그리하여 그녀는 아침부터 라페루즈 자선 장터에 내놓기 위해 종이꽃을 만들고, 캔버스 천에 찬란한 빛에 둘러싸인 예수의 시신을 수놓고(밑그림은 자기가 그리고 싶은 대로 그렸다), 리엄에게 불빛이 깜박이는 작은 제단을 만들라고 해서 그 위에 쪼글쪼글하고 반짝거리는 사탕 껍질과 천 조각들로 만든 수백 개의 꽃을 깔고 그 한가운데에 플라스틱 성모상을 올려두었다. 적어도 독특하기는 한 제단이었다.

그녀는 난폭하고 격렬하고 분노로 가득 찬 신도였다. 그녀사전에 묵상 같은 것은 없었다. 하느님의 변덕스러운 자비를 청하는 것도 떠들썩해서 그녀는 거실 한복판에 서서 또박또박 소리내어 기도하곤 했다.

성녀가 되기 위한 이런 오랜 도정으로도 모자랐는지, 그녀의 편집증은 해가 갈수록 심해졌다.

그녀는 딸들에게 집 열쇠를 주는 법이 없었다. 어쩌면 누군가 순진한 아이들을 몰래 따라와 잼 조리용 냄비(구리 제품), 벽난로의 장작 받침쇠(주석 제품), 예수 인형(양모 제품) 등을 훔쳐갈까 두려웠는지도 모른다. 아니면 아이들이 일부러 못된 친구들을 끌어들여 세간을 털어가거나 집에 불을 지를 거라고 생각했는지도 모른다. 나는 진실이 이 두 가설 사이에 있다고 본다. 기실 마르그리트 리쇼몽은 딸아이들이 사악함과 순진함 사이를 오간다고 여겼다.

마리아 크리스티나가 아직 열세 살도 안 되고 메나가 열네 살도 안 되었을 때도 이미 집안 꼴은 그랬다. 메나가 성장을 완전히 멈추고 평생을 열네 살로 살게 되기 전부터.

# 마르그리트 리쇼몽이
# 상스럽다고 생각하는 것들

· 향수 냄새를 풍기고 돌아다니는 것

· 길에서 유리창 너머로 술집이나 화상 경마장을 들여다보는 것

· 립스틱을 갖고 다니는 것

· 남자 앞에서 이를 드러내고 웃는 것

· 긴 머리를 묶지 않는 것

· 빙고 게임이나 복권처럼 우연이라는 존재를 인정하는 놀이를 하는 것

· 청량음료를 마시는 것

· 해가 나지 않았는데 선글라스를 쓰는 것

· 세끼 식사 이외에 무언가를 먹는 것

- 보석을 남이 볼 수 있게 착용하는 것(결혼반지와 세례식 목걸이는 제외)
- 기도대에 발을 올리는 것
- 소설책을 읽는 것
- 일광욕을 하는 것
- 팔을 드러내는 것

시간이 지나자 마리아 크리스티나와 메나는 이 상스러운 죄악이라는 것이 오직 여자들에게만 해당되는 것인지, 남자들도 같은 규칙을 따라야 하는지가 궁금해졌다. 엄마에게 질문을 해봤지만 엄마는 아무 대답 없이 어깨를 으쓱하고는 그들을 의무만 있는 부차적 성性의 위치로 되돌려보냈다.

# 소녀들의 숨 막히는 절망

라페루즈는 숲 한가운데에 있는 적막하고 추운 소도시였다. 그곳에 살고 있는 메노나이트 공동체는 까마득한 옛날부터 썰매개를 키우면서, 결빙 전에 개들을 북쪽으로 보냈다가 해빙 때 데려왔다. 여름 동안 개들은 말이 다닐 수 없는 전나무 숲에서 목재 운송에 동원되었다. 모두가 이 시스템에 만족했다. 해빙 때 개들을 써먹을 곳이 없는 알래스카였다면 기나긴 태양의 계절 동안 사료를 아끼기 위해 개들을 없애야 했을 것이다. 이 활동(개 사육) 덕에 라페루즈 시는 전시戰時의 공로를 인정받아 1946년 정부로부터 명예훈장을 받았다(나는 그 기록을 보관하고 있다). 말과 차가 모자란 곳에서 쓰기 위해 개들을 기차와 화물선에 태워 구대륙으로 보낸 것이다. 징발된 개들은 벨기에와 프랑스로 보내졌다. 메노나이트 신자들은 이러한 조치를 모면하려고 발버둥쳤다. 전쟁은 이들과는 상관없는 일이었다. 먹고사는 것만도 힘겨운 사람들이었다. 하지만 그들의 의사는 무시되었다. 개들은 주인의 손에서 강탈당해 대양 건너편으로 보내졌고, 총알 세례를 받았는지 겨자 가스에 희생되었는지 몰라도 다시는 돌아오지 않았다(메노나이트 신자들은 바깥세상의 실정에 어두웠다). 그러고 나서 메노나이트 신자들이 받은 것은 바로 정부 훈장이었다.

리엄 바토넨이 일하기 시작했을 무렵 라페루즈 인쇄소가 주로 찍는 것은 종교 유인물과 지역 신문이었다. 얼마 후 리엄 바토넨은 마침내 야간 조에 편입되었다. 그러니까 인쇄기 기사가 되었다는 말이다. 분명 체격 덕분이었다. 거구의 남자가 과묵하기까지 하면 왠지 믿음이 가게 마련이다. 그래서 그에게 인쇄공이라는 자리가 맡겨졌다. 작업반장은 리엄 바토넨을 야간 조로 옮기고 석 달이 지난 뒤에야 그가 까막눈이라는 것을 알게 되었다. 까막눈이면서 인쇄공 일을 할 순 없어, 말도 안 돼, 왜 말을 안 했어? 라고 비난받자 리엄 바토넨은 태연하게 대답했다, 물어본 적 없잖아요. 반장은 잠시 고민을 하다가 리엄 바토넨을 그대로 쓰기로 했다. 석 달 동안 그가 놀라운 기억력으로 핸디캡을 상쇄할 수 있었던 것이다. 놀라운 점은 그토록 대단한 기억력과 완전히 정상적인 지능을 가지고 있으면서도 그가 굳이 글을 배워 남들에게 무시받지 말아야겠다는 생각을 하지 않았다는 것이다. 어쩌면 그는 작업반장이 생각한 것만큼 오만하고 야심 찬 사람은 아니었을지도 모른다. 반장은 그에게 글을 배우겠다는 약속을 받았다. 그러나 새색시 마르그리트 리쇼몽은 글 가르치는 일을 거부했다. 그녀는 자기는 인내심이 없다면서—틀린 말은 아니다—언니 한 명에게 교육을 맡겼다. 심사숙고해서 고른, 제일 못생기고 제일 뚱한 성격의 언니였다. 마르그리트는 그래도 맹추는 아니었다. 인생 경험은 별로 없었지만 대신 편집증적 직감은 대단했다. 사실 성인 간의 합의된 관계라는 조건만 충족된다면, 사제 관계보다 연애로 발전하기 쉬운 관계가 어디 있단 말인가?

리엄은 마르그리트 리쇼몽과 결혼할 때만 해도 아이를 낳을 생각이 없었던 것이 분명하다. 아마 그는 (자기가 태어날 때 어머니가 죽은 기억 때문에) 자기가 선택한 여인에게 조금의 위험도 감수하게 하고 싶지 않았을 것이다. 하지만 또한 안개 낀 저녁이면 그에게서 드러나는 일종의 절망 때문이었을지도 모른다. 리엄은 아이는 낳아서 뭐하는데? 같은 말을 아무렇지도 않게 내뱉을 수 있는 사람이었다.

하지만 마르그리트 리쇼몽은 그의 말을 들으려 하지 않았다. 남편의 조심성과 널뛰는 배란일을 딛고 승리를 거두는 데는 여러 해가 걸렸다(마르그리트 리쇼몽은 생리를 일 년에 여

섯 번밖에 하지 않았다). 하지만 기도와 확신과 삶은 양배추 식
이요법 덕에 그녀는 마침내 베나를 임신했다. 그리고 이런 종류
의 일이 종종 그렇지만 소 뒷걸음치다 성사된 일은 얼마 후 다
시 성공했고, 그래서 마리아 크리스티나가 태어났다.

어린 시절 내내 마리아 크리스티나는 하느님의 무한한 자비
덕에 **생리 복귀** 때 잉태되었다는 말을 지겹게 들었다.* 그녀는
생리 복귀라는 표현을 오랫동안 제대로 이해하지 못했으며, 그
녀가 첫 소설에서 이 단어를 쓴 방식을 보면 이 단어의 의미를
제대로 알아볼 생각을 끝까지 하지 않은 것 같다. 어머니는 그
녀가 이 단어를 입에 담는 것을 싫어해 뾰로통한 표정을 지었
으며, 교리 선생님들은 이해심이 많아 그 말을 쓰는 것을 적극
적으로 막지는 않았다. 그러다보니 마리아 크리스티나는 이 단
어를 이상한 의미로 이해하게 되었다. 말썽꾸러기 아이들이 피
투성이가 된 채로 교회의 품에 돌아와 교리 선생님들의 섬세한
일상에 공포와 전율을 일으킨다는 뜻으로 알게 된 것이다.

매일 아침 마리아 크리스티나에게 처음 떠오르는 생각은 '살
날이 또 하루 줄었구나' 하는 것이었다. 이 말은 표현이 좀 부
자연스럽기는 해도 그녀가 받은 교육 때문에 매우 특별한 의미
가 있었다. 그녀는 하느님 왕국이 그녀를 기다리고 있으며, 때

---

* 출산 몇 달 후 첫 생리 때 바로 임신했다는 말.

가 되면 주님께서 천잠사天蠶絲로 덮인 커다란 권능의 팔을 벌려 그녀를 맞이하실 거라는 믿음 속에서 키워지지 않았던가? 언젠가는 '분홍 엉덩이 집'을 떠나 신의 왕국에 갈 거라며 그녀가 안도했던 것도 어쩌면 이런 생각을 매일같이 되풀이했기 때문인지 모른다. 개인적으로 나는 그녀가 라페루즈에서 하루 더 살아야 한다는, 따라서 넓은 세상에서 살날이 하루 더 줄어든다는 슬픔을 말하고 싶었던 거라고 믿는다. 그녀에게 흥분과 두려움을 동시에 제공하는, 살아 있는 바깥세상 말이다.

잠을 이루기 위해 마리아 크리스티나는 자신의 장례식 장면을 그려보고, 사람들이 자신의 죽음에 안타까워하는 모습을 상상했다.

달력을 보면 매년 별 생각 없이 미래의 기일을 지나치고 있는 건 아닐까 하는 생각이 들었다. 인생에 마침표를 찍게 될 죽음의 날짜라는 것을 모르면서 매번 그 날짜를 보내는 건 아닐까. 그래서 자신의 인생 역정에서 2월 27일이나 4월 30일이나 7월 15일이 차지할지도 모르는 중요성을 생각하면 숨이 막힐 것 같았다. 언젠가 그 날짜가 자기에게 얼마나 결정적인 날짜가 될지를 알려주는 표지가 전혀 없다니 놀랍지 않은가? 그렇다면 모든 것이 우연, 우발에 불과하단 말인가?

이러한 불안한 기분에 적응하기 위해 마리아 크리스티나는 숲에서 많은 시간을 보냈다. 나무 밑둥치에 앉아 손가락을 나무의 이끼 안에 박아놓고, 조약돌처럼 꼼짝도 않으면서, 고라니나 여우라도 지나가기를 기대하면서, 새들의 노랫소리, 경고 소리, 구애 소리를 온몸으로 들이마셨다. 그녀는 호흡을 최대한 천천히 했다. 그러면 자기 육신을 다스릴 수 있는 것 같았다.

숲 산책을 마치고 돌아오면 엄마는 미심쩍은 눈초리로 쏘아보면서 딸아이가 숲에 대해 성적 매력을 느끼는 죄를 저지른 건 아닌지 의심하고 하루나 이틀 동안 그녀를 집안에 가둬두었다. 엄마는 상상이나 할 수 있었을까? 숲에 사는 생물들에게 나무로 여겨지고, 그럼으로써 이미 그녀 안의 내밀한 영역을 상당 부분 잠식한 불안을 조금이라도 진정시키는 것이 마리아 크리스티나에게 가장 큰 행복이라는 것을.

# 모두들 함구하는 것의
## 중요성에 대하여

 

 

리엄 바토넨은 메나보다 마리아 크리스티나를 좋아했다.

아마 마리아 크리스티나가 메나보다는 약간 더 라프족처럼 생겼을 것이다. 식구끼리 누가 누구를 닮았느니 하는 이야기는 우스운 일이다. 리엄 바토넨으로서는 마리아 크리스티나가 자기를 닮아 메나보다 더 좋다고는 절대 드러내놓고 말할 수 없었을 것이다. 누가 그런 얘기를 했다면 그는 자기에게 동성애 경향이 있다는 말이라도 들은 것처럼 충격을 받았을 것이다. 게다가 마리아 크리스티나를 더 좋아한다는 것도, 그녀가 자기를 더 닮았다는 것도 절대로 인정하지 않았을 것이다.

어디가 닮았는지도 분명히 말하기 어려웠다. 체격은 메나가 아빠와 훨씬 비슷했다. 하지만 마리아 크리스티나에게는 어딘가 리엄 바토넨에게 친어머니의 얼굴을 떠올리게 만드는 구석이 있었나. 그에게는 그런 생각의 바탕이 될 만한 이머니 사진이 한 장밖에 없었다. 그것은 결혼식 날 리엄의 아버지와 찍은 사진으로, 사진 속 어머니는 허약해 보이고 얌전히 미소를 짓고 있어 이후 그녀를 덮치게 될 치명적 쇠락을 예고하는 것처럼 보였다. 하지만 시간이 지난 뒤 사랑하는 사람의 얼굴을 바라볼 때면 언제나 그 사람을 앗아갈 운명의 그림자를 찾아볼 수 있지 않은가? 여하튼 마리아 크리스티나는 리엄 바토넨이 지갑에 간직하고 있는 사진 속 작은 사람과 닮았다. 가죽 냄새, 땀 냄새가 나는 유령 같은 뻣뻣한 실루엣.

마리아 크리스티나는 이 '닮음'에 대해 생각해보는 것을 늘 좋아했다. 어렸을 때 그녀는 아빠와 닮은 것 열 가지, 엄마와 닮은 것 열 가지 하는 식으로 부모님과 닮은 요소의 목록을 만들려 했다. 청소년기에 라페루즈를 떠나 샌타모니카에 도착했을 때도 같은 시도를 했다. 결과는 설득력이 있다고는 못해도 최소한 재미난 것이었다. 그것은 남들에게 해가 되지 않는 자아도취적인 장난이었으며, 사실상 어떤 형태로든 (특히 마리아 크리스티나처럼 가족과 완전히 연을 끊은 사람에게는) 겸손함을 키워주었다. 그녀는 이를 '부모님과 닮은 점 찾기 앙케트'라고 부르며 친구나 급우들에게도 해보라고 하곤 했다.

자매가 어렸을 때 메나 언니는 이 놀이를 절대 하려 하지 않았다. 그녀는 마리아 크리스티나에게 너 잘난 척하고 싶어서 그러는 거지, 라고 말하곤 했다.

넌 결과를 조작하고 있어.

넌 나를 창피주려고 하는 거야.

이처럼 메나는 열네 살이 되기 전에도, 모든 것을 뒤엎어버린 사건이 닥치기 전에도 이미 정신 상태가 시원치 않았다.

(여덟 살에 마리아 크리스티나는 아빠로부터 물려받은 것의 리스트를 다음과 같이 정리했다. 1. 눈, 2. 턱, 3. 비관주의, 4. 자연에 대한 사랑, 5. 사람보다 동물을 좋아하는 것, 6. 과묵, 7. 성姓.

엄마에게 물려받은 것으로는 다음과 같은 것들이 있었다. 1. 식욕 부진, 2. 나쁜 성격, 3. 비관주의, 4. 코, 5. 잠 잘 때 뒤척이는 것, 6. 사람들의 눈을 빤히 쳐다보는 것.

그녀는 생모와 생부에게서 각기 열 가지 닮은 점도 찾지 못한 것이었다.)

자매는 나이가 십 개월밖에 차이가 나지 않아 서로 구별될 수 있는 방법을 고안해야 했다. 자매는 곧 각자 나름의 영역을 선택했다. 한 명은 장대한 골격과 불같은 성격을 택했고, 다른 쪽은 내면에 침거해 예민하고 교활한 작은 존재가 되었다.

마리아 크리스티나는 벌새의 골격, 검은 머리칼, 아프리카 여우의 눈, 뾰족 턱, 창백하고 파리한 피부를 갖고 있었다.

메나는 눈부신 금발로, 툰드라에서 순록을 키우고 영하 60도에 캠핑 텐트를 세울 만한 체격이었다. 그나마 여성적인 부분도 마찬가지였다. 여성적인 면마저 조금은 투박하고 묘하게 어정쩡했다.

언니가 갓난아기 때부터 줄곧 악을 쓰고 울음을 터뜨린 것을 보상하기 위해서였는지 마리아 크리스티나는 순하고 조용한 아기였다.

바토넨-리쇼몽 가족 같은 집에 태어나면 누구나 주어진 조건 하에서 가능한 전략을 닥치는 대로 이용하게 마련이다. 그녀는 숨기는 게 많고 조심스러운 소녀가 되었다. 언니와 싸우지 않거나 숲에 있지 않을 때는 책을 읽었다. 그녀는 라페루즈 도서관에 가서 주님을 찬양하는 책들을 집어온 뒤 엄마가 돌아오면 그 책들을 보여주었다. 가방 속에는 헨리 밀러나 노먼 메일러 같은, 그녀로선 너무 어린 나이에 읽은, 사탄의 사주를 받은 소설가 한두 명이 숨겨져 있었다. 문학은 분홍 집에 밀반입되었다. 심지어 메나도 모르는 일이었다. 이 밀수를 알았다면 결정적인 순간에 흥정의 조건이 되었을 것이다.

마리아 크리스티나는 자기 가족만큼이나 적대적인 곳에서 생존을 보장하는 가장 간단한 방법은 모든 사람들의 비위를 맞추는 거라는 사실을 깨닫고 있었다(생존이라는 말은 과장이 아니었다). 하지만 이것도 그녀를 들볶으면서 난 널 알아, 너에 대해 다 아는 건 나뿐이야, 라고 말하는 언니에게는 먹혀들지 않았다. 그 때문에 마리아 크리스티나는 겁에 질려 있었다. 한 동안 그녀는 언니가 자기를 줄곧 염탐하고 있고, 잠도 자지 않으면서 자기가 자는지 감시하고 있으며, 조금만 실수를 했다간 언제든 자기를 팔아넘길 거라고 확신하기까지 했다.

불신이 만연한 가족이었다.

리엄 바토넨은 온화한 성격이었지만 아내의 바가지와 물푸레나무 잎으로 담근 독주를 종일 마시는 버릇 때문에 그 좋은 성격이 변해버렸다. 그의 차분한 성격은 얼마 지나지 않아 우울한 성격으로 변해버렸다. 며칠씩 말을 안 할 때도 있었다. 자기만의 생각에 빠져 어디론가 가버린 것 같았다. 아이들은 아빠가 토라졌거나 식구들과 대화를 끊겠다고 작정한 거라고 생각했다. 그는 점심을 먹으려고 인쇄소에서 돌아와 일언반구 없이 식탁에 앉아 라디오 주파수를 바꾸고는(마르그리트 리쇼몽은 라디오를 늘 종교 프로그램에 맞춰놓았고, 그럴 때마다 그는 교사 지망생들이 나와 일반 상식 문제에 답하고 청중이 박수를 치는 퀴즈 프로로 채널을 돌렸다) 무언가를 회상이라도 하듯 주방 창문으로, 엉뚱한 쪽에 달린 주방 창문으로 바깥을 바라보았다. 아이들은 포크를 놀리면서 최대한 소리를 내지 않으려 했고, 식탁 밑으로 서로 정강이에 발길질을 해대면서 부자연스러운 표정을 지었다. 그러다가 얼마 후 마침내 리엄이 다시 말문을 열었는데, 갑자기 라디오 퀴즈 문제에 답을 말하거나 했고, 그러면 딸들은 엄마를 쳐다보았고 그는 아무 일 없었다는 듯, 대명천지에 모든 게 정상이라는 듯 행동했다.

반쯤 눈을 감고 의자에서 몸을 건들거리면서 담배를 피우는 그의 모습을 보면 마치 앞으로 살날이 몇 년이나 남았는지 따져보면서 도대체 언제부터 자기가 길을 잃은 건지, 어디서 커브를 잘못 틀었기에 라페루즈에 온 뒤로 이 답답한 길만 따라가고 있는 건지 자문하는 것 같았다. 모든 남자는 언젠가는 그런 생각에 빠지게 되는 법이다. 그가 아내와 자식들을 바라보는 눈길을 보면 그의 생각이 어떤지 모를 수가 없었다.

저녁때는 귀가 시간이 너무 늦어 딸들과 식사를 할 수가 없었다. 그는 주방에서 라디오를 들으면서 혼자 식사를 했는데, 고개를 건들거리면서 담배를 피우고, 개의 머리를 쓰다듬어주고, 신문을 처음부터 끝까지, 부고란이나 장작 판매 광고까지 빼놓지 않고 읽었다. 여기에는 늦은 나이에 글을 배운 사람 특유의 즐거움이 있었다. 그러면 마르그리트가 와서 곁에 앉아 훈연향이 강한 허브티를 마시면서 남편에게 말을 걸었다. 그녀는 육군 상사가 지휘관에게 보고라도 하듯 가스 요금에 대해, 딸들에 대해, 딸들의 끝없는 다툼에 대해, 하느님에 대해, 건강이 좋지 않은 아버지에 대해, 곤경을 겪고 있는 아버지의 제지 사업에 대해 이야기했고, 자기가 일 나가는 댁 '아씨'의 소식을 전했고, 오직 여자들만이 가능한 기술, 잘 알지도 못하는 사람의 소식을 전하는 기술을 발휘해 이웃들과 그들의 아이들에 대한 소식을 전했다.

그가 결국 그녀의 말을 끊을 때도 있었다.

"내가 본 적도 없는 여덟 살짜리 어린애 이야기를 한 시간 동안 하려고 그래?"

그러면 그녀는 기분이 상해 대꾸했다.

"당신 본 적 있어. 그 애는 여름마다 허먼 영감의 이탄습지에서 크랜베리를 따거든."

그는 무심한 태도로 고개를 끄덕였다. 마리아 크리스티나가 어린아이였을 때 돌고래가 잔뜩 나온 삽화를 보여주면서 "나는 얘가 되고 싶어, 아빠는 어떤 돌고래가 되고 싶어?"라고 물었을 때와 똑같은 무심한 태도였다. 그럴 때면 리엄은 어깨를 으쓱하면서 대답했다.

"왜 내가 돌고래가 되고 싶어야 하는데?"

"아니, 아빠, 그냥 하나 골라봐."

"그건 안 돼. 난 돌고래가 되기 싫거든."

말은 이렇게 무뚝뚝해도 분위기는 지극히 다정했다.

마리아 크리스티나는 아빠가 자기를 더 좋아하는 것이 불편했고, 메나는 그에 아랑곳하지 않는 척했다. 리엄이 마리아 크리스티나를 지독히 편애하는 것은 엄연한 사실이었다. 사소한 몸짓 하나하나에서도, 인사를 할 때도 표가 났다. 리엄은 마리아 크리스티나에게만 핀란드어를 가르쳐주었고, 이런저런 일을 시키거나 "같이 갈래?"라고 묻는 것도 늘 마리아 크리스티나에게였지 언니는 절대 아니었다. 마르그리트 리쇼몽은 균형을 맞추려고 애를 썼다. 그래서 그녀는 자신이 자매를 둘 다 똑같이 사랑하고, 때가 되어 주님이 부르실 때면 둘 사이에 조금도 차별을 두지 않으실 것이며, 집안일도 똑같이 나눠서 해야 하고, 둘 다 똑같이 예쁘고, 한쪽이 눈이 예쁘면 다른 쪽은 체격이 좋고, 둘 다 똑같이 영악하다는(이건 장점이라고 할 수 없지만) 말을 되풀이했다. 이런 말을 들을 때마다 두 소녀는 짜증이 더 심해졌고, 한 명은 원하지도 않는데 특별 대우를 받고 있고 다른 쪽은 애정을 받지 못한다는 사실을 다시금 자각했다.

자주 있는 일은 아니지만 두 딸의 존재가 리엄에게 축복으로 느껴질 때가 있었다. 그는 자매가 정원에서 고슴도치를 잡으려고 돌아다니거나 꽃 따는 모습을 구경하면서 계단에 앉아 담배를 말다가, 이 들소들아, 이 불한당들아, 늙은 아빠 옆으로 오렴, 하고 그들을 부르곤 했다. 그러면 두 아이는 달려와 그에게 엉겨붙었고, 그러면 그는 조금 뒤 아이들을 놓아주고 다시금 원래의 무기력 상태에 빠져들었다.

마리아 크리스티나는 일찍부터 공부에 놀라운 재능을 보였다. 그녀는 고분고분하고 교활했다. 인쇄물이라면 무조건 읽고 보는 성향 덕에 학교 선생님에게 총애를 받았다. 그녀는 심지어 소설 쓰기에도 도전했다. 그 소설은 자신의 짧은 인생에서 영감을 받아 쓴 것으로, 그녀는 습작 노트를 닭장에 숨겨두었다. 한편 메나는 강인한 성격을 보란 듯이 드러냈고, 공부에 대한 노골적 혐오를 표시했다(자매는 같은 반이었고, 안 그래도 복잡한 둘의 관계에 이는 도움이 되지 않았다).

여기서 한 가지 지적할 것은 마리아 크리스티나가 겉으로는 고분고분해 보였어도 실은 그것이 저항의 방식이었다는 사실이다. 비록 상황에 맞춘 조용한 저항이기는 했지만, 그것은 자신의 인생을 제 마음대로 하려는 엄마에 대한 저항, 자신을 둘러싼 환경에 대한 저항이었다. 어찌 보면 무언의 체제 이탈인 셈이었다.

확실한 것은 그들의 환경에 녹아들려는 마리아 크리스티나의 (위장복 입은) 욕망을 오직 메나만이 눈치채고 있었다는 것이다. 물론 그러면서도 마리아 크리스티나는 두 가지 죄악의 열정에 빠져 있었다. 하나는 주변 사람들에 대해 이런저런 예측을 해보는 것에 대한 열정이었고(그녀는 자신에게 영매의 재능이 있어 미래를 예측할 수 있다고 확신했다), 다른 하나는 책에 대한 열정이었다. 책에 대한 열정이 그녀를 라페루즈로부터 멀리 떠나게 해줄 거라는 점은 의심할 나위가 없었다. 책이란 것은 본디 숨 막히는 가족으로부터 해방되는 데 도움이 되지 않는가? 메나는 동생과 비교할 때 자기가 이 소도시와 분홍 엉덩이 집을 떠나는 게 쉽지 않으리라는 점을 짐작하고 있었다.

그녀는 스포츠가 도움이 될 거라고 생각했다. 그래서 체육 선생의 엉뚱한 제안에 따라 그레코로만 레슬링을 시작했다. 그녀는 군郡 최고의 선수가 되기 위해 운동에 전념했다. 유별난 체격을 이용해 동생에게 조이기 기술을 시전하면서, 내가 그만두지 않으면 넌 죽어! 라는 말로 위협하는 일이 점점 더 잦아졌다. 그녀는 매사에 불만을 늘어놓았으며, 동생과 주기적으로 화해했다. 어찌 되었든 마리아 크리스티나는 바토넨 가족 중에서 그녀의 말을 가장 잘 들어주는 사람이었던 것이다. 두 소녀는 침실을 공유했고, 라페루즈로부터, 적대적인 주변 환경으로부터, 구석구석에 배어 있는 고리타분한 메노나이트 식 사고로부터 벗어나고픈 욕망을 공유했으며, 원수처럼 여기는 메노나이트들 못지않게 고리타분한 어머니 앞에서 느끼는 당혹감을 공유했다.

두 자매에게 바깥세상은 근시의 꿈 비슷한 것이었다. 라페루즈 경계 너머에 있는 모든 것은 어렴풋하고 감미롭고 불분명해 보였다. 라페루즈의 어른들에 대한 막연한 증오심과 침울했던 어린 시절 때문에 자매는 라페루즈를 둘러싼 세상이 향기로운 푸르른 풀밭이나 엄청나게 짜릿한 거대 도시라고 생각했다. 자매는 기회만 닥치면 줄행랑을 칠 수 있도록, 넓은 세상을 향해 떠날 수 있도록 준비가 되어 있으려 했다.

자매의 저항 방식은 어처구니가 없을 정도로 소극적이었다. 예를 들어 자매는 (귀 뚫는 것이 금지였기 때문에) 성당 뒤 암시장에서 구한 클립형 귀고리를 평소에 들고 다니다가 길모퉁이를 돌아 엄마 집으로부터 멀어지자마자 착용했다. 그럴 때면 마리아 크리스티나는 감색 점퍼를 배낭에 구겨넣고 대신 딱 맞는 검은색 새틴 재킷을 입었다. 중고품 세일에 나온 쓰레기 더미에서 발견한 것이었다(메노나이트 신도들조차 딸자식이 새틴 옷을 입는 것 정도는 용인했다). 메나는 입술에 오렌지색 립스틱을 발랐다. 그리고 자매는 같은 밧줄에 묶여 있는 두 마리노새처럼 서로가 비밀을 지킬 수 있도록 도왔다.

자매는 서로 째려보고, 이런 집에 태어난 것을 불평하고, 자기들의 운명을 탄식하고(재미로 하는 것이 절대 아니었다), 서로 따귀를 주고받았지만, 그러면서도 한 사람이 떠날 방법을 찾으면 다른 사람을 데려갈 거라고 상상했다.

자매가 태어난 이후로 계속되어온 상황은 1969년 초봄에 종지부를 찍었다. 그날은 붉은옆줄무늬뱀들이 동면을 끝내고 나온 날이었다.

# 어떻게 해서 마리아 크리스티나는
# 못된 여동생이 되었는가

봄이면 붉은옆줄무늬뱀은 수개월간의 겨울잠을 마치고 눈 밖으로 나온다. 추위 때문에 뱀들은 암수 할 것 없이 똑같은 신호를 보내 모두 한데 모여 무리를 지어 몸을 배배 꼬면서 서로의 몸을 덮고 서로를 덥혀준다. 이 기발한 생각을 하는 뱀은 수만 마리나 된다. 그래서 세계 최대의 뱀굴이 만들어지는 것이다.

메나에게 뱀 공포증이 있다는 것을 누가 짐작이나 했겠는가? 그것은 메나 자신도 모르는 일이었다. 빽빽하게 붙어 우글거리는 짐승 떼를 본 메나가 (해를 끼치는 것도 아닌데) 겁에 질려 길 끝까지 달려가 뛰어내려 10여 미터를 추락해 급류에 휩쓸릴 줄 누가 알았겠는가? 마리아 크리스티나는 숲 짐승의 생태에 대한 자신의 관심이 언니의 불행을, 뇌진탕을 초래할 줄 상상이나 했겠는가? 메나의 지능 발달이 십대 소녀의 수준에서 멈춰버리고, 거기에 더해 주기적으로 간질 발작까지 하게 될 줄 상상이나 했겠느냔 말이다.

5월의 그날, 두 아이는 라페루즈와 샤마와크의 경계를 이루는 숲으로 떠났다. '떨리는 손가락의 숲'이라고도 불리는 곳이었는데, 아이들을 두렵게 하긴 해도 실제로 별 뜻은 없는 이름이었다. 단지 백여 년 전만 해도 그 숲에서 가장 흔했던 사시나무에서 따온 이름일 수도 있었다. 마리아 크리스티나는 언니에게 말해둔 터였다. 굉장한 걸 보여줄게. 메나는 헐떡거리면서 동생을 따라갔다. 자매는 마리아 크리스티나가 점찍어둔 장소까지 숲 속을 걸어갔다. 길 바로 옆, 계곡의 급류 위, 꽤 가파른 축대에 서 있는 너도밤나무의 그루터기가 붉은옆줄무늬뱀 수백 마리의 소굴이 되어 있었다. 어쩌면 그 모든 것은 대단한 일이 아니었을지도 모른다. 어느 봄날, 어느 휴교일, 샤마와크 숲으로의 소풍, 4월의 강우 때문에 부드러워진 땅, 굴러다니는 돌들, 비명을 지르고 추락하고 조용해진 소녀, 넋이 나가 굳어버린 다른 소녀, 그저 그뿐이었는지도 모른다. 구멍 난 빗물받이 홈통에서 나는 것 같은 예쁜 소리를 내면서 녹고 있던 눈밭 한가운데 있는 화강암 바위에 머리를 처박는 것으로 메나의 추락은 마무리되었다. 그녀는 마치 나뭇잎 사이로 비쳐들어와 조그마한 얼룩을 남기는 햇살을 즐기려고 편안히 휴식을 취하고 있는 것처럼 보였다.

뱀들이 소생하는 광경을 언니와 함께 볼 수 있다는 생각에 너무나 들떠서 마리아 크리스티나는 예민한 사람이 뱀 떼를 보고 놀랄 수도 있다는 생각은 추호도 하지 못했다. 언니가 겁에 질릴 거라고는 생각지 못한 것인지, 그런 생각을 하기는 했던 것인지—어린 소녀의 머릿속에서는 무슨 일이든 일어날 수 있는 법이니—아니면 정말 언니를 놀라게 하여 자신의 용기를 과시하며 잘난 척할 생각이었던 것인지, 진실을 아는 것은 불가능하다. 어쨌든 메나가 비명을 지르며 뒷걸음질을 치고 패닉에 빠져 균형을 잃고 미끄러질 것까지는 예상하지 못한 게 분명하다.

나중에 마리아 크리스티나는 이 참극이 벌어진 상황을 골백번은 다시 떠올렸다. 그렇게 끝없이 곱씹다보니 나중에는 실제로 일어난 일이 아니라 영화의 한 장면처럼 느껴졌고, 급기야는 자기가 있던 위치가 아닌 다른 위치에서 그 상황을 그려볼 수 있을 정도가 되었다. 꿈속에서 자신의 모습을 다른 위치에서 다른 사람이 되어 다른 시각으로 바라보는 것처럼, 그녀는 언니가 추락한 뒤 가파른 비탈을 내려가는 자신의 모습을 볼 수 있었다. 사건의 배경도 마치 자기 자신이 연출한 세트장 같았다. 어디서 어디까지가 실제이고 망각이고 재구성된 것인지 알 수가 없었다. 이후, 그날은 그녀 인생에서 가장 비통한 날이 되었으며, 언니를 숲에 데려가기로 한 것은 평생, 지금껏 살아온 인생과 앞으로 살아갈 인생 중에서도 최대의 오판이 되었다. 그녀는 이 오판을 고립된 우연적 결정으로 여겼지만 그것은 착각이었다. 비극은 우연히, 무질서하게 아무렇게나 오지 않는다. 오판은 우리 발밑에서 뿌리와 잔뿌리로 확고하게 뻗어나가고 있는 거대한 지하 조직의 일부다. 그것은 수많은 길을 파놓고 씨앗을 뿌려두고 부식을 견디면서 때가 오기만을 참을성 있게 묵묵히 기다리다가, 드디어 그날이 오면 땅속을 박차고 터져나와 당당히 모습을 드러내고 우리의 발목을 잡고 우리를 빛으로부터 끌어내 그들의 어둠 속으로 끌고 간다.

어린 마리아 크리스티나의 치명적 판단 착오를 잠시 접어둔다면, 이 비극의 원인은 무엇이었을까?

그날 두 아이가 한가했고(화요일 대낮) 마리아 크리스티나가 언니를 데려가 붉은옆줄무늬뱀들이 겨울잠을 마치고 나오는 것을 가까이서 보려 한 것은 학교 선생님이 결근을 했기 때문이었다. 라페루즈의 모든 14세 이하 아이들을 맡고 있던 여선생은 봄 감기로 병석에 누워 출근을 못했다. 그녀가 그날 아팠던 것은 전전날 노모가 짜준 청회색 스웨터를 벗어도 되겠다고 생각했기 때문이었다. 주일 소풍을 갔다가 들꽃 무늬 원피스를 보이고 싶어 너무 두껍고 너무 덥고 너무 추한 스웨터를 벗었고, 스웨터가 사라지자 꽃샘추위가 그녀의 새하얀 가슴을 덮친 것이다. 그렇다면 메나의 추락과 불행의 최초 원인은 누구인가? 보기 흉한 털을 가졌던 양인가? 그것도 아니면 여선생의 노모인가?

마르그리트 리쇼몽은 이 참극에서 다른 이유를 찾아냈다. 딸이 추락한 것은 주님이 원하셨기 때문이기도 했지만, 무엇보다 메나가 지나가던 길의 자갈 더미가 무너졌기 때문이라는 것이었다(사실 그것은 정식 도로보다는 숲길에 가까웠다). 그리고 길이 그렇게 엉망인 것은 공공 부문의 공사를 도맡아 하는 중국인들이 일을 엉터리로 했기 때문이었다. 따라서 잘못은 중국인들에게 있었다.

메나는 몇 주 동안 토론토에서 진찰을 받았다. 얼마 후 그녀는 석방되었다. '석방'이란 마침내 정신병이 노골화된 마르그리트 리쇼몽이 사용한 표현이었다. 그녀는 맏딸과 자신의 망가진 정신을 간호하는 데 몰두했다. '아씨'는 의료 침대를 하나 제공했고(발작이 덮쳐오면 그 침대에 메나를 묶어둘 수 있었다. 다행히도 시간이 흐르면서 발작은 점차 줄어들었다) 마르그리트 리쇼몽은 사탄의 하수인인 중국인의 침략으로부터 라페루즈를 수호하기 위해 정당을 창립했다. 그녀는 당의 이름을 '결사적 투쟁을 위한 라페루즈와 주님의 결합'이라고 정했다. 그녀는 이지력이 거의 없어진 늙은 아씨로부터 돈을 받아냈고, 리엄을 시켜 전단지를 인쇄하려 했다. 그러나 리엄은 단호하게 거부했고, 그가 아내의 뜻에 불복한 것은 그것이 사실상 처음이었기에 이후 그녀는 남편에게 말 한 마디도 건네지 않게 되었다.

Ⅲ

클라라 문트

# 그 일에 대해 말해진 것

　지금까지 내가 이야기한 모든 것, 그 모든 이야기, 혹은 바토넨 일가의 그 모든 전사前事는 마리아 크리스티나의 첫 소설 《못된 여동생》에 기술되어 있다. 나는 과장되어 보이는 몇 가지 정보를 주의 깊게 검증했고, 당연히 내 이야기의 끝은 그 책의 결말과 다르다. 자동차 사고로 어머니와 언니가 목숨을 잃었고 그 덕에 라페루즈의 집을 떠났다는 결말 말이다.

　그녀가 자신의 유년기에 대해 그런 에필로그를 선택한 데에는 여러 이유가 있다. 내가 보기에 가장 그럴듯해 보이는 가설은 그녀가 자기 인생에서 라페루즈 시기를 완전히 접고 무엇인가를 창안해야 할 필요를 느꼈다는 것이다.

　책이 출간되었을 때 마리아 크리스티나는 열여덟 살도 채 안

된 나이였다.

그런 집안에서 태어난다는 게 어떤 일인지, 언니를 자기 손으로 죽이다시피 한 후에 살아간다는 것이 어떤 것인지에 대해 그녀는 여러 차례 질문을 받았다.

순진하게 기대했던, 작법에 관한 질문들이 아니었다.

그러면 그녀는 즉시 대답했다. 책에 다 나와요.

처음에는 이런 소동이 두려웠다. 다행히도 원고의 출판을 주선해준 클라라문트가 거기에 있었다. 그녀의 발이 땅에 닿지 않는 한 그는 절대 그녀의 손을 놓지 않았다.

# 콰이 강의 다리*

마리아 크리스티나 바토넨은 라페루즈를 탈출하고 이 년 뒤 《못된 여동생》을 출간했다. 1976년 그녀는 장학금을 얻었다. 마르그리트 리쇼몽의 독재 정권이 통제를 완화해 주민 이주를 막지 않은 것은 오직 그해뿐이었다.

마리아 크리스티나는 당시 상황을 가끔 그런 식으로 이야기하곤 했지만(따라서 이에 대해서는 여러 버전이 있었다) 진실은 사뭇 다르다.

부모님은 반대 의사를 명확히 했지만 그녀가 말을 듣지 않고

---

* 2차 세계대전을 배경으로 한 데이비드 린 감독의 영화. 태국의 정글에 포로로 잡혀간 영국군 대령이 적군인 일본군에게 필요한 교량의 공사를 지휘해 공사를 성공시키지만, 전쟁 승리를 위해 제 손으로 지은 그 다리를 폭파해야 하는 이야기를 그렸다.

떠난 것이었다.

라페루즈와 그 유독한 분위기(그곳에서는 매순간 죄책감이 발목을 잡았고 그 때문에 누구보다 자신 있는 학교 시험 때도 머뭇거릴 때가 있었다)로부터 벗어나야겠다는 생각이 구체화된 것은 그녀의 '어마어마한' 텍스트 분석 능력에 주목한 진 하워드 라푸세트 선생님이 미국의 대학 한 곳에 장학금을 요청해보라고 제안했을 때였다. 마리아 크리스티나는 미성년자였으므로 최소한 양친 중 한쪽의 신속한 동의가 필요했다.

은회색 머리의 진 하워드 라푸세트 선생님은, 지독하게 습하고 추운 기후가 몸에 맞지 않는지 동작이 늘 뻣뻣한 라푸세트 선생님은 예쁜 마리아 크리스티나의 매력에 넘어가 있었다. 진위 여부는 알 수 없지만 어쨌든 샤마와크 고등학교에서는 그런 얘기가 돌았다. 선생님의 이 로맨틱한 애정은 마리아 크리스티나의 뛰어난 성적에 대해 의구심을 낳기는커녕 그를 점잖은 비극의 주인공으로 만들었고, 마리아 크리스티나를 본의 아니게 무정한 여자로 만들어버렸다. 그녀가 선생님의 뜨거운 연정을 거의 눈치채지 못하고 있었던 것이다. 하지만 이런 쑥덕공론에 지나치게 관심을 가질 필요는 없어 보인다. 내가 이런 이야기를 하는 것은 단지 분위기를 보여주기 위해서다.

한편 메나는 분홍 집에서 마리아 크리스티나를 마주칠 때마다 코를 찌푸리곤 했다. 동생이 미국에 가서 양차대전 사이 북유럽 문학의 정치성을 연구할지도 모른다니 생각만 해도 굉장히 불쾌한 일이었다. 당연히 연구 주제 같은 것은 상관이 없었다. 단지 동생에게 더 찬란한 미래가 기대된다는 사실이 문제였다. 그것만으로도 원한을 불러일으키기에는 충분했다.

리엄 바토넨은 딸아이가 라페루즈를 떠나 넓은 세상으로 가길 원치 않는다고 공개적으로 선언했다. 마르그리트 리쇼몽은 언제나 미국을 '악질 사기꾼의 나라'라고 불렀다(실은 그게 무슨 뜻인지도 분명치 않았다. 포드 대통령을 두고 한 말인가, 자본주의 자체를 두고 한 말인가? 아니면 그곳에서 개개인이 누린다는 기만적 자유를 얘기한 것인가?). 혹은 '타락한 바빌론'이라고도 했다. 리엄은 가족회의라는 것을 소집해서—그러니까 리엄의 지시에 따라 작은 주방의 파리 끈끈이 밑에 넷이 모두 모였다는 말이다—마리아 크리스티나에게 훈계를 했다.

메나는 만족한 표정이었고 엄마는 속마음을 그만큼 뚜렷이 드러내진 않았다.

"진 하워드 라푸세트 선생님이야 물론 훌륭한 분이지만 선생님께서 그런 생각을 불어넣었다고 해서 네가 당장 미국으로 달려가야 하는 건 아니다. 선생님은 네가 재능이 있고 전도유망하다고 생각하시겠지. 하지만 그 양반은 학교 담장 안에서만 살아서 진짜 인생에 대해서는 아는 게 하나도 없어. 미국인들 틈에서 사는 게 어떤 건지는 당연히 더 모르고. 미국인들이 어린 여자애들을, 특히 라페루즈 출신의 여자애들을 어떻게 세뇌시키는지 모른단 말이야. 마리아 크리스티나, 그곳에 가면 너는 불행해질 거다. 너는 불행해질 거고, 게다가 다시는 돌아오지 않을 거야."

두 추정이 서로 모순되는 것 같아 세 여자는 마지막 문장에 대한 설명을 기대하면서 그를 바라보았다. 하지만 그는 평소와 마찬가지로 다리를 약간 끌면서 주방을 나가 언제나 그랬듯 천장을 바라보고 침대에 누웠다.

마르그리트는 수프를 데우려고 일어섰고, 메나는 건망증 때문에 식구들이 모여 앉은 이유를 거의 잊고는 콩깍지의 꼭지를 떼기 시작했다. 마리아 크리스티나에 대해 무언가 얘기가 오고간 것은 기억했지만 대화의 주제는 자기가 이해할 수 있는 것이 아니었다. 마리아 크리스티나는 둘이 같이 쓰는 침실로 도망쳐 문을 잠가버렸다(문을 잠그는 것은 절대 금지였다. 이 집에서 각 방은 개인 소유가 아니었으며 가족을 버리고 도망치려는 사람의 것은 더더욱 아니었다). 메나가 소리를 질렀다.

"아빠, 얘가 방에 들어가서 문을 잠갔대요."

하지만 리엄 바토넨은 침대에서 나오지 않았다(비극적 우울증의 기미가 이미 나타나고 있었다).

그날 밤, 그 추레한 집에서 모두가 잠들었을 때, 리엄 바토넨은 딸들의 침실에 슬그머니 들어와 조용히 마리아 크리스티나를 흔들어 깨웠다. 그녀가 한 눈을 뜨니 은은하게 빛을 발하는, 아버지의 새하얀 기미투성이 얼굴이 보였다. 그녀는 소스라쳤지만 리엄은 소리 내지 말라는 시늉을 했다. 이층 침대의 위쪽에서 언니가 자고 있었다(그녀가 정말로 자고 있었는지, 아니면 아버지의 말을 들었는지는 영영 알 수 없을 것이다). 리엄은 작은딸에게 말했다.

"얘야, 넌 떠나야 한다. 여기 머물면 안 돼. 여기 있으면 넌 아무것도 가지지 못하고 아무것도 되지 못할 거야. 라페루즈를 떠나서 새로운 세상으로 가야 해. 널 못 가게 하려고 남들이 뭐라고 하건 절대 듣지 마라. 마음을 독하게 먹고 너 하고 싶은 대로만 해."

그리고 마리아 크리스티나가 뭐라고 대답하려는 것처럼 보이자, 아니 질문하려는 것처럼 보이자, 왜 지금 이런 얘기를 하는 건지, 혹시 독한 쐐기풀 술을 너무 많이 마신 건 아닌지 물으려는 것처럼 보이자, 그는 손으로 딸의 입을 막고 덧붙였다.

"아빠가 하라면 해. 떠나지 않으면 엉덩이를 발로 차서라도 쫓아낼 거다."

다음 날 그는 딸을 인쇄소 공장장의 사무실로 데려가 은밀히 지원 서류를 준비하게 했다. 그리고 서류를 다시 읽어보고 봉한 뒤, 전략적 요충지인 교량을 폭파하는 군인의 희열을 느끼면서 우체통에 넣었다.

마리아 크리스티나는 미국 정부로부터 회신을 받았다. 로스앤젤레스 대학에 입학 허가를 받은 것이었다.

이제는 마르그리트도 상황을 파악하게 되었다. 저지低地 핀란드어로 된 고대 문서 분석에 대한 딸아이의 엄청난 재능을 고려할 때 '악질 사기꾼'이 그녀를 데려가지 않는다는 건 말도 안 되고, 설사 지원 서류를 보내지 않아도 필경 아이를 데려가기 위해 분홍 집까지 찾아올 것이며, 그래봤자 일 년(세 학기)이면 끝날 것이고, 본당 신부님께서 친히 이 짧은 유배를 허락하신바(하지만 그래도 유배는 유배였다) '예하'의 결심을 거스르지 않고는 일을 중단시킬 수 없음을 이해한 것이다. (마리아 크리스티나는 이제 신앙에 아무 열의가 없고 손바닥만 한 치마를 입고 다녀서 '광명의 구속' 교회 사람들은 그녀가 떠난다는 소식에 안도감을 느꼈다.)

이때 마리아 크리스티나는 한 가지 중요한 것을 배웠으니, 그 후로 강한 자들, 자기보다 힘센 자들, 더 훌륭한 무기를 가진 자들, 더 변태적이거나 혹은 더 절망적인 자들(즉, 더 위험한 자들)을 대할 때 언제나 도움이 된 교훈—반드시 "할 수 없어"라고 말해야지 절대로 "하기 싫어"라고 하면 안 된다는—이 그것이었다. 이 경우에는 "거절을 할 수 없어"라는 말만 무한히 반복하는 것으로 충분했다. "거기 가고 싶어"라는 말은 절대로 입 밖에 내선 안 됐다.

# 선택 친화력*

라페루즈를 탈출해 1970년대의 로스앤젤레스에 도착하는 것은 다소 충격적인 경험이었다. 만약 착륙지가 뉴욕이었다면 충격은 더 강했을 수도 있고 라페루즈와의 대조가 더욱 뚜렷했겠지만, 그만큼 모든 게 더 명료했을 것이다. 반면 로스앤젤레스와 그 자유분방한 분위기에는, 그 극단적 수평선의 세계에는, 그 야릇하고 매력적이고 따라서 수상쩍은 기후에는, 빠짐없이 실리콘 처리를 한 것 같은 기후에는, 그러니까 그 꾀죄죄한 잿빛 태평양에는, 그 흐리멍덩한 태양에는, 여기저기 히피

---

* 괴테의 소설 《선택 친화력》(1809)에서 따온 제목. 여기서는 '친구 선택'이라는 뜻으로 이해할 수 있다.

공동체가 들어선 해변들에는, 고급 창녀만큼이나 무심하고 오만하며 이국적인 종려나무들에는, 울타리도 없이 끝없이 펼쳐져 있는 교외 지역에는, 대로를 나른하게 거니는 투톤의 컨버터블 승용차들에는 어딘가 퇴폐적인 무기력함이 있었다. 모든 사람들이 마약에 찌들어 있고, 상냥하고, 스페인어를 쓰는 것 같았다.

로스앤젤레스 대학은 마리아 크리스티나를 실망시켰다. 그녀는 자신이 살던 주州만큼이나 커다란 공원 한복판, 적갈색 나무들에 둘러싸인 빨간 벽돌의 대학에서 공부하기를 언제나 꿈꾸었다. 풀밭 여기저기에는 파스텔톤 터틀넥을 입은 젊은이들이 있고, 모든 것이 학구적이고 가을 같고 황금빛인 그런 대학 말이다. UCLA에 도착하자마자 보게 된 요란한 옷차림의 게으른 히피들 따위는 절대로 거기에 해당하지 않았다.

마리아 크리스티나의 장학금에는 주거비가 포함되어 있지 않았다. 너그럽게도 '악질 사기꾼'은 여비, 등록금, 그리고 저명한 권위자들의 강의를 들을 수 있는 기회를 제공했지만, 살 곳은 알아서 찾아야 했다. 학교에 도착할 때만 해도 캠퍼스의 방을 배정받을 거라고 알고 있었던 그녀는 너무나 낙담해 하마터면 그길로 라페루즈로 돌아갈 뻔했다. 처음엔 그런 충동이 들었지만 딱 거기까지였다. 아버지가 슬퍼하고 어머니가 기뻐 날뛸 것을 생각하자 그녀는 비루한 수단을 사용할 수밖에 없었다. 그래서 학생 주거 지원실에서 오열했고 공황 발작이 일어난 척했다. 결국, 마침 무언가를 확인하려고 잠시 사무실에 들렀던 교수 하나가(우리 인생의 큰 변화는 정말 사소한 일에서 비롯되게 마련이다) 측은했던 건지 시끄러운 난장판을 견딜 수 없었던 건지, 담당자를 설득해 이 병약한 여학생을 위해 전화를 몇 통 하도록 했다. 마침내 그녀는 시내에 있는 청년 근로자 기숙사에서 한 주간 머무르라는 제안을 받았다. 물론 그 기간 안에 답을 찾아야 했다. 그녀는 잘해보겠다고 약속하고, 고맙다고 인사하고, 스페인어만 쓰는 기숙사에 가서 방을 구한다는 쪽지를 몇 개 붙이고는 8층 복도의 다 망가진 소파에서 잠을 잤고, 안 그래도 엉망이던 학업을 완전히 포기하려는 한 젊은 여자와 약속을 잡았다. 그 여자가 조앤이었다.

조앤을 처음 만났을 때 마리아 크리스티나는 그녀의 느긋한 태도에, 늘 반나체인데다 굽 있는 슬리퍼를 끌고 다니는 태평함에—실내화 끌리는 소리를 들으면 섹스 뒤의 노곤함이 떠올랐다—매료되었고, 태평양이 가까워 습기 때문에 머리가 꼬불꼬불해진다고 투덜대면서 다리미로 머리카락을 펴는 것과, 여러 색깔로 염색해서 이마 부근의 검은색에서 시작해 머리끝으로 갈수록 점점 금발이 되면서 오렌지색에서 적갈색까지 다양한 색깔을 자랑하는 헤어스타일에 반했고, 각종 스카프와, 팔찌들 부딪히는 소리와 한쪽 눈은 감고 턱을 살짝 치켜든 채

(손톱을 칠하거나 빗질을 하거나 잡지를 보느라고 두 손이 바쁜 때가 많아서였다) 입아귀에 담배를 물고 있는 스타일에 감탄했다.

조앤은 라페루즈의 대척점에 있는 것 같은 사람이었기에, 그녀가 아파트를 같이 쓰는 것을 수락하자 마리아 크리스티나는 안도감마저 느꼈다.

조앤은 말했다.

"룸메이트가 좀 성실한 사람이면 좋겠어요. 얌전한 아가씨로. 지금까지 너무 난장판으로 살아서 이젠 좀 조용한 게 필요해요. 나도 멀쩡한 사람처럼 살 때가 된 거죠."

조앤은 마리아 크리스티나보다 겨우 세 살 위였다. 젊은 나이에도 불구하고 그녀는 지쳐 보였다. 그녀는 어렸을 때 어머니와 온타리오에 살았고, 어머니는 햄버거 가게에서 일했다(온타리오 햄버거는 굉장히 특이해서 도넛처럼 둥글고 구멍이 뚫려 있었다. 이 햄버거를 발명한—그는 거드름을 피우면서 자기가 발명한 게 아니라 발견한 것이라고 말하곤 했는데—리처드 하워드는 이 구멍 덕에 억만장자가 되었다. 일반적인 스테이크 두 개를 만들 고기로 하워드 햄버거는 세 개를 만들 수 있었던 것이다). 1974년 봄 캘리포니아 잼 록 페스티벌 당시 열일곱 살 의젓한 어른이 된 조앤은 '딥 퍼플'의 사운드 엔지니어와 함께 어머니가 모아둔 돈을 들고 튀었다. 두 사람의 관계는 오래가지 못했지만 그녀는 로스앤젤레스에 정착했다. 로스앤젤레스는 사시사철 기후가 온화하고 바다가 있었던 것이다. 그녀는 페요테, 메스칼린, 메테드린 등 별의별 마약에 손대기 시작했고, 만나는 사람들은 마약에 전 남자들이나 록그룹 주위를 어슬렁거리는 잠옷 차림의 여자들이었다. 사실 길 잃은 여자아이들은 늘 그랬다. 삼십 년 전이었다면 그들은 재즈밴드의 색소폰 주자 주위를 맴돌았을 것이다. 하지만 조앤에게는 완전히 그런 길로 빠질 수 없는 구석이 있었다. 그녀는 공동생활을 하고 싶지 않았다. 그녀는 해변에서 살고 싶지 않았다. 그녀는 마당에서 리돈도 비치가 보이는 건물 1층에 살았다. 바다가 코앞이다보니 모래가 끊임없이 집 안에 들어와 물건들 위에 쌓였다. 이 건물에는 작은 안뜰이 있었는데, 거기에는 한 무리의 선인장과 새장 속에 사는 구관조 한 마리가 있었다. 구관조는 이웃집 여자가 키우는 것으로, 쩍쩍거리기만 했지 조앤이 가르치려 하는 욕들을 하나도 제대로 발음하지 못했다. 조앤은 이 아파트에 살 여력이 없었지만 그곳을 떠나고 싶지도 않았다. 새로운 장소를 물색한다는 생각만으로도 우울해지고 미리 기운이 빠졌다. 그래서 그녀는 룸메이트를 들이기로 했다. 이제부터는 성실하게 일하고, 북미 대륙 각지에서 온 남자들과 어울려 해변에서 대마초나 피우면서 빈둥대는 생활은 그만둘 생각이었다 (그 남자들에겐 이곳이, 매일 같이 흔들리면서 무너져버리겠다고 위협하는 이 광활한 서부의 끄트머리가, 사막 한복판의 그 모든 단층들 때문에 본토로부터 조금씩 떨어져나가는 이 서부의 끄트머리가 마치 방랑의 한계선인 것 같았다). 그녀는 말하곤 했다. 높이 150미터 말뚝 위에 지은 오두막에 숨어 있다고 생각해봐, 그런데 너를 현실 세계로부터 지켜주는 이 말뚝이 흔들거리고 있고 그래서 너는 쓰러지기 직전인 거야. 마리아 크리스티나는 그것이 마약 얘기인지 캘리포니아 전체를 얘기하는 건지 알지 못했다. 조앤은 말하곤 했다, 피곤해, 아파트가 있는 건 나밖에 없어, 걔들은 다들 해변에 살고 해변에서 자고 해변에서 춤추고 해변에서 섹스를 하거든, 하지만 나는 침대에서 자고 싶어, 이제는 경찰에게 쫓기고 싶지 않아, 꼬부랑 노파가 된 기분이야, 너는 내가 인생을 다시 시작하는 걸 도와주는 데 적합한 사람일 것 같아.

"내 스카프들을 팔 거야." 그녀는 선언했다.

그러고는 천의 체크무늬에 내장처럼 구불구불한 색색의 띠들을 큼직하게 그렸다. 그녀는 그것을 베니스*에서 중고 의류 가게를 하는 여자에게 팔아달라고 넘겼지만 별로 돈이 되진 않았다. 그녀는 마리아 크리스티나에게 줄곧 말했다.

"넌 나한테 도움이 될 거야, 정말 성실해 보이거든."

---

* 로스앤젤레스의 상업지구.

그러면 마리아 크리스티나는 조앤의 이런 믿음이 어떤 면에서는 짜증난다고 생각했다. 라페루즈가, '광명의 구속 교회'의 감색 치마들과 설교들이 자기를 놓아주지 않는 것 같았다. 라페루즈에서의 그 자잘한 반항들이 모두 헛된 일이었던 것만 같았다. 조앤이 대뜸 물었다, 넌 어떤 일을 하며 살고 싶어? 마리아 크리스티나는 대답했다, 글을 쓰고 싶어. 조앤이 말했다, 시? 노래? 마리아 크리스티나가 말했다, 소설, 이야기를 쓰고 싶어, 책을 쓰고 싶어. 조앤이 말했다, 네가 무슨 책을 써? 살면서 겪은 일이 뭐가 있다고.

조앤은 본의 아니게 무례할 때가 있었다. 그런데 그것은 마리아 크리스티나가 전에 겪은 것과는 굉장히 달랐다. 언니와 엄마는 늘 상처를 주려 했고, 말에는 늘 다른 뜻이 깔려 있었다. 그것은 교활하고 완곡하고 미묘한 언어, 서로를 염탐하는 가족의 언어, 호의라고는 찾아볼 수 없는 언어였다.

조앤은 솔직하고 순진해서 겉과 속이 다른 말을 할 줄 몰랐다. 그녀와 대화할 때면 마리아 크리스티나는 익숙한 소파에서 졸 때처럼 경계를 풀 수 있었다.

조앤의 집으로 이사를 온 지 한 달 뒤에 조앤은 자기가 임신 사 개월이라는 사실을 알렸다. 마리아 크리스티나에게는 세상의 종말처럼 보였던 일이(여기서 둘이 어떻게 아이랑 살지? 거실에서 아기가 울어대는데 어떻게 공부를 하고 글을 쓰지? 어떻게 결혼도 하지 않고 아이를 가질 수 있지? 아빠 이름도 모르는 아기라니) 조앤에게는 단지 어깨를 한번 으쓱할 일에 불과했다. 그녀의 말은 맞았다. 아, 난 이제 돼지로 변할 거야. 그리고 그녀는 그 즉시 변신을 시작했다. 몸이 너무 불어 거실에서 꼼짝도 못 했다. 그 시절 마리아 크리스티나의 유일한 즐거움은 이 기다림의 즐거움이었다. 그녀는 조앤을 기쁜 마음으로 챙겨주었고, 사람들에 대해, 동네에 대해, 학교에 대해 이야기했다. 그녀는 뭔가를 끼적이고 있었지만 글이 전혀 풀리지 않았고, 그래서 거실에서 소리를 죽인 채 쉬지 않고 삼류 드라마를 보는 친구 곁에 머물렀다. 마음이 편해지는 데 그만한 것도 없었다.

# 악전고투

클라라문트를 처음 만났을 무렵, 마리아 크리스티나는 조앤과 살면서 얻은 위안에도 불구하고 친구가 말하는 고도高度 상승이라는 것을 좀처럼 이루지 못하고 있었다. "고도를 높이라고", 조앤은 소파에서 대마초를 피우면서 줄곧 그렇게 말했다.

어떤 의미로 마리아 크리스티나는 발버둥치고 있었다.

그녀는 숲으로 돌아가고 싶었다. 남들에게는 절대 고백하지 않았겠지만 그녀가 가고 싶은 곳은 숲이었다. 이제까지 숲은 조금이나마 불안을 덜고 싶을 때 그녀가 기댈 수 있는 유일한 방책이었다.

마리아 크리스티나가 잠을 이루기 위해 자기 장례식을 그려보면서 남은 자들의 슬픔과 회한을 음미하는 소녀였다는 사실을 잊지 말도록 하자. 이런 부류의 소녀는 어른이 되면 거북하리만치 불안정한 사람으로 변해버린다. 자기가 죽은 뒤 사람들이 자기를 떠올리며 어떤 생각을 할지 예상하고, 예견하고, 추측하면서 시간을 보내는 사람들, 방을 나가자마자 자기에 대해 남들이 무슨 말을 할지 신경을 곤두세우며 생각한 나머지 미쳐버릴 지경이 되는 사람들은 그렇게 변해버린다. 그런 시도의 (뭐라고 말이라도 들을까 절대 꼬투리를 잡히지 않으려 하는) 예정된 실패가, 그 헛됨 자체가 이를 필사적인 기획으로 만드는데, 어떤 면에서 그 절박함은 나를 뭉클하게 한다.

마리아 크리스티나는 남들에게 호감을 주고, 선생님들에게 귀여움을 받고, 친구가 많고, 전교 1등을 하고 싶다는 욕망과 싸워왔다. 언젠가 자기 책을 한 권이라도 읽을 모든 독자들이 자신의 매력에 사로잡히기를 꿈꾸었다. 마리아 크리스티나는 무신경한 성격과는 거리가 멀었다.

따라서 친구들이 자기를 빼놓고 파티를 한다는 것을 알게 될 때마다, 자기를 초대하지 않았을 뿐 아니라 애초에 못 오게 하려고 자기를 일부러 빼놓았다는 사실을 알게 될 때마다 되풀이되는 것은 따돌림을 당했다는 쓸쓸한 고통이었다.

그녀는 다른 학생들이 자기를 보면 꾸지람이라도 받는 기분이 든다는 걸 알아차리지 못했다. 그녀의 성실함, 소심함, 저도 모르게 튀어나오는 라페루즈식 행동 등은 학교 친구들에게 훈

계조로 보였다. 아무도 그녀와 어울리고 싶어 하지 않았다. 마리아 크리스티나는 누가 훔쳐가기라도 할 것처럼 언제나 가슴에 책을 꼭 안고 다녔고, 진회색이나 감색 옷만 입었고, 누가 말이라도 걸면 소스라쳤고, 눈썹을 다듬는 법이 없었고, 샤워를 일주일에 한 번밖에 하지 않았다. 수도가 전기만큼이나 들쑥날쑥하던 분홍 엉덩이 집에서 밴 불결한 습관이었다.

마리아 크리스티나에게는 '여호와 걸'*이라는 별명이 생겼고, 그것은 전혀 호의적인 호칭이 아니었다.

조앤은 어느 날 그녀에게 그 지독한 땀 냄새와 튀김 냄새 좀 어떻게 하고(마리아 크리스티나는 모자란 월세를 충당하려고 학교 구내 스낵바의 직원들이 펑크를 낼 때마다 대타를 뛰었다) 몇 가지 작은 노력만 해도 남들에게 흔쾌히 받아들여질 거라고 했다.

"정말 별거 아닌 거로도 태도가 달라질 거야." 조앤이 조심스레 말했다.

"이해가 안 돼." 마리아 크리스티나가 방어적으로 대답했다.

"겨드랑이 냄새만 안 나도 달라질 거야." 조앤이 구체적으로 집어 말했다.

"일을 해서 냄새가 나는 거잖아." 마리아 크리스티나는 얼굴

---

* '여호와의 증인'의 여신도라는 뜻.

을 붉혔다.

"네가 공사장에서 일하는 건 아니잖아. 차라리 그랬다면 애들이 널 패거리에 넣어줬을 거야. 그 정도면 나름 이국적이었겠지. 하지만 애들은 제3세계 출신의 어린 여자에게 바라는 게 몇 가지 있어."

"제3세계?"

"다른 애들이 봤을 땐 넌 제3세계에서 온 거나 마찬가지야."

"그래서 제3세계 출신의 여자에게 바라는 게 뭔데?"

"예뻐야 하고, 절박해야 하고, 악취가 나면 안 돼."

그래서 로스앤젤레스에서의 초반 생활은 쉽지 않았으니, 마리아 크리스티나는 무슨 일이건 초반에는 어려움을 겪는 부류의 사람이기 때문이었다. 그녀는 환경에 적응하고 과거의 모습을 버려야 했다. 새로운 상황에 뛰어들어야 했고, 타고난 불안에 짓눌렸다.

라페루즈로부터 단절되어 있다는 사실은 그녀에게 유익한 일일 수도 있었지만 이상하게도 그녀를 우울하게 했다. 가족을 떠나는 것은 선택이었지만 가족들에게 버림받았다는 기분은 선택이 아니었다. 그녀는 국경을 넘는 순간 다시는 친지들 곁으로 돌아갈 수 없으리라는 것을 인식한 독재국가의 망명객과도 같았다. 마리아 크리스티나는 식구들에게 전화를 하려 했다. 바토넨 식구의 집에는 전화가 없었기 때문에 사실 전화하는 것

자체도 보통 일은 아니었다. 그녀는 그래서 이웃집 여인에게 전화를 해야 했고, 안 그래도 심장이 안 좋은 이웃 사람이 어머니나 언니를 찾으러 간 동안 값비싼 분당 통화료가 딸깍딸깍 떨어지는 소리를 듣고 있어야 했다(하지만 그녀는 전화를 끊고 싶지 않았다. 처음에는 오 분 있다 다시 걸게요 하고 전화를 끊었지만, 다시 걸었을 때는 아무도, 길을 잃은 이웃 여자도, 양친 중 누구도 응답이 없었다). 이웃 사람은 분홍 엉덩이 집까지 종종걸음으로 달려가 마르그리트 리쇼몽에게 전화를 받으러 오라고 재촉했고, 마르그리트 리쇼몽은 이웃에게 폐를 끼치게 되었다며 투덜대고, 캘리포니아에서 기다리는 동안 계속 떨어지는 돈을 생각하고는 이런 낭비가 어딨냐며 분개했다. 그리고 그들은, 모녀는, 자매는 통화를 했다. 아버지는 전화를 받으러 오는 일이 거의 없었고, 설사 왔더라도 통화는 여자들 몫으로 넘겼다. 아빠가 안부 전해달래, 마르그리트 리쇼몽은 말했다. 마리아 크리스티나는 아빠가 사랑한대, 라는 말을 듣고 싶었지만 엄마는 늘 아빠가 안부 전해달래, 라고만 했다. 마치 군대의 암구호나 철책 너머에서 보내는 막연한 수신호 같은 말이었다. 마르그리트 리쇼몽은 전화를 먼저 거는 법이 없었고, 공중전화박스가 성당 보도 앞에 있어서 매일 지나치는데도 절대로 그 안에 들어가지 않았다. 지저분하거나 병이 있는 사람들이 침을 튀기며 말하던 수화기로 통화를 한다는 것은 마르그리트 리쇼몽으로서는 생각도 할 수 없는 일이었다. 그녀는 얘야, 다들 너무 바빠, 전화 걸 시간이 없어, 라고 말하곤 했고, 대화라는 것이 애초에 불가능하기라도 한 듯 발화된 말은 모두가 일방향이었다. 각자 혼잣말을 했고, 상대가 하는 말을 이해하지 못했고, 상대의 말에 대답하지 않았다. 마치 상이한 대화 예절 교재를 사용하거나 상이한 주파수를 사용하는 것 같아서 한 사람이, 파란 외투를 입을래? 라고 말하면 다른 사람이, 그건 삶아먹는 게 더 좋아, 라고 대답하는 꼴이었다. 그러던 어느 날 마르그리트 리쇼몽이 마리아 크리스티나에게 아버지가 편찮으셔, 라고 말했다. 남편이 죽기라도 한 것처럼 침통한 어조였다. 어느 날 그녀는 아버지가 시력이 안 좋아졌어, 넘어져서 꼬리뼈를 다치셨어, 라고 전했고 마리아 크리스티나는 몹시 걱정이 됐다. 다음 날 그녀가 전화를 걸자 어머니는 완전히 다른 어조로 아, 그거 별일 아니었어, 멍이 좀 크게 든 거야, 라고 했다. 마리아 크리스티나는 마르그리트 리쇼몽이 단순히 불안을 배설하듯 딸에게 떠넘기는 수준이 아닌, 진정으로 적대적인 행동을 한 것임을 깨달았다. 그녀는 마리아 크리스티나가 밤새, 온종일 그생각을 하면서 가족을 떠난 죗값을 치르기를 바란 것이었다.

마리아 크리스티나는 해변에 앉아 태평양을, 검은 말뚝들을, 홍합들을, 해초들을, 수영을 잘 못해 말뚝을 붙잡고 있는 사람들을, 수평선 위에 외따로 흩어져 있는 선박들을, 쓰러져 모래에 파묻힌 철책들을, 갈매기들을, 물 밖으로 밀려나온 해파리의 사체를 막대기로 쑤셔 그 두툼한 젤라틴질의 아름답고 풍만한 육신을 흩어버리는 어린아이들을 바라보곤 했다. 그녀는 햇빛이 많은 날도 좋아했지만 우중충하고 칙칙한 날씨도 좋아했고, 뚜렷한 이유 없이 메모를 하곤 했는데, 그럴 때면 바람에 머리카락이 흩날리고 수첩의 종이가 펄럭거렸고 그녀는 혼자 중얼거렸다, 나는 라페루즈로부터 정말 먼 곳에 와 있구나.

그러면 그녀는 숲을, 전나무들을, 단풍나무들을, 라페루즈에서 샤마와크로 가는 길에서 보이는 숲의 모습을, 그 기묘한 초록 검정 빨강의 덩어리를, 마치 속을 들여다볼 수 없는 불길한 사물처럼 보이는 그 덩어리를, 너무나 빽빽하고 촘촘해서 나무 사이를 뚫고 지나간다는 생각이 불가능해 보이는 그 기묘한 덩어리를 생각하곤 했다. 하지만 숲을 향해 다가가면 숲은 마치 침입을 허락하겠다는 듯 대뜸 안쪽의 모습과 들어갈 구멍을 드러내 보였고, 스스로 빗장을 풀어 맞이했다. 그것은 메나를 강가로 추락하게 만든 숲, 마리아 크리스티나를 위로해주던 숲이었다.

요컨대 그녀의 몽상은 지극히 개인주의적이었다. 그녀의 머리로 '우리'라는 것은 가능하지 않았다. 말로건 글로건 그녀로서는 불가능했을 것이다. 우리는 희망이 가득한 젊은이들이었다. 하지만 우리 중 몇몇은 자살을 선택할 것이고, 몇몇은 이민을 갈 것이며, 몇몇은 한두 번 마주친 사람과 결혼할 것이고, 누군가는 불교 신자가 될 것이며, 다른 이들은 알코올이나 프로작*에 중독될 것이었다. 우리는 언제나 내일이 오늘보다 나으리라 생각했으며, 모두 여기가 아닌 다른 곳에서 살고 싶어 했고, 해변이 바라다 보이는 작은 집을 찾았지만 그것도 누군가에게는 부르주아적 꿈이었을 것이고 누군가에게는 연약한 천성과 타협하는 최선의 방법이었을 것이다. 마리아 크리스티나는 절대 그런 식으로 글을 쓸 수 없었을 것이었다. 복수형의 가능성이란 그녀에게 영원히 존재하지 않을 것이고, 그녀는 의연하게 고독한 존재 이외의 것이 될 수 없었을 것이었다.

그녀가 조앤에게 이렇게 말하곤 한 것을 나는 알고 있다. 언젠가는 불안 때문에 숨이 막혀 세상을 있는 그대로 보지 못할 거야, 백내장이라도 걸린 것 같겠지, 수정체가 흐려지고, 숨 막히는 불안 때문에 참아줄 수 없는 사람이 되겠지. 불이 켜졌는데도 전구가 어디 있는지 안 보이면 불안해서 죽을 것 같을 거야, 폭풍이 온다는 말만 들어도, 퓨즈를 못 갈아도, 문이 잘 안닫혀도, 밖에서 무슨 소리만 나도 죽을 것 같을 거야, 마룻바닥에서 개미 두 마리가 기어가기만 해도 죽을 것 같을 거야, 우리 집을 정복해 거실 한복판에 개미집을 지으려고 온 걸지도

---

* 대표적인 우울증 약.

모르잖아. 왼쪽 다리가 묘하게 아프기만 해도 죽을 것 같을 거야. 다리가 마비되고 있는지도 모르니까. 사실 우리는 다들 돌이킬 수 없는 마비를 향해 나아가고 있는 거잖아. 안 그래? 아무도 내게 말을 걸 수 없을 거야. 나는 외부와 차단된 채 살고 있을 거야. 한시도 정신이 멀쩡할 때가 없는 꼬부랑 노파가 되어 남들을 경계하고, 곱씹고, 되새김질하고, 소리 없이 입술을 놀리며 쩍쩍대고 있을 거야. 표정이나 몸짓을 보면 귀신들과 대화하는 것 같겠지. 누가 나한테 말해도 하나도 들리지 않을 거야. 귀마저 불안에 잠식되어 웅웅 울리는 소리만 들릴 거야. 세상으로부터 단절되어 있을 거야. 그렇게 꼴사납게 늙는 걸 어떻게 피할 수 있겠어?

그러면 조앤은 손을 토닥토닥 두드려주곤 했다.

어쨌든 마리아 크리스티나에게 이 모든 것을 친구에게 털어놓을 용기가, 뻔뻔함이 있었는지는 전혀 확실치 않다. 그보다는 집에 들어오면서 간단히, 피곤해 죽겠어, 라고 했을 가능성이 더 크다. 그리고 그 말에는 그녀의 모든 혼란이 담겨 있었을 것이다.

사실 오래 살았다면 그녀는 예멘의 염소처럼 깡마른, 술담배에 전 노파가 되었을 것이다. 그래, 오래 살았으면 그렇게 되었을 거야. 예멘의 염소가 되었을 거야. 안 그래? 함께 얘기하는 걸 즐기고, 그녀 특유의 유머를 재미있어하는 젊은 추종자들에 둘러싸여 살았을 거야, 쉰 목소리에, 크러시벨벳 튜닉 차림에, 피골이 상접한 노망난 노부인, 그러면서도 가끔씩 총기가 번득이는 노부인이 되었을 거야.

안 그래도 불편한데 그녀는 불안, 추억, 꿈, 일상적인 일을 끼적이는 것 말고는 글을 쓸 수도 없었고, 그렇게 각자 따로 노는 단장短章들을 가지고 뭘 해야 할지도 알 수 없었다. 어린 시절 그녀는 여덟 편의 소설을 썼다. 남몰래, 집요하게 썼다. 욕을 먹거나 부당한 제약을 받는 동안 나는 소설을 쓰고 있어, 라고 중얼거리면 마음이 놓였고, 그 소설 하나하나는 세상과 라페루즈 사이의 틈을 벌려나가면서도 그녀를 구덩이의 안전한 쪽에 붙들고 있어줬다. 그 뒤로 그녀는 사건이든 사람이든, 뭔가를 기다렸다. 이런 보류 상태, 어떤 일이 일어나야만 한다는 고통스러운 생각은 기묘한 것이었다.

# 조명 전환

어느 날 오후 (원래는 정치이론 인식론 수업에 가 있어야 했
지만) 긴 해변 산책을 마치고 돌아온 마리아 크리스티나에게
조앤은 텔레비전에서 눈을 떼지 않은 채 말했다.

"일자리 때문에 전화가 왔어."

"출산 뒤에 일하려고?"

"아니, 지금 당장 시작하래."

"넌 지금 여기서 꼼짝도 못하잖아." 둘이 마실 아이스티를
가져오면서 마리아 크리스티나가 말했다.

"나도 알아. 이놈의 에일리언이 태어날 때까지 바다사자처럼
이 소파에 좌초되어 꼼짝도 못 하는 거."

"바다사자라는 말을 그럴 때 쓰나?"

"알았어, 알았어. 하여튼 일자리 말이야."

"응."

"나는 안 돼서, 나 대신 할 수 있는 사람이 있다고 했어. 딱 그렇게 말했다니까. 제가 안 돼서요. 내가 벌써 어딘가 취직을 해서 절대 그 일은 못 하는 것처럼…."

"지금 내 얘기 하는 거야?" 마리아 크리스티나가 말을 끊었다.

"응. 그러면 좋을 것 같더라고. 스낵바에서 벗어날 수 있잖아. 튀김 기름을 뒤집어쓰지 않고도 돈을 벌 수 있고, 재미도 있을 거고."

"일이 재미있을 거라고?"

"응. 그 일이라는 게 작가의 개인 비서가 되는 거거든."

"나는 작가가 되고 싶은 거지, 다른 작가의 개인 비서가 되려는 게 아니야."

조앤은 대답하지 않았다. 그녀는 갑자기 졸리기라도 한 듯 눈을 감았다. 대화를 끝내고 싶을 때면 늘 그런 식이었다.

그날 저녁 마리아 크리스티나는 조앤에게 문제의 작가가 누구냐고 물었다.

조앤은 이름과 전화번호를 종이에 적어두었는데, 아마 자기가 좌초되어 있는 암초에서 멀지 않은 곳에 굴러다니고 있을 거라고 했다. 아무리 찾아도 쪽지는 보이지 않았고, 그 작가의 이름을 아는 것은 갑자기 마리아 크리스티나에게 매우 중요한 일이 되었다. 조앤은 멕시코나 아르헨티나 이름이었어, 라고 되뇌었고, 마리아 크리스티나는 수색을 하면서 이런저런 남미 작가 이름을 댔고, 조앤은 매번 아니, 그 이름은 아닌 것 같아, 라고 대꾸했고, 마리아 크리스티나는 비서가 되고 싶은 게 아니라 그냥 누군지 궁금해서 그래, 라고 중얼거리면서도 지나치게 열심히 수색 작업을 계속했다. 그녀는 동그랗게 말린 쪽지를 재떨이에서 찾아냈다.

"라파엘 클라라문트였어?"

"어, 맞아, 그 사람이야. 그 사람 유명하니?"

마리아 크리스티나는 아무 대답 없이 안락의자에 털썩 주저앉더니 전화기를 무릎에 올리고는 번호를 눌렀다.

# 당신의 손길 아래

마리아 크리스티나는 버스를 타고 라파엘 클라라문트의 집으로 향했다. 당시 그는 옛 무성영화의 스타 여배우가 지은 비벌리힐스의 노르망디식 대저택에 살고 있었다.

그녀는 조앤에게 검은 원피스를 빌렸다. 조앤이 검은 원피스는 굉장히 문학적이야, 라고 말했기 때문이었다. 마리아 크리스티나가 그 말을 믿은 건 아니었다. 하지만 조앤이 그렇게 태연하게 얘기하는데 뭐라고 반박할 수 있었겠는가? 가진 옷이라고는 영락없는 임신복들뿐인데, 치맛단을 줄여봐야 임신복인데.

조앤은 말했다. 이 원피스는 적당히 편안해 보여. 옷을 너무 말끔하게 입는 건 하층 계급 출신이라고 대놓고 광고하는 거야. 아니, 조앤이 한 말은 그보다는, 유람선이라도 타는 것처럼 차

려입으면 오히려 없어 보여, 에 가까웠을 것이다.

조앤은 마리아 크리스티나가 알지 못하는 사회적 규범을 몇 가지 알고 있었다. 마리아 크리스티나는 그런 쪽으로는 센스조차 없었다. 아니, 없었던 것은 아니다. 라페루즈에 있을 때만 해도 그녀는 촌뜨기들 틈에서 그런 쪽으로 센스가 있는 편이었다. 하지만 여기서는 너무 많은 정보를 동시에 처리하려다보니 육감이 개점휴업 상태였다.

그녀가 다리를 면도할 생각을 한 것은 캘리포니아에 온 뒤의 일이었다. 라페루즈에서는 그런 짓을 하는 여자가 없었고, 마르그리트 리쇼몽은 딸들에게 털을 깎으면 안 된다고 늘 주의를 주었다. 그런 짓이 '유혹과 퇴폐'라는 타락 2종 세트에 속하는 일이기도 하지만, 경솔하게 털을 없애려고 했다가 금방 더 빽빽하고 더 새까맣고 절대로 없어지지 않는 털들이 자라나 온몸이 털북숭이가 될 수도 있다는 것이었다. 그래서 마리아 크리스티나의 장딴지를 처음 보았을 때 조앤은 비명을 질렀다.

조앤의 원피스는 적당히 편안하기는 해도 계절과 전혀 맞지 않았다. 그것은 촘촘하게 짜서 비단뱀처럼 몸을 조이고 사람을 질식하게 만들 것 같은 양모 원피스였다. 버스 정류장에 도착하기도 전에 마리아 크리스티나는 땀투성이가 되었다. 그녀는 샌들을 신고 있었다. 옷차림과 불안감이 결합되어 원하는 바와 정반대의 분위기가 연출되고 있었다. 자기 자신에게, 온 세상에 화가 나는 기분이었다. 그녀는 만원 버스에서 빈자리가 나자 앉았다. 한 남자의 배낭이 얼굴에 부딪히자 그녀는 성질을 냈고, 일어서면 될 것 아니냐는 남자의 말에 쏘아붙였다.

"임산부라서 앉은 거거든요."

"그러면 택시를 타던지." 남자가 응수했다.

마리아 크리스티나는 고래고래 악을 쓰기 시작했다.

"임신했다고 했지, 언제 돈이 많다고 했어, 이 병신아?"

대화는 중단되었다. 대중교통에서 매일같이 정신병자들을 마주치는 이들의 평온하면서도 미심쩍어하는 시선이 그녀에게 집중되었다. 거짓말쟁이 마리아 크리스티나도 무례한 남자도 주머니에서 권총을 꺼내지 않을 것이 확실해지자 사람들은 곧 각자 하던 일로 돌아갔다. 승객들이 투덜거리는 소리와 여기저기서 비닐봉지 부시럭거리는 소리들이 다시금 덜그럭거리는 디젤 엔진 소리와 장단을 맞췄다.

마리아 크리스티나는 중얼거렸다, 내가 성경험이 있는 것처럼 보인다는 거네.

그녀는 클라라몬트에 대한 라디오 프로그램을 떠올렸다. 그의 개인사와 작업에 대한 이야기를 함께 다루면서 작품세계를 상세히 분석하는 프로그램이었다. 그래서 그녀는 그가 결혼을 세 번 했고, 결혼하지 않은 애인들 중 두 명은 자살 시도를 했으며(바르비투르산제 복용) 한 명은 자살에 성공했다는(나이아가라 폭포에서 익사) 사실을 알게 되었다. 이 남자는 여인들의 인생에 심각한 혼란을 일으키는 듯했다. 하지만 마리아 크리스티나는 겁먹지 않았다. 그녀는 열여섯 살이었고, 자기는 특별하고 똑똑해서 그런 운명을 피할 수 있을 것이라 자신하고 있었다.

멕시코계 여인 두 명과 함께 버스에서 내렸을 때 그녀는 클라라라문트의 주소지로 가는 길을 물었지만 그들이 하는 말을 한 마디도 알아들을 수 없었다. 로스앤젤레스에서는 핀란드어에 대한 관심이 거의 없다는 사실에 속상해하면서 그녀는 스페인어를 배우겠다고 다짐했다. 그렇게 생각하자 마음이 진정되었다. 아마도 그녀는 클라라라문트가 스페인어로 말할 때가 있을 것이고 자신의 그러한 결심에 그가 기뻐할 거라고 생각했던 것 같다.

하지만 이는 오산이었다.

그녀가 초인종을 누르자 그가 직접 나와 문을 열어주었다. 그는 그녀를 위아래로 훑어보고는 말했다. 당신은 스웨덴 사람이 아니로군요.

마리아 크리스티나는 자그맣고 까무잡잡한 라프족이 된 기분이었다.

"당신 성姓 때문에 그래요." 그는 미심쩍은 표정으로 그녀를 계속 살펴보면서 말을 이었다.

"핀란드 성인데요."

"정말 희한하네."

"왜요?"

"스웨덴에 사는 바토넨이라는 사람을 알거든요. 아쉽네, 아
쉬워."

그는 그녀의 난처한 기분은 아랑곳하지 않고 그녀를 집으로
들였다. 그때만 해도 그녀는 매년 노벨문학상을 수여하는 스웨
덴 한림원에 대한 그의 집착을 알지 못했다. 당시 한림원 회원
중에는 바토넨이라는 사람이 있었는데, 문맹이나 다름없는 마
리아 크리스티나의 집안과는 당연히 아무 관계도 없었다. 한참
뒤에, 왜 처음 보자마자 그런 말을 했는지 궁금해하자 그는 말
했다. 당신은 작은 거미와 너무나 닮아서 그 바이킹들과 무관
한 게 분명했거든, 말도 안 되는 것처럼 보이겠지만 나로서는
실망이 엄청났어.

내가 달리 어떻게 행동할 수 있었을까? 나중에 마리아 크리
스티나는 자문해보았다. 나는 분홍 엉덩이 집이나 라페루즈의
성당들 말고는 가본 데가 없는데 말이야. 클라라몬트의 집은
정말 굉장했고 그 사람 자체도 정말 굉장했어. 그리고 바둑판
모양의 타일과 참나무 원목 계단이 있는 집에서, 방 몇 개는 고
색창연한 질서를 흐트러뜨리지 못하도록 스테인드글라스 창을
만들어 빛이 찔끔찔끔 들어오는 그런 집에서, 모피 보관용으로

냉방시설을 갖춘 방이 두 개나 있고 침실이 일곱 개나 되는 집에서, 그런 집에서 왜 단단하게 쪽진 머리에 두꺼운 밑창의 가죽신에 뾰로통한 입술에 우중충한 밤색 정장을 뒤집어쓴 하인이 아니라 그가 직접 문을 열어준 건지, 선인장 컬렉션 덕분에 모하비 사막이라도 건너는 기분으로 이국적인 정원을 가로질렀는데 왜 그가 문을 열어준 건지, 왜 고용인이 없는지, 왜 나를 불렀는지, 왜 비서를 뽑는데 나 같은 사람을 만나기로 했는지 이해가 되지 않았단 말이야.

단지 내 성 때문이라고?

당시 클라라문트는 몸 상태가 가장 좋을 때였다. 지금처럼 뚱뚱해 보이지 않았고, 머리칼이 빠지기 시작하는데 탈모는 생각만 해도 끔찍한 일이었으므로 머리를 올백으로 넘기고 있었으며, 두 눈은 번득이며 빛을 발했고, 그 눈은 북극개의 눈에서나 볼 수 있는 푸른색이었다. 푸른색이 너무나도 선명해 그 참을 수 없는 창백한 불꽃을 피할 수 있도록 선글라스라도 씌워줬으면 하는 생각이 들 정도였다. 그는 휘황찬란하게 사는 것이 워낙 익숙해 보여 비벌리힐스의 대저택이 아닌 다른 곳에 있는 모습은 상상하기 힘들었다. 엄밀히 말하자면 그가 부에노스아이레스의 식민지 저택이나 비벌리힐스 꼭대기에 식민지 저택을 본떠 지은 집에 있는 것까지는 상상이 가능했다. 포석을 깐 파티오, 연철 철책, 커다란 석재 타일, 아담한 나무 벤

치들이 있고, 열대지방 새들의 노랫소리가 분수대의 찰랑거리는 물소리를 뒤덮는 식민지 저택, 그러니까 보르헤스의 생가 같은 곳 말이다. 그래, 그곳이라면 클라라문트의 풍채와 완벽히 어울렸을 것이다. 하지만 저택에 있는 그를 보면 그가 아르헨티나의 망명객으로, 무일푼으로 캘리포니아에 도착해 위대한 작가이자 시인이 되었다는 사실을 떠올리는 게 거의 불가능했다. 실향에 대해, 언어에 기대는 것에 대해, 모든 것을 잃었을 때 세상 어느 곳에 있건 모국어 속에서 살아가는 것의 위안에 대해 너무나 아름답게 말하는 작가, 사람들이 청하는 게 늘 그 이야기다보니 유배 생활에 대해 유배 첫날과 똑같은 분노를 가지고 말하는 작가, 화려한 문체와 투박한 문체를 오가며 이를 생경하면서도 세련된 방식으로 표현하는 남자, 좆을 좆이라 말하면서도 접속법을 이용해 이 난감한 단어를 보석 상자에 집어넣는 남자가 바로 그였다.* 마리아 크리스티나는 그를 생각하기만 해도 온몸이 후들거릴 지경이었고 그의 강연문 몇 개와 그의 시 대부분을 외우고 있었다. 라페루즈에서 그녀는 그가 라디오에 나와 토론하는 것을 들은 적이 있었다. 어머니는 '아씨' 댁에 갈 때 딸들을 바깥세상으로부터 보호하기 위해 집에 가

---

* 접속법은 주절과 종속절을 이어주는 문법형식으로 통상적으로 고상한 문어체에서 사용된다. 종속절이 주절에 삽입되기 때문에 작가는 상자에 넣는다는 비유를 사용했다.

뒤두었지만, 바깥세상이 어린 수감자들을 타락시키려고 친히 왕림할 때도 있다는 사실을, 이렇게 감금당한 순수한 영혼들을 타락시키는 것이 얼마나 즐거운 일인지를 잊고 있었다. 자매는 주방의 라디오로 사탄의 주파수를 맞췄다. 로큰롤을, 작가들의 말을 들었다. 물론 그 사람들이 하는 얘기를 마리아 크리스티나가 전부 이해한 것은 아니었다. 그것은 시와 같았고, 수수께끼 같고 난해했다. 하지만 그 난해함 자체가 거기에 매력을 부여했다.

그래서 마리아 크리스티나는, 그 일만을 고대하고 있던 마리아 크리스티나는 저택의 넓은 홀에서 클라라문트를 미친 듯이 사랑하게 되었다. 그렇게 끌리는 데는 수천 가지 이유가 있었다. 그중에는 그녀가 읽은 그의 책들도 있었고, 라페루즈의 라디오에서 들은 그의 말도 있었고, 무엇보다 그녀가 (설사 자기 생각처럼 특별하고 똑똑했다 해도) 조신한 생활 태도를 집어치우고 싶어 안달이 나 있다는 사실, 그 집, 그의 얼굴도 있었고, 그의 곁에서 시간을 보내게 될 거라는 예상도 있었다. 어쩌면 그의 재산도 그 이유 중 하나였을 테고, 적어도 그의 아우라와 그의 권력은 거기 포함될 터였다. 클라라문트가 여자였다고 해도 사정은 마찬가지였을 것이다. 마리아 크리스티나는 사랑에 빠져야만 했다, 몸과 마음을 바쳐야만 했다. 그녀는 그토록 외로워하고 있었고, 언니와 조앤이 있었다지만 그 외로움은 어린 시절부터 계속된 것이었다. 그녀는 클라라몬트와 가까워지고 싶었고, 그의 곁에 있고 싶었다. 이 모든 것이 일종의 광신적 충동과 뒤섞여 있었다. 그녀는 그의 지인이, 그의 반려동물이, 그와 특별한 관계라고 말할 수 있는 사이가, 그가 자기에게 특별한 관심을 보인다고 말할 수 있는 사이가 되고 싶었고, 그의 보호와 영향 하에 성장하고 싶었다. 그녀는 어떻게 해서 자기가 비서 자리를 얻게 되었는지 정확히 알지 못했고, 지원자가 더 있었는지도 그 순간엔 묻지 못했다. 나중에 실제로 그들의 관계가 특별해졌을 때 그녀가 이 문제를 묻자 그는 말했다, 남자 몇 명이 지원을 했고 여자도 아마 두세 명 왔을 거야. 하지만 그 여자들은 배우나 미용사였거든. 당신의 압도적인 야성에 비길 수 있는 여자는 아무도 없었어요, 나의 요정님.

그는 그녀를 집 안으로 들여 맞이했다. 그녀는 그가 자신에게 관심이 있다는 것을 즉시 알아챘다. 비단뱀처럼 숨통을 죄는 원피스에도 불구하고, 땀과 피로에도 불구하고 그가 자신에게 관심이 있다는 게 보였다. 그녀는 상황을 분명히 파악하고 있었다. 그것은 야성이나 요정 같은 문제가 아니었다. 그가 자신의 엉덩이를 마음에 들어 하는 게 보였다, 물론 그것만으로 모든 게 해결되지는 않을 수도 있었지만. 그는 그녀를 살롱으로 데려가면서 뒤에서 걸었다, 그녀 뒤에서 따라 걸었다. 뒷무릎과 엉덩이의 근사한 움직임을 구경하려는 게 아니라면 왜 뒤에서 걸었겠는가? 클라라문트는 이렇게 말했을 것이다, 당신도 젖 달린 짐승에 불과해, 마리아 크리스티나, 나는 달리는 치타의 모습에 감탄하는 것처럼 당신이 걷는 걸 보는 거야, 나는 당신의 완벽한 동작에 반했어. 당시 마리아 크리스티나는 가슴 생김새만으로 일자리를 얻을 수 있다는 걸 믿을 수 없었다. 남자들에 대해 그녀는 아직 경험이 너무 없었고 환상이 너무 많았다.

그는 그녀를 응접실에 앉히더니 다시 일으켜 온실, 주방, 그리고 서재로 인도했다. 만약 침실에 데려갔다면 그녀는 거기까지도 따라갔을 것이다. 그녀는 그만큼 어렸고, 그만큼 그를 존경했고, 그만큼 천진했다. 그녀는 너무나 매력적인 계집년, 너무나 예쁜 계집년이었기에, 육체는 천한 것이니 감추고 희미하게 만들고 깎아내려야 하는 법이며, 그러지 않았다가는 끔찍하고 수치스러운 일을 당하고 영혼이 산산조각날 거라는 말을, 여자의 몸으로 순수한 영혼을 가지려면 어떻게 해야 하는가, 예쁘면서도 창녀가 되지 않으려면 얼마나 신중하게 처신해야 하는가를 귀가 닳도록 들어왔다. 그녀는 어머니의 목소리로부터, 사탄의 목소리로부터, 언니의 목소리로부터 달아나고 싶었기에 자기는 그런 사람이 아니라고 생각하면서도, 스스로 선택의 여지가 있었으면서도 클라라문트에게 끌리는 마음에 저항할 수 없었다. 그녀는 쌀쌀맞은 아가씨였고, 숫처녀였고 아웃 사이더였지만, 그럼에도 그를 유혹하고 싶었고 하이힐을 신고 아이섀도를 칠하고 싶었고 그를 사로잡아 자기 것으로 만들고 싶었다. 하지만 하이힐과 아이섀도로 남자를 사로잡아 자기 것으로 만들겠다니, 너무 애송이 같은 생각 아닌가? 그는 끊임없이 떠들었고, 거드름을 피웠고, 그녀가 할 일들을 지시했다. 그녀는 선발된 것이었다. 간택을 받은 것이었다. 그의 비서, 조수, 오른팔, 가정부, 기억장치, 측근이 된다는 것, 그의 총애를 받는다는 것은 엄청난 특권이었다. 그는 자기 고양이를 소개하며 이름이 장 뤼크라고 했다. 마리아 크리스티나가 이건 암컷인데요, 라고 하자 그는 눈을 치켜뜨고 그녀를 바라보았다. 그가 믿지 않는 것 같아 그녀는 고집스레 정말이라니까요, 라고 했다. 그는 웃기 시작했다. 그녀를 비웃는 것이었다. 그녀는 어떻게 행동해야 할지 몰랐다. 그는 다리를 꼬았다. 그는 짙은 갈색의 커다란 가죽 소파에 앉아 있었다. 팔을 등받이 위에 수평으로 뻗고 있어 온몸이 활짝 펴진 것 같았다. 햇살이 발치에 떨어지고 있었다. 불현듯 모든 것이 완벽하게 계산된 것처럼 보였다. 그의 오른쪽 구두 바로 밑에 한 조각 햇살이 있었다. 구두는 말랑말랑하고 광택이 없는 황토색 가죽이었다. 색이 너무나 자연스러워 소들이 본래 황토색이기라도 한 것 같았다. 그는 양말 없이 구두를 신고 있어서 그의 발목, 털 많고 단단한 남자의 발목이 훤히 드러나 보였다. 그는 그녀를 바라보며 그녀의 천진

난만함을 비웃고 있었다. 그는 이러다 당신한테 반하겠어요, 라고 말했다. 그리고 그녀는 어렸을 때처럼 고분고분한 소녀, 말잘 듣는 소녀가 된 기분이 들었다. 그녀는 자기가 바라보여지고 있는 것을 바라보았다. 그녀는 여성 특유의 자아분열을, 여자들은 일찌감치 배우게 되는 일을, 즉 자기가 바라보여지는 것을 바라보는 것을 경험했다. 마리아 크리스티나는 그것을 잘 몰랐다. 그녀가 살던 곳에서 여자들은 크고 헐렁한 옷으로 몸을 감췄고, 그녀의 어머니는 가슴을 천으로 조였지 브래지어를 하지 않았다. 여자들은 자신의 육신을 두고 어찌할 바를 몰랐고, 육체의 죄악을 속죄하려고 눈을 내리깔고 성당에 다녔다. 그러니 클라라문트 앞에서, 그의 당당한 태도 앞에서 그녀가 어떻게 행동할 수 있었겠는가? 그녀는 순간 분노에 휩싸였지만 곧 전의를 상실하고 그의 조수가 되기를 원하기로 했다. 이 첫 만남에는 걱정스럽고 불만족스러운 면이 있었지만 그것을 원하기로 한 것이었다. 그녀는 조앤을 떠올리며 그녀라면 어떻게 행동했을지 생각했다. 애초에 이 자리를 제안받은 것은 그녀였으니까. 조앤이었다면 그만큼 고분고분하지 않았을 것이다. 그건 확실했다. 하지만 조앤은 클라라문트가 누구인지 몰랐다. 조앤은 그가 쓴 글을 하나도 알지 못했고, 이 남자의 천재성을 헤아리지 못했다. 반면 마리아 크리스티나는 자기도 모르는 새(그녀는 그만큼 어렸다) 천재라는 생각만으로 한 남자에게 허가증을 발부한 것이었다.

그는 말했다. 내일부터 출근하세요. 그리고 그것은 당연히 질문이 아니었다. 내일부터 출근하세요, 라는 말을 하고 그는 자리에서 일어났다. 그들은 심지어 돈 얘기도 하지 않았다. 라 페루즈에서, 그것도 마르그리트 리쇼몽의 집에서 어떻게 돈 얘기하는 법을 배웠겠는가? 마리아 크리스티나는 아주 조금이라도, 아주 잠깐이라도 저항하고 싶었다. 그래서 그녀는 내일은 안 되는데요, 라고 말했다. 당연히 그것은 사실이 아니었다. 하지만 그녀는 무엇인가를 보여주고 싶었다. 자기는 이제 그의 뜻을 따를 수밖에 없는 게 명백했지만, 클라라문트도 그것을 인식하고 있었지만, 그럼에도 완전히 좌지우지할 수 있는 건 아니라는 것을 보여주고 싶었다. 그는 어깨를 으쓱하더니 말했다, 그럼 내일모레 오세요. 그녀는 더 반박할 말이 없었다.

클라라문트의 집을 나온 뒤 그녀는 다시 버스를 타고 그 모든 장면을 돌이켜보았다. 자기가 다르게 대답하는 광경을, 더 당당하게 행동하는 광경을 그려보았다. 둘 사이의 대화를 회상하며 자기에게 많은 몫을 할애하니 마음이 편해졌다, 비록 스스로 꾸며낸 대화이기는 했지만. 그녀는 버스의 백미러로 자기 모습을 바라보았다. 자기가 어떤 인상을 주었는지 알고 싶었다. 거울에 비치는 모습이 마음에 들지 않았다. 우둔한 라페루즈 여자처럼 보이잖아. 그녀는 꼭 해야 할 말은 한 마디도 하지 않

앗음을 깨달았다. 그의 책을 모조리 읽었다는 얘기조차 하지
않았던 것이다.

# 샴페인 거품이
# 눈물에 미치는 영향에 대하여


조앤과 마리아 크리스티나는 새 일자리를 얻은 것을 자축하기로 했다. 그들은 클라라문트를 기념하는 의미에서 칠레산 화이트 샴페인을 샀다. 조앤은 샴페인은 발포성이므로 태아에게 해롭지 않다고 선언했다. 그녀는 소파에 누웠다. 사과처럼 선명한 초록색 티셔츠 밖으로 불룩한 배가 비어져나와 있었고, 머리는 아무렇게나 묶었고, 얼굴은 임신 때문에 기미투성이였다.

마리아 크리스티나는 임산부들은 다들 서로 닮았다고 말하곤 했다.

"임신한 여자들은 모두 밋밋한 구석이 있어. 자기 얼굴의 특징이 없어진 것처럼 말이야."

그러면 조앤은 킥킥거리며 말했다.

"내가 임신한 여자와 닮았다니 놀라운데. 다른 사람 얘기하는 줄 알았네."

밤 열한 시쯤 마리아 크리스티나는 울음을 터뜨렸다. 한 번도 하지 않은 이야기들이 나오려 하고 있었다. 마음은 공기처럼 가벼웠고 기분 좋게 무책임해져서 그녀는 뒷일은 생각지 않고 고백했다.

"나, 열세 살 때, 언니를 죽일 뻔했어."

조앤이 귀를 기울이자 그녀는 이야기를 계속했다.

"그 뒤로 라페루즈를 떠날 때까지 내내 양심의 목소리에 따라 죄책감을 키워왔어. 내가 언니를 죽이려 했다고. 그건 사고가 아니었다고 굳게 믿었고, 언니가 잠시 혼란스러워하는 새 내가 골짜기로 떠민 거라고 생각했어. 내가 언니를 밀었어, 확실해. 그 장면이 눈에 선했어, 꿈도 여러 번 꿨어. 내가 언니의 견갑골에 손을 얹는 걸, 손으로 누르는 걸 느낄 수 있었어. 그리고 언니의 눈빛이 보였어, 언니는 내 어깨 너머를 바라보면서 내가 자기를 미는 것을, 내가 자기를 길 아래로 떨어뜨리는 것을 보고 있었어. 언니는 놀란 표정이었어, 당혹스러운 표정이었어. 어떤 때는 전혀 놀란 표정이 아니었어, 날 비웃는 표정이었어, 내가 거기서 망가뜨리고 있는 것이 언니의 인생이 아니라 내 인생인 것처럼. 도대체 어쩌다가 언니를 죽이려 했다고 믿게 된 걸까? 아마 어디선가 그런 이야길 읽은 것 같아. 그런 종류의 일이 생길 수 있다고, 스스로는 어떤 일을 저질렀다고 생각하지 않지만 실제로는 저지른 것일 수 있다고. 엄마는 항상 그렇게 생각했던 것 같아. 어쩌면 아빠도 그랬을지 모르고. 아빠야 그렇게 생각하지 않으려고 했지만. 하지만 엄마는 우리 모두가, 특히 우리 자매가 마귀에 들렸다고 철석같이 믿었거든. 그래서 엄마는 내가 언니를 죽이려고 했지만 어떤 힘이 언니를 구해준 거라고 확신했어. 그리고 이제 자기 역할은 언니를 보호하고 나를 더욱 철저히 감시해서 '마귀'가 다시 나를 조종하지 못하게 하는 거라고 믿었어. 그 후로 나는 흠잡을 데 없는 아이가 되어야 했어. 저지르지도 않은 범죄에 대해 회개해야 했어. 엄마는 라디오 복음 방송을 진행하기 시작했어, 그러면서 세상의 종말이 임박했다고 주장하기 시작했어. 엄마의 방송은 그런 유의 얘기랑 버찌 얼룩 지우는 법, 루바브 파이를 잘 만드는 법 같은 집안 살림 팁이랑 외국인들, 특히 중국인에 대해 의심을 거두지 말라는 식의 얘기들이 뒤섞여 있었어. 중국인들은 개를 먹으니까, 다들 몰래 불법 세탁소를 차리려고 하니까 의심해야 한다는 거야, 그 세탁소들이 보신탕집이 되고 매음굴이 된다는 거야, 미국 서부개척시대 역사를 보면 그런 일 천지라는 거야. 엄마는 그랬어, 그놈들은 우리와 다르다, 중국으로 돌아가라, 중국에 있으면 뭘 하든 상관없다, 하지만 도대체 여기서 무슨 짓들을 하고 있는 거냐, 난잡한 행실에, 그놈의 애새끼들에,

공산주의에, 저희끼리만 뭉치고, 장사꾼 기질에, 역사가 보여주지 않았느냐, 공산주의자에 저희끼리만 뭉치고 장사꾼 기질이 있는 자들은 경계해야 한다는 것을, 겸손한 척하는 외양에 속지 말자, 놈들은 음흉함과 걸신 들린 탐욕밖에 없다. 그런 말을 툭하면 방송에서 한 거야, 중국놈들은 음흉함과 걸신 들린 탐욕밖에 없다. 언니 사고를 구실로 엄마는 미쳐도 단단히 미쳐버린 거야. 내가 뭘 할 수 있었겠어? 그 아수라장이 내 책임이었는데. 언니는 사고를 당한 뒤에 간질 발작을 몇 번 일으켰어, 어디 한군데 정신을 집중하지 못했고, 남들이 하는 말도 잘 이해 못 했어. 하지만 가끔은 굉장히 예리한 지적을 할 때도 있었어. 그래서 나는 속으로 생각했지, 언니는 지금 연기를 하는 거야, 바보인 척하는 거야. 어떻게 보면 언니는 사고 전부터 있던 면들이 더 강해진 것 같았어. 그 불같은 성격하며, 난폭한 것하며, 샘 많은 거야 당연하고. 마치 그 모든 게 전보다 더 지독해진 것 같았어, 예전에 있던 좋은 면은 전부 사라지거나 변해버리고. 사고를 당하기 전만 해도 언니는 굉장히 재미있고 톡톡 쏴대고 반항적인 아이였거든, 가끔은 나랑 은밀히 공조하기도 했고. 근데 굉장히 둔해진 거야. 전의를 상실한 건지 더 신경 쓰지 않기로 결심한 건지 몰라도 우리의 상황을, 우리의 엄마를 운명이라고 여기고 받아들이게 된 거야. 아니면 아무것도 결심하지 않은 건지도 몰라, 그냥 단념한 거지. 그래서 나는 목

매어 자살하려고 했어, 목을 매려고 했다고. 근데 엄마가 늘 나를 감시했기 때문에 방해받지 않고 일을 치를 수 있는 곳이 정원 끝에 있는 닭장 옆 변소밖에 없었어. 그래서 나는 밧줄을 걸었어, 그 집에는 밧줄과 둔기가 거의 어디에나 있었거든. 나는 변소의 철판 지붕을 지탱하는 대들보에 밧줄을 걸고 변기 위에 올라갔어. 근데 암탉들이 꼬꼬댁거리는 소리가 들리는 거야, 어렸을 때 나는 닭 흉내를 정말 잘 냈거든, 책도 항상 변소에서 읽었고. 변소 안에서 한참씩 있으면서 책도 읽고 닭들한테 말도 하고, 그러면 닭들이 대답했어, 그다음에는 닭장에 책을 감췄고. 어쨌든 그 집에서 달걀을 거두는 건 나였으니까, 그래서 안심이 됐어. 변기 위에 올라갔지. 근데 일이 엉망이 됐어. 변기가 무너진 거야. 나는 등신 같이 두 발을 무너진 변기 위에 올린 채로 냄새나는 똥구덩이 안에 매달려 있었어. 닭들은 악을 쓰고 난리를 피웠고, 엄마도 악을 쓰고 난리를 피웠고, 내가 그 상황에서 벗어나려고 무슨 말을 했는지도 모르겠어. 나는 줄에서 풀려났어. 그건 세상에서 제일 등신 같은 자살시도였어. 꼬꼬댁거리는 닭들에, 고약한 똥 냄새랑 썩는 냄새에."

마리아 크리스티나가 여기까지 이야기했을 때 조앤은 불편한 몸을 소파에서 일으켜 그녀를 두 팔로 안고 흔들어주었다. 마리아 크리스티나는 조앤의 어깨에 몸을 기댔고, 조앤은 손으로 그녀의 얼굴을 잡더니 입술에 키스를 했다. 마리아 크리스티나는 완전히 녹초가 되기도 했고 마음이 너무나 가벼운 동시에 너무나 슬퍼서 조앤에게 키스를 돌려주려 했다. 그녀는 생각했다. 어쩌면 이거였는지도 몰라, 다른 건 다 차치하고 내가 동성애자라서 그런 거였는지도 몰라. 하지만 조앤의 배는 일을 거추장스럽게 만들었고 마리아 크리스티나는 너무나 서툴렀다. 그녀는 고개를 젓더니 말했다. 난 정말 아무 짝에도 쓸모가 없어.

조앤은 다시 소파에 몸을 기댔다. 마리아 크리스티나에게 키스를 하고, 입안에 혀를 넣고, 서로 가슴을 비볐던 것이 전혀 중요하지 않다는 듯. 그런다고 두 사람의 관계는 조금도 달라질 게 없다는 듯. 그녀는 손을 배 위에 얹은 채 담배에 불을 붙였고, 아기가 발길질을 할 때마다 자기 몸속에서 그렇게 멋대로 구는 게 누군지 궁금하다는 듯 눈살을 찌푸렸다. 그녀는 마리아 크리스티나에게 미소를 지어 보였고, 마리아 크리스티나는 더욱 심하게 울었다. 그녀가 눈물을 글썽이며 말했다.

"난 울보야, 조앤, 미안해 미안해 미안해…"

"울어서 미안하다는 거야?"

"그냥 다 미안해."

조앤은 머리를 끄덕이더니 소리를 죽여놓은 텔레비전을 켰고, 마리아 크리스티나의 손을 토닥토닥 두드리더니 말했다. 가서 글을 써, 샴페인도 잔뜩 마셨고 마음이 답답하잖아, 이럴 때 글을 써야지 언제 쓰겠니?

마리아 크리스티나는 자리에서 일어섰다. 조앤과 있으면 무슨 일이든 마법처럼 단순해진다는 것을 깨달았다. 사실 어느 곳에서도 이처럼 단순해질 수는 없을 것이다. 고마운 마음이 복받쳐올랐다. 발을 소파테이블에 걸치고 재떨이를 배 위에 얹은 조앤의 모습을 마지막으로 쳐다본 뒤 그녀는 자기 방으로 향했다. 조앤은 담배를 까닥여 인사를 했다. 걱정하지 마, 가봐, 가, 가서 글을 써, 라고 말하는 듯이.

# 픽션의 서두

가족과 연을 끊었을 때, 혹은 가족이 완전히 사라졌을 때 어떤 식으로 이야기를 할지는 간단치 않다. 못된 여동생 이야기를, 더해진 이야기를, 뺀 이야기를, 내가 그 일을 어떤 식으로 겪었는지를, 언니나 엄마나 아빠가 겪은 것과는 어떻게 다르게 겪었는지를. 그 사건에 대해 우리는 각자의 버전이 있다. 그리고 이 버전들 사이에는 접점이 전무하다. 이 버전들은 서로 겹치는 곳이 없다. 사건들을 기억하는 방식도 같지 않고, 날짜도 같지 않다. 그러니 이 버전들을 대조해야 할 것이다. 하지만 가족이 죽었으므로, 혹은 말을 잃었으므로, 혹은 망가졌으므로 그런 시도는 불가능하다. 그리고 나의 진실은 거짓말이 된다. 그것은 내가 겪고 느낄 수 있었던 것에 불과하다. 그것은 불완전하고 누군가에게 상처가 되고 진위 확인이 불가능하다. 우리의 버전들은 영원히 만나지 않는 두세 개의 평행한 직선과 같다. 나 자신의 이야기를 하는 것은 지극히 작위적인, 혼자만의 일이 된다. 차후에 재구성해보면 어떤 여정, 의지, 욕망처럼 보이지만 그저 그렇게 보일 뿐이다. 사소한 디테일들은 언제나 내가 원했던 것보다 먼 곳으로 나를 이끌고, 여담을, 잡설을, 추억을 풀어놓게 한다. 마트료시카*들이 쌓이는 게 보인다. 그것들이 나를 휩쓸어버린다. 그것들이 책상에서 떨어진다. 마트료시카들의 행진이다. 이렇게 얽히고설킨 기억들을 가지고 무엇을 할 수 있단 말인가? 진단서처럼 건조하게 서술하고 싶지만 정작 나오는 이야기는 뒤죽박죽이다. 그리고 모든 것이 잠잠해졌을 때, 남는 것은 뿔뿔이 흩어진 단장들뿐이다. 서로 이가 맞지 않는 타일들뿐이다. 그 틈으로 땅이 보인다. 흙바닥이, 그 먼지가, 그 건조함이, 그 깊이가 보인다.

* 인형 속에 인형이 있고 그 속에 또 인형이 있는 러시아 인형.

# 포로가 되기 전에

스스로 얻어낸 휴식의 날 동안—일이 생기기 전까지 기다림은 언제나 가장 달콤한 순간이다. 일이 닥치면 모든 게 엉망진창이 되지만—개인 비서가 되기 전, 서랍 몇 개와 개폐식 상판이 달린 그 작은 가구*가 되기 전의 이 휴식일 동안 마리아 크리스티나는 해변을 걸었다. 전날 밤 조앤과의 그 이상한 파티 이후 무언가가 써지기 시작했다. 무언가가 바스락거리고 꿈틀거리는 게 느껴졌다. 보물을 심장 옆에 넣고 살을 꿰맨 채 걷는 것 같았다.

---

* 영어로는 '비서(secretary)'와 '필기용 책상(secretaire)'이 다른 단어이지만 불어에서는 두 가지 모두 secrétaire라고 한다. 여기서는 비서직을 가구에 비유하고 있다.

그날은 햇빛이 강했다. 바람이 휩쓸고 가 깨끗해진 대양의 하늘 특유의 청명함이 있는 날이었다. 모든 안개가 완전히 퇴거해 먼바다로 돌아가버린 것처럼 그 자리를 강렬한 햇살이 차지했다. 문득 마리아 크리스티나는 커다란 호수의 진흙처럼 머리 위로 떨어지는 라페루즈의 빗줄기로부터, 모든 것을 얼려버리는 그 거무튀튀한 빗줄기로부터 까마득히 먼 곳에 와 있는 것이었다.

그날은 바람이 무척 거셌고, 마리아 크리스티나는 하루 종일 산책을 하며 구두, 스카프, 흰색 원피스를 장만했고—흰색 원피스라니, 대체 무슨 생각이었던 거야! 그것도 칼라에 레이스가 달린 흰 원피스라니—바지도 몇 벌 장만했다. 그녀도 바보는 아니었으므로 클라라문트와 둘만 있을 때는 바지 차림인 게 나으리라 짐작한 것이었다. 그러고 나서 그녀는 바닷가를 걸었다. 모든 것이 밝은 미래를 약속하고 있었다. 자칫하면 이 멋진 하루를 영원한 행복의 징조라고 착각했을 것이다.

# 일종의 자유가 되었던 것


　난바다의, 젖은 나무의, 조개들의 냄새, 파리 떼가 윙윙거리는 해초 냄새, 필터 없는 럭키 스트라이크 담배와 모노이 향유 냄새, 풋사과 맛 사탕과 스프라이트 냄새, 그것은 1976년 캘리포니아의 냄새다. 그것은 대마초와 대양大洋의 냄새가 난다. 보니와 클라이드의 화약 냄새가, 나일론 옷의 땀 냄새와 향초 냄새가, 사향 냄새가, 네 머리카락과 아몬드 샴푸 냄새가, 집에서 구운 빵 냄새가, 개수대에 헹군 마리화나 냄새가, 글러브박스 속에서 뒹굴며 달궈진 카세트테이프들의 플라스틱 냄새가 난다. 개잎갈나무와 오피움Opium 향수 냄새가, 재스민과 아가판투스 꽃 냄새가, 작열하는 아스팔트 냄새가, 모하비 사막에서 불어와 피부와 목구멍을 말라붙게 만드는 바람 냄새가 난다. 먼지와 짠 모래 냄새가 난다. 디젤과 절대 모자랄 일이 없는 가솔린 냄새가 난다. 이십사 시간 영화관들에서 나는 양말 냄새가 난다. 정향 담배 냄새와 반란의 기운이 느껴진다. 차게 식은 담배꽁초 냄새가, 오렌지 껍질 냄새가, 선명한 녹색에 반짝반짝하고 반들반들하고 너무나 유독한 오렌지 나무 잎 냄새가 난다. 종이봉지 속의 조개 튀김 냄새가, 멕시코 맥주 냄새가, 타코 냄새가, 와플 냄새가, 검은콩을 넣고 지은 밥 냄새가, 구운 스테이크 냄새가, 식초와 설탕이 들어간 별의별 음식 냄새가 난다.

# 저항한다고?

마리아 크리스티나는 마침내 클라라문트가 자기에게 무엇을 바라는지 깨달았다. 그는 단순히 여비서가 필요한 게 아니었다. 그저 여비서가 필요했다면 적어도 그녀보다 단정하고 경험도 많고 꼼꼼한 사람을 뽑았을 것이다. 그는 내 집사가 되도록 해요, 마리아 크리스티나, 라고 말했다. 불평등한 호칭 때문에(그녀는 클라라문트 씨라고 하는데 그는 왜 그녀를 이름으로 부른단 말인가?), 그녀의 업무를 칭하는 이 기만적 방식 때문에(그녀의 어머니는 '아씨'의 식모였으면서 집사를 자처하지 않았던가?) 그녀는 이 말이 소름끼치게 싫었다.

그녀는 라파엘 클라라문트의 인생을 관리해줄 생각은 추호도 없었다. 그의 오만함은 모욕적이었다.

하지만 그에 대한 평가를 미묘하게 낮추면서 어떻게 그를 계속해서 존경할 수 있단 말인가?

게다가 그는 왜 그렇게 그녀를 신뢰했을까?

첫날부터, 그리고 그날부로 마리아 크리스티나는 매주 네 번 오후 네 시 삼십 분에서 일곱 시까지 출근하기로 했다. 그는 그녀에게 서재의 서류 정돈을 시키고 가끔 문틈으로 머리를 들이미는 것 외에는 방해를 하지 않았다(그의 800달러짜리 구두 특유의 끌리는 소리가 들리곤 했다. 그녀는 그의 다리가 뻣뻣하다는 것을, 그가 다리를 약간 전다는 것을, 그 육중한 몸뚱이를 끌고 다니는 게 쉽지 않다는 것을 깨달았다). 그는 이렇게 말하곤 했다, 마리아 크리스티나, 보고 싶으니까 온실로 날 보러 와요, 쥐처럼 이 서재에 갇혀 있지 말고. 하지만 온실에서 그와 무슨 볼 일이 있단 말인가? 마리아 크리스티나는 하던 일을 멈추고 대답했다, 필요한 게 있으세요? 홍차나 위스키를 가져다드릴까요?

문서보관소 급의 서류들을 정돈하고 있는 그녀 앞에 그가 자리를 잡고 마지막 부인 '라 메니나'*에 대해 이야기할 때도 있었다. 그는 정신분열 진단을 받은 이 멕시코 여성 시인과 서

---

* 스페인어로 '라 메니나la Menina'는 '시녀'라는 뜻이며, 전처의 별명으로 보인다. 이 별명은 당연히 벨라스케스의 그림 〈시녀들Las Meninas〉을 연상시킨다.

사시 규모의 전쟁을 여러 차례 치뤘다. 그의 경동맥에서 피가 솟는 꼴을 보려고 그녀가 목을 깨문 적도 있었다. 그는 당혹과 경탄을 섞어 그 사건을 묘사했다. '라 메니나'는 이제 멕시코시티의 한 정신병원에서 대부분의 시간을 보내고 있었다. 그는 '라 메니나'의 이야기는 쉽게 했지만 다른 전처들에 대해서는 절대 말하는 법이 없었다.

오후 늦게 마리아 크리스티나가 도착해 문에서 그녀를 맞이할 때면 그는 미소를 짓고 있었고, 기뻐했다. 굉장히 권태롭기라도 한 듯, 이 아가씨를 보기만 해도 기분이 풀리는 듯 눈에 띄게 기뻐했다. 그는 늘 그녀의 옷차림이나 머리카락에 대해 듣기 좋은 말을 했고, 혈색에 대해 걱정하는 척했다. 하지만 이런 태도는 감정이 담기지 않은 계산된 것이었다. 마치 그녀가 자기 계략에 빠지려면 얼마만큼의 찬사를 내뱉어야 하는지, 얼마만큼의 관심을 베풀어야 하는지 그는 정확히 알고 있는 것 같았다.

마리아 크리스티나가 완전히 망상에 사로잡혔던 게 아닌 한 그건 확실했다.

클라라문트의 집은 너무 커서 그가 사용하는 부분은 극히 일부에 지나지 않았다. 그의 생활은 서관西館에 집중되어 있었다. 그곳에는 그의 침실, 커다란 거실, 서재가 있었다. 복도 끝으로 조금 더 가보면 업소용 냉장고와 별의별 가전제품들이 갖춰진 어마어마하게 큰 주방이 있었다. 가전제품들은 모두 완전히 새것으로 반짝반짝 빛이 나고, 대부분은 오렌지색과 겨자색이었고, 탱고슈즈만큼 번들거렸다. 그중 전자레인지만이 사용한 표가 났는데, 이 기계는 딱딱한 모양에, 갈색에, 윤기가 없고 거의 공격적이다 싶게 생긴 것으로, 클라라문트가 모차르트의 소나타들을 들곤 하는 거실의 전축과 비슷해 보였다. 이 물건을 본 마리아 크리스티나는 처음에 당황한 나머지 지극히 조심스럽게 접근했다.

"친애하는 마리아 크리스티나, 전자레인지는 2차 세계대전 때 레이더 연구의 부산물이에요. 군사 연구가 없었으면 우리는 어떻게 됐을까요?"

이런 유의 말을 한 뒤 그는 갑자기 몸을 돌려 위스키 잔을 손에 들고 주방에서 나가, 등나무와 용설란 사이에서 졸고 있는 자신의 인공적인 작은 성으로 돌아갔다.

마리아 크리스티나는 그가 언제 글을 쓰는지 궁금했다.

그는 온실에서 난초들을 돌보면서 시간을 보냈다.

그러고는 파티를 열기도 하고, 전화 통화도 했다. 그녀는 엿듣지 않으려고 했지만, 그처럼 못되게 말하는 걸 듣는 것은 흥미로운 일이었다. 그에게는 모든 사람이 험담의 대상이었다. 여성 편집자와 대화할 때는 두 사람이 같은 방에 있는 것 같았다. 그는 한 손에 로부스토 시가를 들고 안락의자에 자리를 잡고 앉아 있었고, 두 사람 모두 자신들의 지인 절반을 콘크리트

속에 처넣으면서 무한한 쾌감을 느끼는 것처럼 보였다. 그는 깔깔댔고, 비웃었고, 북미 작가든 중남미 작가든 만나본 작가 전부를 경멸했고("우둔함이 그놈들의 원산지지") 자기 분석의 정확성을 납득시키려 했고("당신은 개들 덕에 먹고 사니까 관대한 거야") 작가들 하나하나가 등장하는 일화들을("흉포한 놈들도 순한 놈들도 있지만 다들 대중의 사랑을 받고 싶어 안달이 나 있어"), 작가들이 바보천치나 비열한 사기꾼인 게 들통나는 일화들을("X는 조련된 물개처럼 아무한테나 박수를 친다니까, 그러면서도 다른 작가들이 선인세를 얼마나 받는지 알아보는 건 열심이에요") 떠벌였다. 그러고는 보르헤스와 다른 작가 몇 명을 신물나게 인용하다가 끝에 가선 도박사들에게 문의까지 해가면서 자기가 노벨상을 탈 확률을 따져보곤 했다("래드브룩스*에서는 내가 10 대 1이야, 상당히 유력한 후보인 거지").

마리아 크리스티나는 그가 듣는 사람이 없어도 똑같이 말을 할지 궁금했다. 그의 목소리가 너무 커서 그녀는 통화 내용을 안 들을 수가 없었고, 그녀에게 들린다는 것을 그가 모를 리 없었다.

그의 공격성은 지적 정직성으로 간주되었다. 드문드문 자아

---

* 영국의 유명 도박사이트. 매년 노벨문학상을 두고 도박사들의 내기가 벌어진다.

도취에 빠져 착한 사람 행세를 할 때도 있었다. 하지만 그의 너그러움은 단지 악의의 고차원적 형태에 불과한 듯했다.

"나는 피리로 뱀을 부리는 사람이라고." 그는 말하곤 했다.

그는 저택을 떠나겠다는 말을 주기적으로 했다. "잠정적인 것의 지극한 존엄성"* 때문에 절대로 한 곳에 오래 머무를 수 없다는 것이었다.

마리아 크리스티나가 정리하는 서류들은 주로 청구서와 업무 관계 우편물이었으며, 그가 불러주고 그녀가 받아적는 것들은 각종 기관에 보내는 편지, 팬레터나 인터뷰 요청에 대한 답장이었다. 그는 독재자의 전기나 검은 망사로 유명한 패션디자이너의 전기를 집필해달라거나 신작 시집을 록오페라로 개작해달라거나 하는 등의 요청을 끊임없이 받았다. 전화가 걸려왔을 때 귀찮은 사람들은 퇴짜 놓고 중요한 전화는 바꿔주는 것이 마리아 크리스티나의 몫이었다. 중요 전화는 몇몇 사람으로 한정되어 있었다. 우선 당연히 그의 편집자 레베카 스테인이 있었다. 레베카 스테인은 마리아 크리스티나와 통화할 때면 그녀가 글도 못 읽는 하녀이기라도 한 것처럼 발음을 극도로 또박또박 했으며, 그녀가 건망증이 있거나 어딘가 모자라기라도 한

---

\* 프랑스의 성직자 보쉬에의 연설문 〈가난한 자들의 지극한 존엄성〉(1659)을 패러디한 것. 클라라문트의 현학적 말투의 일부다.

것처럼 매번 자신이 누구인지 밝혔다. 사실 마리아 크리스티나는 수화기를 들자마자 레베카가 담배 연기를 뿜어내는 방식까지 알고 있었는데 말이다. 뉴욕 사무실에 있는 레베카의 모습을 상상하는 것은 어렵지 않았다. 그래서 그녀를 실제로 만났을 때 마리아 크리스티나는 레베카 스테인이 통화 중에 자신이 상상한 모습—승강기가 여섯 개나 있는 건물에 개인 사무실이 있는 동부의 여성 편집자—과 완벽히 일치하는 것을 보고 깜짝 놀랐다. 전화를 걸어오는 중요 인물들 중에는 콘수엘로라는, 스페인어를 쓰는 노파도 있었다. 클라라문트는 콘수엘로가 자기 숙모라고 했지만 마리아 크리스티나는 그녀가 클라라문트의 어머니라고 확신했다(마리아 크리스티나는 언제나 사람들이 자기에게 거짓말을 한다고, 자기에게 무언가를 감추고 있다고, 진실은 절대로 겉으로 보이는 것처럼 단순하지 않다고 생각했다). 은행가, 보험업자, 변호사, 여행사 직원, 경마 도박 중개인, 클라라문트와 외출 계획을 짜는 과묵한 무면허 택시 운전사와 같은 남자 몇 명도 그의 집을 드나들었다. 이 운전사는 늘 터틀넥만 입었는데, 햇빛의 많고 적음에 따라 옷의 두께가 달라질 뿐이었다. 마리아 크리스티나가 이유를 궁금해하자 클라라문트는 대답했다, 그 친구 문신이 많아서 그래, 손님들이 무서워하거든. 음울한 택시 운전사를 제외하면 모두 매우 친절한 사람들이었다. 또한 구걸꾼들이나 채권자들도 드나들었다.

하지만 사회적 지위와 애초의 의도가 무엇이건 간에 클라라문트와 면담을 마치고 나오면 다들 영적 환희에 가득 찬 것처럼 행동했다.

클라라문트는 그들을 돌려보낸 뒤 웃으면서 말하곤 했다.

"내가 죽을 때 만족감에 도취되어 있을지 자기연민에 빠져 있을지 모르겠지만, 확실한 건 프로작과 샴페인에 빠져죽을 거라는 거야."

하느님 맙소사, 내가 어떤 곳에 굴러떨어진 거지? 마리아 크리스티나는 중얼거리곤 했다.

매주 화요일 오후 여섯 시 삼십 분, 시간을 꼬박꼬박 지키는 미소 띤 얼굴을 한 사람이 초인종을 누르면 마리아 크리스티나는 문을 열어주었다. 그러면 남자는 초로의 남자들이 젊은 여자가 문을 열어줄 때 미소를 짓는 것처럼, 자신들이 그쪽 방면으로 아직 은퇴할 때가 되지 않았으며 자신들의 풍채와 경험이면 젊은 여자들이 충분히 넘어올 거라고 상상하는 것처럼 미소를 지었다. 하지만 이 남자는 끈덕지게 추파를 보내면서도 자기가 그처럼 꼬박꼬박 찾아오는 건 훨씬 중요한 일 때문이라는 점을 분명히 했다. 스스로 깨닫지 못하고 있는 걸 보면 별뜻은 없었겠지만 그는 살짝 거부감을 불러일으키는 편이었다. 마치 손을 단정히 두지 못해 툭하면 손등을 찰싹 때리게 만드는 늙은 삼촌 같았다. 사내는 클라라문트와 십 분간 얘기를 나

넜고, 들고 온 상자는 내려놓고 떠났다. 그녀는 그 일을 조앤에게 설명했다가 세상 보는 눈을 넓혔다. 조앤은 말했다, 클라라 문트 같은 사람은 마약상이 집에 직접 배달을 와, 흔해빠진 일이야.

작은 키에 스트라이프 정장 차림에 모자를 쓰고 다니는 문제의 남자는 어딘가 상스러운 데가 있었고, 건설 노조의 일원처럼 옷차림이 엉망이었다. 마르그리트 리쇼몽의 손에서 자란 마리아 크리스티나는 마약상이란 늘 흑인, 중국인, 인도인이나 푸에르토리코인일 거라고 믿고 있었다. 그녀는 반사적으로 그런 생각을 떠올린 게 부끄러웠다. 그녀는 유전적 결함을, 너무나 뿌리박혀 절대로 없애지 못할 어떤 무의식적 습관을, 분광기로 발견이 가능한 두뇌 발달 이상 같은 것을 두려워했다. 피부색을 통해 사람을 바라보고 평가하도록 교육받고 자란 사람이 어떻게 피부색을 최우선으로 신경 쓰지 않을 수 있겠는가? 사람 이름을 보고 어떻게 어미語尾가 유대식이나 아르메니아식이 아닌지 살펴보지 않을 수 있단 말인가? 어릴 때부터 흑인들은 진화 단계상 백인보다는 고릴라와 가깝다고 배웠는데 흑백 커플을 어떻게 정상적으로 여길 수 있겠는가? 거리에서 백인 여성에게만 길을 묻는 습관을 어떻게 버릴 수 있겠는가? 이런 왜곡된 관념에서 어떻게 벗어날 수 있겠느냔 말이다.

조앤은 사람들을 평가할 때 이런 도구를 전혀 사용하지 않는 듯했다. 그녀는 폰섹스 일을 할 때 상대가 흑인인지 백인인지 전혀 신경 쓰지 않았다. 그녀가 관심 있는 것은 상대가 얼마나 변태인가, 얼마나 섹스를 밝히는가뿐이었다.

"너와 클라르의 관계가 난 이해가 잘 안 돼." 조앤은 말하곤 했다(조앤은 사람 이름을 항상 줄여서 불렀다. 마리아 크리스티나는 M. C.라고 했다). "그건 어린 소녀나 할 짓이야. 중세시대 여자들이나 할 짓이라고. 정말 구시대적이야. 늙은 왕이 가난한 공주를 간택해서 환심을 사려고 노력하다가 결국 동침하는 거잖아. 상대의 승낙을 구하려고 노력한다지만 체면상 그러는 거고 결과는 정해져 있는 거잖아."

마리아 크리스티나는 격렬히 항의했다. 하지만 그 말에 얼마나 분개했던 간에 그녀는 결국 취직한 지 석 달도 채 안 돼 클라라문트와 동침하고 말았다.

# 채 석 달도 안 되어

처음에는 그저 스치고 지나가는 식이었다. 그는 그녀의 옆을 지나가곤 했다. 단지 너무 가깝게 지나갔다. 마리아 크리스티나로서는 그의 위험성을 평가하기가 쉽지 않았다. 자신이 사소한 신체 접촉을 과잉 해석하는 건 아닌지 알 수가 없었다.

곧이어 그는 그녀가 퇴근할 때 손에 키스를 하기 시작했다. 그가 허리를 구부리는 순간 손을 빼면 그에게 지나친 모욕일 것 같았다. 그래서 그녀는 내버려두었다. 아니면 슬그머니 사라져 현관 앞 로비에서 저 갈게요, 라고 외친 뒤 조마조마한 마음으로 줄행랑을 쳤다. 하루는 그녀가 퇴근하려는데 그가 로비에 서 있는 것이었다. 그는 가까이 다가오더니 몸을 굽히고 그녀의 입꼬리에 키스했다. 그녀는 온몸이 마비되었다. 하지만 클라라문트의 행동에는 겁을 먹어야 할 구석이 전혀 없었다. 가볍고 별일도 아닌, 아주 작은 것이었다. 그녀로서는 따귀를 갈기지도 않았고 심지어 일언반구도 없었으므로, 서로 간의 동의 하에 이루어진 일로 여겨질 수도 있었다.

그 일이 있은 뒤, 그가 온실에 틀어박혀 있어 종일 얼굴 보기도 힘든 날이면 그녀는 퇴근할 때 자기가 살짝 실망하고 있음을 깨달았다.

어느 날 그가 말했다.

"마리아 크리스티나, 뭐 필요한 거 있어요?"

"무슨 말씀이세요?"

그는 커다란 서재에서 그녀의 맞은편에 앉아 있었다. 그녀가 있는 곳은 만약 그가 작업 중이었다면 그가 앉았어야 할 쪽이었다. 하지만 그는 거의 일을 하지 않았고, 그녀는 다양한 서류와 사진으로 가득 찬 상자들을 정리하고 있었다. 그는 난 물건이 제자리에 없어서 찾아야 하는 게 너무 싫어, 라고 입버릇처럼 말했다. 하지만 정리하는 것도 못지않게 싫은 모양이었다. 그 두 가지 태도가 합쳐진 결과 그의 벽장들과 서류함들은 난장판이었고, 물건들은 그가 관심을 거둔 순간 그곳에 그대로 방치되었다. 모든 것이 그렇게 영원히 화석으로 남을 수도 있었다.

그는 손님 쪽 자리에 다리를 꼬고 앉아 창밖을 바라보았고,

차를 마시면서 안락의자를 천천히 좌우로 돌렸다. 그는 오전 열한 시 전에는 절대 술을 마시지 않는다고 말한 바 있었다. 따라서 이날은 마리아 크리스티나가 평소 근무 시간이 아닌 오전에 출근했을 수도 있다. 그녀가 오후 늦게 다른 일이 있었던 게 아니라면 그가 특별히 좀 일찍 와달라고 청했던 게 분명하다. 그건 상관없다. 어쨌든 마리아 크리스티나는 학교 수업에 거의 들어가지 않고 있었다. 그녀로서는 그의 제안을 받아들이지 않을 이유가 전혀 없었다, 그러니까 제안이 있었다면 말이다.

하지만 그녀는 정해진 근무 시간이 바뀌기 시작한다는 것은, 클라라문트가 오전 열한 시 이전에 술을 마시기 시작하는 것만큼이나 뭔가 일이 어긋나는 중이거나 무슨 일이 생길 조짐이라는 것을 잘 알고 있었다.

"그저 뭐든 필요한 게 있는지, 내가 도움이 될 수 있는지 알고 싶어서 그래요. 당신은 모든 면에서 매력적인 사람이니까. 예를 들어 돈이 필요하다거나, 아니면 내가 당신의 글을 읽어주길 원한다거나."

그는 라피스라줄리 반지로 자기 찻잔을 두드리고 있었고(클라라문트는 주로 청색 보석을 착용했다) 그래서 메트로놈 소리 같은, 가벼운 소리가 울렸다.

책상 위 서류들에 열중하고 있던 마리아 크리스티나가 고개를 쳐들었다.

"제 글이라뇨?"

"글 쓰고 있는 거 아니에요?"

마리아 크리스티나는 얼굴이 빨개지는 것을 느꼈다. 아무 대답도 할 수 없었다.

그가 그녀의 불편함을 단숨에 없애주었다.

"시? 단편소설?"

"장편소설이요."

그는 휘파람을 불었다. 그녀는 그가 자기를 비웃고 있는 건지 알고 싶었을 것이다. 경험이 많은 사람, 상대의 머릿속에서 일어나고 있는 일을 짐작할 수 있는 사람, 자기에게 암호문처럼 보이는 것을 해독할 수 있는 사람이 되고 싶었을 것이다. 아마 그녀가 그토록 의심이 많은 것은 인간관계에 대한 자신의 무능력 때문이었는지도 모른다.

"한번은 부에노스아이레스에 돌아간 일이 있었죠." 그는 거구를 안락의자에 더욱 편안하게 늘어뜨리면서 말했다. "그땐 '라 메니나'랑 뉴욕에서 살고 있었는데, 우리 관계가 심각하게 안 좋았거든. 그 순간에 내가 뭘 바라고 있었는지 모르겠지만, 확실한 건 내가 불행했고 향수에 시달리고 있었다는 거예요. 그래서 혼자 부에노스아이레스로 돌아갔어요. 귀국할 때는 가명을 썼어요. 친구 하나가 미국 여권을 구해줬거든. 어머니 집에 갔지요. 창문 밑을 지나가면서 내가 올라가서 어머니를 볼 용기가 있는지, 그렇게 깜짝 놀라게 할 용기가 있는지 알 수 없어 망설이고 있었어요. 미리 알릴 수도 있었겠죠, 먼저 전화를 한다든지. 하지만 나는 그보다 몇 해 전 도둑놈처럼 슬그머니 조국을 떠났거든요. 떠날 무렵에 내가 실제로 좀 그랬어요. 도둑놈, 곧 범죄자가 될 놈, 본격적으로 나쁜 짓을 시작하려는 비행 청소년, 그게 그때의 나였어요. 고등학교를 자퇴하고, 가족의 무관심에 반항한답시고 다리 밑에서 마약을 사고, 확실한 직업 없이 근근이 살았어요, 가끔 산텔모*의 집에 들러 음식을 챙기려고 찬장을 털다가 어머니랑 싸우기도 했고. 어머니는 성이 우갈데Ugalde였는데, 스페인의 가난한 바스크족 집안 출신이었어요. 친할머니 말처럼 비렁뱅이 집안이었던 거지. 만약 아버지를 만나지 않았다면 어머니는 교회 자선 바자 내내 펀치 그릇과 독신자 벤치를 떠나지 않는 독실한 가난뱅이 노처녀가 됐을지도 몰라요. 아버지는 결혼을 하고 나서 막연한 아이디어가 떠오르자 순식간에 사라졌어요. 타조들을 수입해 팜파스에서 집중 사육해서는 그 추악한 새의 다리를 아르헨티나 전국에 먹을거리로 공급하겠다는 생각이었죠. 아버지는 돌아오겠다는 약속을 남기고 산텔모의 집을 떠났지만 다시는 나타나지 않았어요. 아버지는 바르셀로나 대자본가 집안의 후손이었어요. 바

* 부에노스아이레스의 구시가지.

르셀로나를 배경으로 한 소설들에 클라라문트라는 집안이 자주 나오는 걸 눈치채지 못했나요? 이렇게 불명예스러운 결혼으로부터 태어난지라 어린 시절 나는 우리 기독교인 대부분보다 더 강하고 더 단단히 무장된 것 같았어요. 하지만 그런 건 중요한 이야기가 아니고. 내가 얘기하려는 시절에는 여자들이 있었어요. 여자들 참 좋았지. 그래서 카메라를 한 대 구입해서 나와 밤을 보낸 여자들을 전부 사진에 담았어요. 이 상자들에 들어 있는 게 바로 그거예요, 마리아 크리스티나. 그 여자들의 사진. 친애하는 마리아 크리스티나, 열어보세요, 열어봐요. 보면 알거예요."

그는 잠시 그녀가 상자들의 뚜껑을 열기를 기다렸다.

"그러다가 계속 이렇게 살 수는 없겠다는 생각이 들더라고. 이렇게 흐트러진 생활을 하다간 죽도 밥도 안 될 것이다, 위대한 시인이 되려면 이런 난봉꾼 생활을 중단해야겠다, 그런 생각이. 내 일에 집중을 해야 했어요. 그런 난잡한 생활을 포기해야 했어요. 물론 내 애인들의 초라한 침실에서 벌어지는 일들이 진짜 난잡했던 건 아니지만, 사실 노동자 계급의 아가씨들, 여대생들, 아니면 매춘부들과 잠깐 시간을 같이 보낸 것에 불과했거든. 그중 몇 명은 유혹하기도 쉬웠고 너무 쉽게 불이 붙어서 재빨리 도망쳐야 했어요. 카예 플로리다*에서 장사하는 상인들의 마누라들도 있었어요. 그 여자들 집에서 만나곤 했는데, 몰래 하는 일이라 더 흥분되는 구석이 있었죠. 하지만 그래봤자 결국 그렇게 사는 게 얼마나 권태롭고 공허했는지. 따지고 보면 내가 포기한 게 뭐가 있냐는 거지, 그 유부녀들의 성기에서 나는 짠내를 제외하면 내가 포기한 것 중에 그렇게 대단한 게 뭐가 있냐는 거지."

마리아 크리스티나는 자리에 앉았다. 그녀는 클라라문트의 애인들 사진을 바라본다. 수십 장은 된다. 어쩌면 백 장은 될지도 모른다. 그가 왜 그런 이야기를 하는지 궁금하다. 그것도 평소에 비해 화려하지 않은 언어로, 마치 속내 이야기를 털어놓기라도 하는 것처럼, 목소리를 낮추고 자기 자신에 관해 뭔가를 드러내기라도 하는 것처럼 이야기를 하는 까닭이 궁금하다. 예전 애인들을 나열하는 것도 남자가 여자를 유혹하는 방법에 속하는지 궁금하다. 게다가, 클라라문트가 자기를 유혹하려는 건지도 확신할 수 없다. 지금 상황은 그보다 훨씬 복잡해 보인다. 사진들은 흑백이다. 그녀는 그가 그 사진들을 부에노스아이레스에서 현상했는지, 아니면 인화할 돈이 생길 날이 오기를 기대하면서 배낭에 필름을 담아 미국에 온 건지 궁금하다. 그런 여행을 했다는 것이, 그 모든 사진을 가지고 고국을 떠나 유배 생활을 시작했다는 것이 너무나 이상해 보인다. 사진 속 여

---

* 부에노스아이레스의 고급 상업지구.

인들은 길거리의 담벼락이나 상점이나 종려나무를 배경으로 서 있는 경우가 많다. 여인들은 뒷짐을 지고 발목을 꼬고 있다. 여인들은 비스듬히 옆쪽을 보고 있다. 몇몇은 카메라를 정면으로 보고 있다. 여인들은 너무나 여성적인 자세, 손바닥을 펼친 손을 입가에 두고 담배는 아래쪽으로 늘어뜨린 채, 담배를 쥔 손의 팔꿈치는 다른 손으로 받친 자세다. 대부분 반쯤만 미소를 짓고 있다. 1960년대의 부에노스아이레스에서 사는 것은 그렇게 녹록지 않았을 것이다.

"부에노스아이레스에 돌아와 어머니 집 앞에 도착했는데 어머니가 외출하는 게 보였어요. 왜소해져 있더군요. 그렇게 작은 몸에서 나 같은 덩치가 나온 게 천리에 어긋나는 일이라는 생각이 들었어요. 어머니가 장바구니를 들고 숄을 걸친 채 멀어져가는 게 보였어요. 숄 없이는 절대 집 밖에 나가지 않았죠. 나는 그 숄을 알아볼 수 있었어요. 검은 바탕에 청홍의 꽃을 수놓은 숄이었어요. 내가 어릴 때 쓰던 숄이었죠. 난 어머니를 따라가지 않고 집 쪽으로 향했어요. 문은 잠겨 있었지만 열쇠는 여전히 백목련 화분 밑에 있더군요. 그래서 목상감 장식의 커다란 나무문을 열고, 철책문을 열고 집 안에 들어갔어요. 방 하나하나를 꼼꼼히 살펴보았어요. 방들은 어렸을 때보다 당연히 훨씬 작아 보였어요. 그 어두컴컴한 집이 옹색하게 느껴지더군요. 거실에는 거미처럼 가는 다리를 한 작은 가구 위에 텔레비전이 놓여 있었어요. 투명 플라스틱으로 된 그 네모난 가구 안에 레이스 깔개와 인형이 있더군요. 책꽂이에는 이런저런 책들, 요리책들, 〈리더스다이제스트〉, 원예 서적 등이 있고요. 그리고 오라시오 키로가의 책들이 있었어요. 어머니는 오리시오 키로가를 늘 좋아했거든요. 그리고 내 책들이 있었어요. 영어로 된 내 시집들이 모두 있었어요. 출판된 내 책들이 하나도 빠짐없이 다. 내 책들은 말린 식물들과 루나리아 꽃과 아버지 사진과 아버지의 개 사진들 사이에 있었어요. 그리고 난 거기서 나왔어요. 나는 기뻤어요, 알겠어요? 거기에 온 것이, 산텔모 집에 내 책들이 선반 위에 곱게, 손 없는 인디언이 입으로 그린 부채 옆에 놓여 있는 게 기뻤어요."

"그렇게 그냥 떠난 거예요?"

"그렇게 그냥 떠났어요."

"어머니를 기다리지 않고요?"

"그랬다간 어머니가 너무 큰 충격을 받았을 거예요. 나는 어머니를 내 책들 곁에 남겨두고 떠났어요. 영어는 전혀 모르니 그 책들을 읽지는 못하시겠지만 집에 오는 손님들에게는 보여주겠죠. 나는 궁금증을 풀었어요."

클라라문트는 담배에 불을 붙이고 자리에서 일어나더니 백목련을 마주하고 있는 창문을 연다. 그는 늘 특별히 할 일이 없는 듯하고 그런 무위도식에 만족하는 것 같다.

"그래, 쓰고 있는 글을 보여줄래요? 당신은 할 얘기가 많을 것 같아요. (그는 평소의 현학적 말투로 돌아간다.) 평소 과묵한 모습을 보면 당신은 종이 위에서 자신을 드러내는 쪽을 선호하는 것 같아요."

마리아 크리스티나는 고개를 젓는다.

"당신은 항상 '노No'라고만 하는군요. 당신 책 제목으로 딱 이겠어요,《노라고 하는 여자》."

마리아 크리스티나는 계속해서 고개를 저으면서도 미소를 짓는다.

"물론 그 책이 당신 이야기라는 전제에서 하는 말이지만." 생각에 잠긴 표정으로 그가 말한다.

"글쎄요." 그녀가 말한다. "모르겠어요." (글을 읽고 싶다는 제안을 두고 하는 얘기다.)

"꼭 읽고 싶어요. 이건 양보할 수 없어요."

바로 그 순간 그는 그녀 쪽으로 몸을 돌려 그녀의 손을 잡는다. 그녀는 어떻게 해야 할지 모르지만 무례하게 보이고 싶지는 않으므로 책상 위로 그의 손을 잡는다. 그는 댄스스텝을 가르쳐주기라도 하는 듯 손목을 꺾어 잡은 손을 높이 치켜들고는 그녀가 책상을 빙 돌아 자기에게 오게 한다. 그는 그녀보다 머리 두 개는 더 크고 체중은 아마 두세 배는 될 것이다. 불현듯 그녀는 언제든 발톱으로 자신을 애꾸로 만들 수도 있는 애완

동물을 마주하고 있는 기분이 든다.

"친애하는 마리아 크리스티나, 당신의 눈은, 이 말을 왜 더 일찍 하지 못했을까, 당신의 눈은 까맣고 반들반들한 게 튤립의 꽃밭이랑 똑같아요."

그녀는 속으로 생각한다, 과장이 심하네.

그리고 그는 눈꺼풀에 키스를 한다. 마리아 크리스티나는 기운이 쏙 빠지는 기분이다. 그녀는 정말로 중얼거린다, 내가 걸려들었어, 그러고는 더이상 아무 말도 하지 않는다. 그것은 혼자서는 완성할 수 없는 대화와도 같다. 유괴와도 같다. 그녀는 그가 리드하도록 둔다. 그는 리드하는 법을 완벽히 알고 있다. 사진 상자가 그것을 입증한다. 그녀는 누구와도 자본 적이 없다고 말하고 싶다. 그녀는 말할 수 없다, 나 처녀예요, 그런 말로는 할 수 없다. 어수룩한 페르시아 공주라도 된 기분이다. 그저 그 사실을 알려주고 싶다. 하지만 알려줘봐야 소용없다. 그런다고 지금 진행되는 일이 달라지지는 않을 것이다. 게다가 처녀 딱지를 그와 같이 뛰어난 시인과 떼는 것도 나쁜 생각은 아니지 않은가? 엉뚱한 생각이 든다. 속으로 생각한다, 이러다 깔려죽겠어. 하지만 그 순간 술을 마시기라도 한 것처럼 정신이 멍해진다. 그가 자기를 들고 있다는 것을 깨닫는다. 그는 "당신 엉덩이는"이라고 말하더니 그녀를 안고 침실까지 가서 엄숙하게 침대 위에 내려놓는다. 그는 커튼을 치러 가고, 그녀는 침대 가장자리에 앉아 그가 돌아오기를 기다린다. 그녀는 꼼짝도 하지 않는다. 이 위대한 남자가 이쪽으로 몸을 돌려 자신의 옷을 벗기고 자신을 범하기를 기다리고 있는 게 우스꽝스럽게 느껴진다. 하지만 그 모든 망설임에도 불구하고, 자신을 혼란스럽게 하는 그 작은 목소리들에도 불구하고 그녀는 정말로 그와 섹스를 하고 싶다. 정확히 섹스를 원하는 것은 아닐지라도 그와 비슷한 감정이다. 그는 그녀의 앞에 무릎을 꿇더니 그녀의 민소매셔츠를 벗긴다. 그녀는 어린아이 같다. 그가 민소매셔츠를 벗길 수 있도록 팔을 든다. 그녀는 브래지어를 안 하고 있다. 조앤이 일종의 구속이라고 했기에, 이미 몇 주 전부터 이 속옷을 입지 않고 있다는 걸 클라라몬트가 눈치챘으면 하고 있었기에 그녀는 브래지어를 안 하고 있다. 그녀의 가슴을 본 순간 그는 뒤로 물러서더니 그렇게 아름다운 가슴은 정말 오랜만에 본다는 듯 엄청난 감탄의 표정을 짓는다. 그녀는 그 표정이 거북해서 두 손을 포개 가슴을 가린다. 그는 손을 떼어내더니 이 가슴을 만나 너무나 기쁘다는 듯 두 젖가슴에 번갈아 키스한다. 그는 키스를 하는 동시에 말을 한다. 이 남자는 결코 말을 멈추는 법이 없다. 젊은 여자들의 피부와 젊은 여자들의 냄새에 대해 무언가 지껄인다. 그는 어깨에, 손목 안쪽에 키스하고, 마리아 크리스티나는 이 순간이 영원히 계속되기를 바란다. 그가 고개를 들어 자기 얼굴을 보지 않기를, 그가 계속해서 키스하기를, 그리고 자기를 완전히 벗겨주기를 원한다. 혼자서는 옷을 벗지 못할 것 같은 기분이다. 그 이후에 일어날 일을 상상할 수가 없다는 이유만으로 이 상황이 계속되기를 원한다. 그의 앞에서 알몸으로 대화를 나누는 것은 생각만으로도 불편하다. 게다가 앞으로 그와 어떻게 얘기를 해야 하는가, 어떤 어조로 말을 해야 한단 말인가, 자기를 고용한 사람과 동침하는 것은 정말 정말 바람직하지 않은 상황이 아닌가? 고려해볼 수 있는 선택지들 중 바람직한 것은 하나도 없다. 라파엘 클라라문트가 바람직한 인간이 아니라는 사실을, 이 남자는 인간관계의 어떤 속박들을 피할 수 있는 사람이라는 사실을 그녀는 잊고 있었다. 그는 원래 속박 같은 건 개의치 않는 사람이기 때문인데, 이런 기질은 그의 매력적인 면을 드러낸다. 그는 성욕을 자극하는 사람이 있으면 누구든 자도 된다고 여긴다. 어쩌면 그가 인생 때문에 전처럼 글을 많이 쓰지 못한다고 말할 때 그는 그 얘기를 하는 건지도 모른다. 그는 곧잘 인생 때문에, 라는 말을 하는데, 마리아 크리스티나는 그게 섹스 및 그가 누릴 수 있는 다양한 쾌락을 가리키는 거라고 짐작한다. 하지만 그가 단순한 바람둥이가 아니라는 건 알고 있다. 아니, 그렇지 않기를 바란다. 왜냐하면 그녀가 그에게서 좋아하는 것은 그의 시와 소설들, 혹은 소설 비슷한 것들이기 때문이고, 그가 단지 즐길 거리만 찾는 음탕한 뚱보에 불과했다면 진작 그 지위에서 굴러떨어졌을 것이기 때문이다. 마리아 크리스티나는 너무 젊고, 아직 그녀의 눈에 색깔과 인간 부류들은 그 대조가 너무 뚜렷하다. 그녀가 바라보는 세상에서는 회색 및 중간색 지대가 아직 크지 않다. 검은색과 흰색이 있고, 그 경계선은 명확하다. 아니, 적어도 그녀에겐 명확해 보인다. 그녀의 팔레트엔 농담濃淡이란 존재하지 않으며, 그녀는 미묘한 진회색이나 담회색에 대해 아는 바가 없다. 라파엘 클라라문트는 그녀에게 다정하다. 그녀는 그가 다정하게 대했던 그 많은 여자들을 생각하지 않는 지경에 이른다. 마리아 크리스티나는 정신이 몹시 혼미하다. 그녀는 그를 바라본다. 몰래 바라본다. 눈빛으로 속내를 들킬까 두렵다. 급할 거 없어요, 급할 거 없어, 그가 말한다. 그는 그녀가 처녀라는 것을 짐작했다. 어떻게 그러지 않을 수 있겠는가? 그녀는 다시금 실망한다. 그는 그녀를 애무하고, 그녀는 극도로 실망한다. 그녀는 울고 싶다. 그의 성기를 보고 싶어 했다는 것을 깨닫는다. 그의 성기를 보았다면 좋았을 것이다. 발기한 시인의 성기는, 남자의 성기는 과연 어떻게 생겼는지 보고 싶다. 그녀는 중얼거린다. 이제는 처녀가 아니고 싶어, 그 말을 큰 소리로 한다. 그러자 그가 웃기 시작한다. 비웃는 게 아니라 다정하게 웃는다. 그는 다시 말한다, 급할 거 없어요, 미녀님. 그는 그녀의 두 유방을 잡아당기더니 엄지손가락으로 그것들에 윤이라도 내는 것처럼 만진다. 그는 이미 수백 번은 했을 동작들을 하다가 몸을 일으킨다. 그녀는 여전히 침대 가장자리에 앉아 있다. 그는 선 채로 발기한 성기를 그녀의 얼굴에 갖다 댄다. 그는 너무 안달하지 말아요 내 사랑, 이라고 말하더니 그녀의 머리카락에 키스하고 방을 나간다.

하지만 마리아 크리스티나는 동의하지 않는다. 자리에서 일어나 그를 따라간다. 그는 이미 거실에 있다. 그를 따라갈 기운이 어디서 났을까? 그야말로 굴욕적인 상황 아닌가? 그녀는 결심했다. 조앤은 이 남자가 변태입네 아동성애자입네 같은 소리를 할 게 뻔하다. 하지만 그녀가 그의 팔을 낚아채는 순간, 그는 그녀를 향해 몸을 돌리고 그녀를 향해 미소 짓는다. 갑자기 미친 듯이 재미있어진 것 같다. 그녀는 그를 소파에 밀어 쓰러뜨리고 스스로 옷을 벗는다. 그의 옷은 벗기지 않는다. 그녀는 남자 옷 벗기는 법을 모른다. 하지만 모든 것이 순식간에 진행된다. 그는 손가락으로 처녀의 봉인을 푼다. 그리고 천천히 섹스를 시작한다. 그는 사려 깊은 남자, 일종의 젠틀맨인 것이다, 적어도 이 순간 그렇게 보이고 싶은 것이다. 그는 자신이 연루되거나 관련되지 않은 것처럼 행동한다. 전혀 역겨워하지 않는 것 같다. 그 점이 마리아 크리스티나를 감동시킨다. 그녀는 몸이 냄새가 심하고 축축해서 부끄럽다. 그가 말한다, 당신은 정말 아름다워. 그는 그녀가 섹스를 잘한다고 한다. 그녀는 우쭐해진다. 하지만 그렇게 많은 여자와 자본 남자와 자면서 어떻게 우쭐할 수 있단 말인가? 조앤이라면 아무리 추녀라도 상관 안 했을걸, 이라고 했을 것이다. 그녀는 머릿속에서 조앤을 지운다. 그가 근사하다고 생각한다. 의심할 나위 없이 근사하다. 이런 남성성은 평생 본 적이 거의 없다. 복잡하고, 세련되고, 올드스쿨인 남성성. 그는 소파 귀퉁이에 앉아 소파테이블에서 헤로인 흡입 도구를 꺼내는 것으로 '섹스 직후'라는 난제를 해결한다. 그가 그녀 앞에서 마약을 하는 것은 이번이 처음이다. 게다가 그녀는 섹스 직후 남자가 어떻게 행동하는 게 정상인지 잘 모른다. 그녀에게는 알루미늄 포일과 라이터밖에 보이지 않는다. 그는 베네치아산 술잔처럼 정교하게 조각된 작은 유리관을 꺼내더니 그녀에게서 등을 돌린다. 나중에 조앤에게 그 이야기를 하면 조앤은 용을 쫓는 거야*, 라고 얘기해줄 것이다. 그리고 마리아 크리스티나는 어떤 면에서 해방감을 느낄 것이다. 그에게는 아마도 그것이, 자기가 마약을 흡입하는 것을 보게 하는 것이 직전에 일어난 모든 일보다 더 중요할 거라는 생각이 든다. 마리아 크리스티나는 말한다, 저 이제 선생님 밑에서 일을 못할 것 같아요. 그는 헤로인을 계속 준비하면서 어깨

---

* 중국어 '추룽追龍'에서 온 표현으로, 헤로인을 얇은 알루미늄 포일 위에 놓고 불에 태워 들이마시는 방법을 말한다.

너머로 그녀를 흘낏 본다. 재미있어하는, 뭐랄까, 친절한 눈빛이다.

"왜 그래야 하는데요, 우리 귀염둥이 아가씨? 내 생각에는 일하는 것보다 그 자명한 욕망을 참는 게 더 어려울 것 같은데."

# 예정된 쇠락

그날, 그들의 관계가 변해버린 날, 소파에 앉아 마리아 크리스티나의 엉덩이에 손을 얹은 채 그는 여자의 노화에 대해 이야기한다. 그는 여자가 늙는 것에 매료되어 있다. 요컨대 그는 여자가 완전히 없는 사람 취급을 받을 때, 더이상 남자에게 욕망을 불러일으키지 못해 없는 사람 취급을 받을 때 어떻게 사는지 궁금하다.

마리아 크리스티나가 항의하자 그는 머리카락을 쓰다듬으면서 그녀를 위로한다.

"늙어서 남자의 성욕을 자극하지 못하는 걸 벌써부터 생각하진 마. 당신은 성생활을 이제 막 개시했잖아."

그가 말한다.

"나는 사생활이 사람들의 관심거리가 되고 록스타처럼 사는 마지막 작가라 할 수 있어."

그리고 덧붙인다.

"명성이 동종업계의 수준을 넘어서서 어디든 얼굴만 보여도 사람들이 흥분하고, 사람들이 평범하게, 무심한 척 말을 걸면 그게 진짜 유명해진 거지. 유명세라는 건 그 사람이 있을 때 남들이 미칠 듯이 흥분하면서도 겉으로는 침울한 표정을 유지하려고 기울이는 노력의 양에 비례하는 거야."

(아니면, 처녀 딱지를 갓 뗀 소녀 앞에서 자기 얘기만 하고 질문은 거의 하지 않는 게 유명세인가?)

"당신은 시적인 사람이야. 작은 요정이야. 그런데 스스로는 아직 그걸 모르고 있지."

그녀는 젊고, 예쁘고, 고용주와 동침한다는 치욕에서 벗어나고 싶다.

"당신을 보면 정말 미칠 것 같아." 그가 말한다.

마리아 크리스티나는 클라라문트의 관점에서 상황을 평가하려고 노력해보지만, 영계를 밝히는 노인네들에 대한 상투적 통념들만 여럿 떠오를 뿐 뚜렷한 답이 나오지 않는다.

# 퇴근 후, 순풍이…

　귀갓길 버스에는 자식이 벌써 너무 많은 여자가 하나 타고 있다. 그녀는 애가 셋이다. 그녀는 매우 젊고, 피부는 아직 부드럽고 탱탱하다. 하지만 여자에게는 어딘가 마모된 구석이 있다. 젖먹이는 울어대고 여자는 사방에서 쏟아지는 힐난의 눈길 속에서 아기를 달래려 한다. 네 살 먹은 아들은 가죽 점퍼를 입고 있다. 벌써부터 터프가이다. 녀석은 누나 옆에, 차분하고 체념한, 유리창에 이마를 대고 먼 곳을 바라보고 있는 누나 옆에 앉아 있다. 엄마는 아기를 안아주고 말을 걸고 조금 세다 싶게 흔든다. 엄마는 아기의 울음소리 때문에 어쩔 줄 몰라한다. 마리아 크리스티나는 젊디젊은 이 여자의 눈 아래쪽에 있는 흉터를 발견한다. 그녀의 삶이 어떠할지 쉽게 짐작이 된다. 여자의 아버지와 남자 형제들과 남편이 어떤 사람일지도 쉽게 짐작이 된다. 여자는 아기에게 수유하려고 몸을 옆으로 틀고 마리아 크리스티나 쪽 방향을 본다. 그 눈빛에는 신산함과 고통이 섞여 있다. 여자의 얼굴은 경악스러울 만치 아름답다. 아름다움은 불의不義이자 요행이다. 그 어떤 경우에도 아름다움은 그녀의 인생을 더 달콤하게 만들어주지 않는다. 그녀는 열아홉 살이다. 이 년 뒤 그녀는 사무실 심야 청소부로 일하다가 한 고용주의 집에서 손을 다치고, 상처가 곪아 패혈증으로 죽을 것이다. 세 아이는 시누이 셋이 거두어 패잔병들처럼 오리건주, 텍사스주, 캘리포니아주로 뿔뿔이 흩어질 것이다. 아이들의 아버지는 애들을 돌볼 수 없다고 선언할 것이다. 맏딸은 십오 년 뒤 '블랙 푸시Black Pussy'라는 펑크 밴드에서 잠시 보컬로 활동하다가 매니저와 결혼해 그럭저럭 행복하게 살 것이다. 터프가이 꼬마는 1990년 12월 30일 제3기병연대에 입대하고 곧 이라크로 떠날 것이다. 그는 1991년 2월 25일 '사막의 폭풍' 작전 도중 잘리바 부근에서 땅콩 알레르기로 인한 혈관부종으로 사망할 것이다. 그는 '오인 사격'으로 사망한 것으로 처리되어 시신이 본국으로 송환될 것이다. 한편 갓난아기는 사내아이인데, 코밸리스에 있는 오리건 주립대학교에서 항공학을 전공할 것이고, 결국 가족들과는 완전히 연을 끊을 것이며 결혼하면서 아내의 성을 따를 것이다.

유리창을 따라 이상한 것이 방울져 떨어지는 게 마리아 크리스티나의 눈에 들어온다. 응고되었다가 녹은 사탕 같다. 돼지 젤라틴이 든 사탕.

자기 앞에 막 앉은 여자 하나를 주시하면서 그녀는 자신이 가슴 없는 여자들을 좋아한다고 생각한다. 나는 그게, 그 밋밋한 게, 그 매끄러운 부재不在가 아름다워. 어렸을 때 아버지가 자기를 '납작 가슴'이라고 불렀던 게 떠오른다.

땀투성이의 배불뚝이 남자가 젊은 필리핀 여자와 동시에 버스에 오른다. 그들은 아이 하나를 동반하고 있다. 아이는 끌려가면서 울고 징징거리고 자그마한 조깅화로 발을 구른다. 젊은 여자는 사람들이 못되고 이기적이라고 투덜대고, 남자는 듣지도 않으면서 고개를 끄덕인다. 남자는 부채질을 하려고 모자를 벗는다. 이 중년 남성은 지금 자기가 이 버스 안에서 뭘 하고 있는지 탄식하는 것처럼 보인다. 남자는 젊은 여자에게 섹스를 강요하고 결혼한 뒤 섬나라에서 데리고 나온 것에 대한 대가를 톡톡히 치르고 있다. 그녀는 삐쳐서 세상의 잔인함을 남편 탓으로 돌린다. 버스를 탄 것은 남자가 사흘 전 음주운전으로 면허 취소를 당했기 때문이다. 그녀는 버스를 싫어한다. 버스를 타려고 미국까지 온 게 아니다. 마닐라에서 그녀에게 치근대던, 흰 양말만 신는 감상적인 배불뚝이 대머리 독거남들 중 괜히 자동차 딜러를 선택한 게 아니다. 남자는 팔 년 전부터 샌타모니카의 폴크스바겐 독점 딜러로 일하고 있다. 여섯 달도 지나지 않아 남자는 그녀가 부하 직원 하나와 침대에서 뒹굴고 있는 것을 발견할 것이다. 그는 금고 운송 때문에 화요일마다 들고 다니는 루거 시큐리티 권총으로(주말에는 사람들이 중고차를 현금으로 구입하기 때문이다) 두 연인을 사살할 것이다. 그는 그들의 시체를 치노 캐니언 쪽 사막으로 가져가 매장할 것이다. 그리고 아내와 직원이 실종되었다고 경찰에 신고할 것이다. 그들의 유골은 칠 년 뒤에 발견되지만 아무도 신원을 확인하지 못할 것이다. 남자는 1995년 아들이 필리핀으로 떠날 때까지 모든 이웃이 감탄할 정도로 열심히 아들을 돌볼 것이다. 젊은이는 동업자들과 함께 보라카이 섬의 해변 한 곳에 호텔 단지를 건설할 것이다. 젊은이의 아버지는 자동차 딜러 은퇴 후 나오는 소액의 연금으로 생활하던 중 역시 필리핀으로 이주해 아들과 멀지 않은 곳에 살 것이다. 그는 편안하게 살다가 2003년 심근경색을 맞이할 것이다.

마리아 크리스티나는 버스의 승객들 중 몇 명이 암으로 죽을지 세어본다. 그런 우울한 생각 때문에 그녀는 언젠가 썩어 부패하게 된다는 그들 육신의 공통적인 운명에서 자신도 예외가 아님을 인식한다(그녀가 '그들'이라고 하는 것은 '나'라는 뜻이다). 소멸을 향한 만인의 이 대ᐟ질주는 그녀에게 그들의 인생이 무의미하고 하찮다는 사실을 상기시키며(그녀가 '그들의'

이라고 하는 것은 '나의'라는 뜻이다) 바닷가에 가서 부교 끄트머리, 전갱이 낚시꾼들 곁에 앉아 갈매기 울음소리를 듣고 싶다는, 구역질나는 게 냄새를 풍기는 바람을 얼굴에 맞고 싶다는 마음을 불러일으킨다. 왜 나는 대중교통을 이용할 때마다 우리 육신의 쇠락을 자동적으로 떠올리는 걸까?

마리아 크리스티나는 눈을 감는다. 타인의 인생을 들여다볼 수 있다는 게 재앙인지 귀중한 재산인지 알 수가 없다. 아니면 그 모든 게 단지 선입견의 작용은 아닐까. 걸음걸이, 희미한 미소, 요란한 옷차림 등에 의거해 사람들을 평가하면서 재미있어하는 것은 어쩌면 그다지 훌륭한 습관이 아닐지도 모른다. 어렸을 때 그녀는 사람들의 감정에 휩쓸려 자기를 잃는 것 같은 기분이었다.

그날, 그녀의 성생활이 시작된 그날 그녀는 자기가 조금 전 겪은 일을 모든 버스 승객이 짐작할 수 있는 건 아닐까 궁금해한다. 하지만 어느 누구도 그녀가 그들을 쳐다보는 것처럼 그녀를 보지 않는다는 게 분명하다.

집에 도착하니 조앤이 없다. 이웃 사람과 함께 병원에 갔다는 쪽지가 남겨져 있다. 마리아 크리스티나는 병원에 전화한다. 조앤은 분만실에 있다고 한다. 분만실? 그녀는 당장 가보기로 한다. 하이힐을 벗고, 2월임에도 불구하고, 안개가 내렸음에도 불구하고 해변용 샌들을 신는다. 이유는 몰라도 축축한 거리에서, 태평양으로부터 오는 이 모든 안개 속에서 해변용 샌들을 신는다. 심지어 이 아파트만 해도 걸레받이 부분만 난방이 되는데다 그마저도 화재가 두려워 절대 켜지 않기 때문에 굉장히 추운데 말이다. 해변용 샌들이라니, 대체 무슨 생각인 건지. 곧 그녀는 택시를 집어탄다.

조앤이 입버릇처럼 하는 말이 있다. 돈을 쓸 때는 써야지.

왜냐하면 택시를 집어타는 것은 사소한 일이 아니기 때문이다. 그것은 라페루즈와 그 악착같은 구두쇠 기질에 대한 승리다. 해변용 샌들과 택시, 그리고 이윽고 지구는 거꾸로 돌기 시작한다. 병원에 도착하자 조산실의 간호사는 그녀를 맞이하면서 조앤이 정말 해산을 하는 중임을 확인해주고, 마리아 크리스티나가 와서 다행이라고 덧붙인다. 조앤에게 아기 아빠가 누구냐고 묻자 세 남자가 서로 마주 보더니 눈썹을 찡그리고는 잽싸게 줄행랑을 쳤다는 것이었다(조앤은 이웃 사람 한 명과 온 게 아니라 이웃 남자 세 명을 대동하고 온 것이었다. 뭐가 어떻게 돌아가는 노릇인지).

마리아 크리스티나는 '아빠 대기실'이라는 작은 방에 앉는다. 무언가를 분명히 연상시키진 않지만 우주를 정복하고 달에 첫발을 내딛는 듯한 울림이 있는 이름이다. 그리 멀지 않은 방에서 조앤이 비명을 지르고 욕하는 게 들린다. 조앤의 목소리는 누구와도 다르며, 그녀가 쓰는 욕설은 너무나 독특해서 마리아 크리스티나는 어디서든 식별할 수 있다. 그녀의 비명은 문이 열리는 순간 복도를 꽉 채웠다가 문이 다시 닫히는 순간 바위에 부딪혀 밀려나는 파도처럼 물러난다. 마리아 크리스티나는 결국 벌떡 일어나 접수대 뒤의 간호사에게 잘되어가고 있는건지 물어본다. 간호사는 어깨를 으쓱하면서 전문가적 식견을 드러낸다. 2월의 아이들은 기운이 넘쳐요. 너무 빨리 나오려고 해서 가끔은 부수적 피해를 일으킬 때도 있죠. 마리아 크리스티나는 간호사가 '부수적 피해'라는 말을 무슨 뜻으로 쓴 것인지 묻지 못한다(그녀는 전에도 이 표현을 들은 적이 있지만 그것은 오직 정부가 새로운 토지 정책으로 한 지방에 물을 대려고 다른 지방을 말려버리거나, 머나먼 외국에서 무력 충돌로 민간인이 사망했을 때였다). 곧 갓난아기의 울음소리가 마리아 크리스티나에게 또렷이 들려온다. 그녀는 화장실에 가서 샌들에 붙은 바깥 먼지를 씻어내고 그 젖은 샌들을 끌고 복도를 뛰어간다. 걸음을 내디딜 때마다 샌들이 계속 바닥에 붙어 있겠다고 위협하면서 쩍쩍 빨판 소리를 낸다. 문 하나가 살짝 열린다. 받침대에 발을 얹은 채 헐떡거리는 조앤의 모습이 보인다. 그녀는 들어간다. 사람들이 화를 낸다. 그녀는 아랑곳하지 않고 친구에게 다가간다(마리아 크리스티나는 친구가 얼굴이 달라졌음을 눈치챈다. 관자놀이에 들러붙은 머리카락이나 번들거리는 피부나 다크서클과는 무관하게, 얼굴이 달라졌다). 아기는 어디 있어? 조앤이 묻는다. 누군가가 포대기에 싸인 갓난 아기를 데려온다. 아기는 보랏빛이다. 일부 식충식물이 날벌레를 유혹할 때 띠는 미묘한 빛깔이다. 아기는 아주 천천히 움직인다. 단속적으로 발작적 움직임을 보이면서, 꿈에서 깨기라도 하는 듯 힘차게 손가락을 펼친다. 간호사가 아기를 조앤에게 건네면서 말한다, 아들이에요. 그러자 조앤은 즉시 그것을 확인한다. 포대기와 면 기저귀를 슬쩍 열어본다. 그녀는 힘든 기색을 보이며 폐기종으로 곧 죽을 것 같은 표정으로 마리아 크리스티나에게 말한다.

"아들이야, M. C.."

그러고는 베개에 머리를 누이고 눈을 감더니 말한다.

"근데 남자애는 도대체 어떻게 키워야 하는 거지?"

# 스티븐슨의 꿈

조앤과 갓난아기를 본 뒤 마리아 크리스티나는 집에 가서 남아 있는 술병들을 일주했다. 하얀 술, 갈색 술, 그리고 약간의 붉은 마티니를 섞었다. 기분이 즐거우면서도 우울했다. 어찌되었든 술은 언제나 그녀를 즐겁고 우울하게 만들었다. 그녀는 아기의 탄생을 축하하고 싶었지만 당사자인 조앤을 빼면 함께 축하하고 싶은 사람이 없었고, 조앤은 쉬는 중이었다. 조앤의 몸의 미세한 세포들은 망가진 곳들을 대충대충 고치고 있었다. 이웃집 남자들에게 아기의 탄생을 알릴 수도 있었겠지만 그녀는 그들과 제대로 아는 사이가 아니었고, 그들이 조앤과 어떤 사이인지도 몰랐으며 자기가 어떤 대접을 받을지도 알지 못했다. 그녀는 스티브 밀러 밴드와 앤 섹스턴의 카세트를 플레이어에 넣고, 길거리 쪽 창문을 열고 난장판으로 어질러진 물건들 사이를 깡충깡충 뛰면서 춤을 추었다. 두 여자는 모두 물건을 사용하고 그 자리에 내버려두는 버릇이 있었다. 헤어드라이어는 방바닥에 굴러다녔고, 찻주전자, 재떨이, 컵, 빗, 아기를 위한 너구리 인형, 립스틱 케이스, 책, 잡지, 쿠션 등등, 그야말로 진정한 대학생 아파트였다. 공부하는 사람은 이제 아무도 없었지만. 마리아 크리스티나는 아기를 맞이하기 위해 청소를 하고 집을 싹 정리하기로 했다. 물론 아기는 며칠 뒤에나 집에 올 것이고 아기가 도착할 때쯤 되면 집이 다시 이루 말할 수 없는 난장판이 되어 있겠지만. 그녀는 입을 벌린 채 소파에서 곯아떨어졌다. 그녀는 아버지 꿈을, 아버지와 대화를 나누는 꿈을 꾸었다. 한밤중의 분홍 집 주방이었다. 목이 칼칼해서 내려온 참이었다. 괘종시계 똑딱거리는 소리가 들렸다. 그녀는 어느 널판이 삐걱거리는지 알고 있었기에 다른 놈보다 단단히 고정되어 있는 널을 밟으며 걸었다. 발가락을 먼저 딛고 뒤꿈치를 나중에 딛는, 매우 느린 전진이었다. 슬로모션으로 은행을 털러 가는 것 같았다. 어둠 속 식탁에 앉아 있는 아버지의 인영人影이 보였다. 아버지는 손에 컵을 들고 있었다. 컵이 대접으로 변했다. 얼마 후 대접은 어머니가 베이컨 감자를 내올 때 쓰는 목재 샐러드 사발로 변했다.

"앉아 앉아."

"아빠 거기서 뭐 해?"

"앉아 앉아."

그러더니 아버지는 조앤의 침실에 있는 빨간 의자를 손가락으로 빚어냈다.

"몇 가지 하고 싶은 얘기가 있다."

"나도야, 아빠."

"너에게 브루스 피오르에 대해, 빙하에 대해, 해상 열도列島에 대해 이야기해줄 수도 있었을 텐데. 제비갈매기와 바다표범과 곰과 내가 꼬마였을 때 빙판 밑에서 따던 홍합 이야기를 해줄 수도 있었을 텐데. 사냥꾼이었던 할아버지 얘기를 해줄 수도 있었을 텐데. 끝없이 떠 있는 태양에 대해서도, 겨울의 한없는 밤에 대해서도 얘기해줄 수 있었을 텐데. 하지만 그런 얘기들은 다음에 와서 해야 할 것 같구나. 지금은 스티븐슨 책을 읽은 이야기를 해야 하거든."

"지금은 그럴 때가 아니야, 아빠. 나는 로스앤젤레스에서 자고 있고 아빠는 라페루즈의 주방에 있잖아. 아빠는 이런 캄캄한 어둠 속에서 샐러드 사발로 적포도주를 마시고 있잖아."

"난 네가 우리 곁에 남았다면 인생이 어땠을지 궁금하단다."

"내 인생, 아니면 아빠 인생?"

"내 인생."

"아빠는 내가 남는 걸 원하지 않았잖아."

"너는 남으면 안 됐어." 그는 한숨을 쉬면서 윗옷 윗주머니를 두드렸다. "담배를 피우고 싶은데 이제는 못 피우는구나."

"왜 못 피우는데?"

"담배 회사들이 프리메이슨과 유대인들에게 팔렸다고 네 엄마가 선언했거든."

"시도 때도 없이 중국인 욕하는 건 그만뒀나보네?"

"그럴 리가 있니? 이제는 중국인에, 프리메이슨에, 유대인에, 농축산물 가공업 재벌들에, 무기상들에, 콜롬비아인들에, 음탕한 정치꾼들에…."

"내가 아빠한테 하려던 말이 있는데, 나 사랑에 빠졌어."

"우리 수달 녀석, 넌 사랑에 빠진 게 아니야. 그저 자신감이 없는 거야."

"아빠, 이 얘기를 아빠 말고 다른 사람에게는 못하겠어."

"조앤이 있잖아."

"아빠는 조앤을 모르잖아. 내가 아빠한테 조앤 얘기를 한 적이 없는데. 게다가 아빠랑 얘기 안 한 지도 벌써 몇 달째잖아. 난 이제 아빠가 어디에 있는지, 뭘 하는지, 엄마랑 언니가 집에서 아빠한테 무슨 짓을 하는지도 몰라."

"너한테 책을 읽어주잖니."

"책을 읽어준다고?"

"너는 스티븐슨이 한 말을 알아야 해."

"아빠가 나한테 책을 읽어주는 줄 몰랐어. 아빠가 스티븐슨을 읽는 줄도 몰랐고."

"나는 스티븐슨, 콘래드, 런던을 읽는단다. 그 외에도 읽는 작가들이 많고."

"근데 어디서 책을 읽는데? 엄마가 알면…."

"인쇄소에서 읽지. 저녁때는 서재에 틀어박혀서 서랍에서 책들을 꺼내. 담배도 피우고."

"아무도 뭐라고 안 그래?"

"아무도 몰라. 냄새를 없애려고 박하사탕을 빨거든."

"그런데 스티븐슨이 뭐라고 했어?"

"스티븐슨은 모든 이야기의 목적은 그 이야기를 읽는 사람의 뜨거운 욕망을 충족시키는 거라고 했어. 그러려면 너는 몽상의 이상적인 법칙들을, 우연의 일치들을, 기연奇緣에 대한 욕구를 따라야 해. 기연에 대한 욕구. 스티븐슨이 나보다 훨씬 잘 설명해놓았단다. 하지만 무슨 얘기인지 넌 이해할 거다."

"글쎄요."

"아니야, 넌 내 말을 이해하고 있어. 잠에서 깨면 현실이 다시 너를 짓누르기 전에 이 얘기를 전부 적어놓거라."

마리아 크리스티나는 잠에서 깼고, 진의 취기 속에서 기억나는 대로 꿈에 대해서 메모했다. 사실 그것은 며칠 전 클라라 문트가 스티븐슨에 대해 해준 이야기였다. 어떤 재주를 부린 건지 그녀는 그 모든 유익한 이야기를 아버지의 입으로 옮긴 것이었다. 그녀는 곧 다시 잠이 들었다.

다음 날 그녀는 클라라룬트에게 돌아가지 않았다. 그녀는 조앤이 돌아오기를 기다리면서 집에 틀어박혀 글을 썼다. 그전까지만 해도 저택 문에서 초인종을 울리면 그가 어떤 표정을 하고 있을지 생각하느라 너무 많은 시간을 허비했다. 그가 아무 일 없었다는 듯 행동한다면 그녀는 죽도록 괴로울 것이다. 그가 성욕을 드러낸다면 그녀는 달아날 것이다. 그가 다정하게 군다면 그녀는 불편할 것이다.

그녀는 수업을, 학교 친구들을, 뛰어난 성적을 거두겠다는 원대한 꿈을 조금씩 포기하는 중이었다.

이틀이 지나자 전화기가 매시간 울리기 시작했다.

설사 그의 전화였다 해도 그와는 할 말이 없었다.

그의 전화가 아니었다면 굴욕을 느꼈을 것이다.

마침내 조앤이 돌아왔다. 그녀는 거실에서 머리를 감지 않은 채 인도식 아라베스크 문양으로 '난 이제 영어를 쓰지 않을 거야'라고 적힌 잿빛 민소매셔츠 차림으로 타자를 치고 있는 마리아 크리스티나를 발견했다. 조앤은 한쪽 팔에는 아기 루이스를 안고 손에는 여행 가방을 들고 있었으며, 하트 모양 선글라스를 끼고 있었다. 인간의 모습을 되찾은 것이었다. 그녀는 자기한테 관심이 있는 구급차 운전수가 집 앞까지 데려다주었다고 알려줬다. 두 사람은 포옹했고, 마리아 크리스티나는 아기의 발에 키스했다. 그녀는 아기가 흉하면서도 감동적이라고 생각했다. 눈도 뜨지 못하고 털도 없는 갓 태어난 다람쥐를 손안에 품는 것 같았다. 조앤은 집에서 고양이 죽은 냄새가 난다면서 환기를 시켰고, 가방을 열어 짐을 풀고는 가방 안에 쿠션을 몇 개 깐 다음 아기를 눕혔다. 아기는 곧 잠이 들었다.

그녀가 도착하고 한 시간 뒤, 마리아 크리스티나는 그녀에게 클라라문트와 잤다는 사실을 알렸다. 조앤은 이해한다는 표정이었지만 마리아 크리스티나는 눈물을 쏟았다. 조앤이 말했다.

"맙소사, 네가 굉장히 어린 건 사실이야, M. C.. 그것도 아주 예쁜 아가씨지. 하지만 매사에 우는 버릇은 고쳐야 해."

마리아 크리스티나는 코를 훌쩍였고, 소파에 쪼그리고 앉았고, 다음 날까지는 울지 않겠다고 다짐했다.

"악질들한테 좀 벗어나." 조앤이 말했다.

"그이는 악질이 아니야."

"그럼 왜 우는데?"

"이제 안 울잖아."

"그럼 왜 울었는데?"

"내가 병신 같아서."

"안 돼 안 돼 안 돼. 젊은 여자가 자기 연민에 빠지는 것보다 나쁜 건 없어."

"그치만 난 진짜 병신인걸."

조앤은 귀를 막더니 머리카락에서 비듬이라도 털 듯 머리를 마구 흔들었다.

"M. C., M. C., M. C., 넌 이제 열네 살이 아니야. 이제는 모르몬교도들과 숲에 사는 게 아니라고. 이제는 쐐기풀 수프를 만들려고 우물물을 긷지도 않잖아. 잘 닦인다고 모래로 세수를 하지도 않고. 넌 이곳에 세일럼의 마녀인 나와 함께 있는 거야. 그러니 남자 다루는 법을 가르쳐줄게. 적어도 남자랑 잘 때마다 무너지진 말아야지."

조앤이 말하는 '넓은 시야'가 바로 그것이었다.

오후 끝 무렵 자동차 한 대가 집 앞에 섰다. 조앤이 창가에 가서 말했다.

"건물 앞에 택시 한 대가 주차했어. 뒷좌석에 누가 타고 있는데 운전사가 내리네. 슬쩍 한번 봐봐. 우리 집에 온 것 같은데."

마리아 크리스티나는 블라인드 틈으로 내다보았다.

"그 사람이야." 테릴렌 터틀넥으로 문신을 가리고 다니는 무면허 운전사 갈런드를 알아보고 그녀는 한숨을 쉬었다. 얼굴이 빨개지는 동시에 창백해졌다.

"됐어, 내가 알아서 처리할게." 조앤이 말했다.

초인종이 울리자 마리아 크리스티나는 선인장이 있는 안뜰과 면한 뒤쪽 창문으로 빠져나갔다.

운전사와 조앤의 대화는 들리지 않았다.

하지만 그녀를 찾으러 안뜰에 왔을 때 조앤의 모습이 너무나 쾌활해서 마리아 크리스티나는 충격을 받았다. 그 모든 것이 결국엔 그렇게 심각한 일이 아니었던 것이다.

"그래서 그 사람이 발을 밖으로 내밀었어." 조앤은 전부터 하고 있던 이야기를 계속하기라도 하는 듯 선언조로 말했다. "운전사에게 손짓을 하더라. 보도블록에 신발 신은 발을 딛고 있는 게 보였어. 뒤꿈치로 바닥을 두드리고 있었고. 운전사에게 잊고 안 한 말이 있는 것 같았어. 아니면 운전사가 분명하고 확고하게 이야기를 전달하지 못할까 걱정됐던가. 나는 그 터틀넥 입은 남자한테 클라라문트가 장애인이냐고 물은 다음 이젠 신경 쓰지 말라고, 내가 알아서 하겠다고 했어. 그리고 집밖으로 나가서 자동차 쪽으로 가서 너의 그 로마 황제를 만났지."

"로마 황제?"

"그 사람 로마 황제 같은 면이 있잖아. 약간 과장되고 거드름을 피우는 게. 숨을 헐떡거리고 퇴폐적인 것도 그렇고."

친구의 얼굴이 시무룩해지는 것이 보이자 조앤은 말을 고쳤다.

"하지만 그 사람 확실히 대단한 구석이 있더라. 그건 부인할 수 없지. 대단한 구석이 있어."

"알았어, 하던 얘기나 계속해."

"걱정했다더라, 수없이 전화했는데 통화를 못 했대. 그래서 주디 갈런드랑 온 거래. 상상이 되니? 그 사람은 용무가 있을 때, 팔천 달러짜리 옷이나 암페타민을 사고 싶을 때 그 운전사에게 연락할 거 아냐. 근데 그런 사람 이름이 주디 갈런드라니… 그 사람 살인청부업자처럼 생긴 것 봤어? 주디 갈런드라니… 좀 얼 빠진 눈빛 때문일 거야. 아니면 빡빡 깎기 전에 머리를 땋고 다녔거나. 아니면 항상 〈오버 더 레인보〉*를 흥얼거리던가."

"조앤."

"알았어 알았어. 너의 클라라문트는(그녀는 그의 이름을 '파라마운트'처럼 발음했다) 불안해서 미칠 지경이고 네가 돌아오기를 간절히 바라고 있어. '간절히'라는 말은 그가 한 말이야. 내일 당장 왔으면 좋겠대. 네가 조금이라도 불편한 게 있으면 직접 얘기하도록 해."

"마지막 말은 네 생각이야?"

"아니, 그가 그렇게 말했다니까, 조금이라도 불편한 게 있으면 나한테 얘기하라고 해요, 라고."

---

* 주디 갈런드는 뮤지컬 영화 〈오즈의 마법사〉에서 주인공 도로시 역을 맡은 미국의 여배우이다. 갈런드가 극중에서 부른 〈오버 더 레인보〉는 〈오즈의 마법사〉의 주제가와도 같은 노래다.

"조금이라도?"

두 여자는 마주 보았다. 선인장 화분들 한가운데 이웃집 여자의 구관조 새장이 있는 시멘트 안뜰의 서늘한 곳에서 각자 담배를 문 채, 조앤은 창문에 팔꿈치를 괴고 마리아 크리스티나는 등받이 없는 의자에 책상다리를 하고 앉아 있었다. 두 사람은 웃기 시작했다. 그리고 마리아 크리스티나는 정말이지 친구만 한 건 없다고 생각했다. 무언가를 잃게 될 때를 생각하지 않고 지금 이 순간을 즐기는 법을 아직 몰랐으므로, 그녀는 언젠가 조앤을 잃게 될까 두려웠다.

그날 밤 마리아 크리스티나는 친구가 자그마한 욕실의 거울 앞에서 세면대에 몸을 기대고 이를 닦으면서 울먹이고 있는 것을 발견했다. 조앤이 말했다.

"걱정하지 마, 호르몬 때문에 그래."

두 사람은 아기 루이스에게 교대로 우유를 먹였다. 꼭 선원들이 교대로 당직근무를 하는 것 같았다. 마리아 크리스티나는 잠을 자지 않는 것에 재미를 붙였다. 심야 감시원이 된 것 같은 기분이었다.

다음 날 그녀는 늘어진 민소매셔츠 차림으로 저택에 출근했다. 민소매셔츠는 개러지 세일garage sale 때 문도 통과하지 못할 정도로 뚱뚱한 여자에게 구입한 옷처럼 보였다. 그녀는 여전히 머리를 감지 않았지만 눈화장은 했다. 옷을 쫙 빼입은 클라라문트가 문을 열어주었다. 손에는 지팡이, 머리에는 중절모에 흰 셔츠와 회색 양복 차림이었다. 양복과 셔츠 덕에 널찍한 어깨가 돋보였다. 열대지방의 말런 브랜도 같았다. 그는 좋아서 팔짝팔짝 뛰었고, 그녀가 돌아올 줄 알고 있었던 것처럼 굴었다. 그녀의 건강을 걱정했고 그녀가 곁에 없어 쓸쓸했던 것처럼 굴었다. 미안하지만 그는 라디오 방송 때문에 외출을 해야 했다. 그녀가 올 줄 알았다면 전부 취소했을 것이다(다시 나와달라고 부탁하러 찾아온 게 누구시더라?). 집을 맡기고 가겠다. 자기가 돌아올 때는 이미 퇴근 후인지도 모른다. 하지만 곧 한번 저녁을 같이 먹어야 한다. 언제 시간이 나는지 얘기해줘요, 꼭 알려줘요. 내가 시간을 잡아볼게요. 곧 유럽으로 여행을 가거든요. 나를 만나려고 편집자도 뉴욕에서 올 예정이고, 하지만 시간을 내볼게요. 당신과 저녁 식사 하는 게 가장 큰 소원이에요. 그는 그녀의 손에 입을 맞췄다. 그리고 등을 돌려 떠났다.

그녀는 부탁한 적도 없는데 지킬 수 없는 약속을 하는 사람들이 우습다고 생각했다.

그는 무슨 게임을 하고 있는 거지?

그녀는 그의 서재로 가서 일에 매달렸다. 서류 더미를 정리했다. 퇴근하면서 그녀는 출근할 때 들고 온 것을, 자신의 원고를 그에게 남겼다.

이 글을 어떻게 하면 좋을까요? 그녀는 쪽지에 결국 그렇게 적고는 원고 맨 앞의 백지에 클립으로 꽂았다.

그녀는 그렇게 쓰기까지 이런저런 문구를 써보았던(장난스럽게, 비꼬는 투로, 애원하는 척, 쌀쌀맞게…) 메모장을 조심스레 가방에 집어넣었다. 그녀가 자기에게 얼마나 반했는지 확인하려고 휴지통을 뒤질 게 뻔한 이상, 그에게 그런 떡밥을 던져줄 마음은 조금도 없었으니까.

# 주디 갈런드는 술꾼이다

다음 날 아침 클라라문트에게서 전화가 왔다. 하지만 마리아 크리스티나는 아파트에 없었다.

그녀는 강의를 들으러 가 있었다. 평소답지 않은 일이었다. 그녀가 집에 돌아오자 조앤은 전화벨 소리에 루이스가 잠을 깨서 다시 재우느라 동네를 스무 바퀴는 돌아야 했다고 했다.

"칼리굴라한테 전화해." 그녀가 말했다.

조앤은 정말 짜증이 나 있었다. 우울증 때문에 예민해진 것이었다.

마리아 크리스티나는 생각했다, 내 글을 읽을 시간이 있었을 리 없어, 할 일이 많잖아. 그냥 내일 조금 일찍 나오라고 하려는 걸 거야. 아니면 기분 상할 말을 하겠지. 당신 원고를 어떻게 하

면 좋겠냐고요? 불에 태워 부식토를 만들어 엉겅퀴 키우는 데
나 쓰세요.

그녀는 자기가 그와 동침했고 전날만 해도 온통 그 생각뿐이
었다는 사실을 잊고 있었다.

하지만 그는 전화를 받지 않았다.

그녀는 전화를 걸고 또 걸었다.

이제 그녀는 종일 집에만 붙어 있기 시작했다. 겨울이 두 주
간 계속되더니 손을 털고 물러나기라도 한 듯 다시금 찌는 듯
한 날씨가 이어졌다. 그녀는 우편물을 찾으러 갈 때도 집 안의
문이란 문은 전부 열어두었고, 물소리 때문에 전화벨 소리를
못 들을세라 샤워를 초고속으로 해치웠으며, 조앤이 쉬는 동안
에는 루이스를 흔들어 재우면서도 전화기 옆을 떠나지 않았다.

"가봐." 사흘째 되는 날 조앤이 말했다. "천년만년 기다릴 건
아니잖아. 너 그러다가 신경쇠약에 걸리겠다."

그래서 그녀는 갔다.

그녀는 튤립나무들 사이로 뭐 보이는 게 있나 기웃거리다가
철책문의 초인종을 울렸고, 철책문을 열어보려고 흔들다가 다
시 초인종을 눌렀고, 결국에는 철책문을 넘어 집에 들어갔다.
그녀는 이 월장越牆을 걱정이 되어서라고 지레 정당화했다. 클
라라문트에게 무슨 일이 생겼을지도 모른다. 마권업자나 마약
상이 그를 살해했을지도 모른다. 아니면 사흘 전부터 의식을

잃은 채 거실에 쓰러져 있을지도 모른다. 헤로인을 흡연해도 마약 과용으로 죽을 수 있는지 확실치 않았다. 조앤에게 물어봤어야 했다. 조앤은 그런 종류의 일을 알고 있었으니까.

그녀는 집 주위를 돌던 중 온실에서 난초들을 꺼내 손수레에 싣고 있는 주디 갈런드와 마주쳤다. 그는 무슨 일이든 척척 해내는 남자였다. 그는 여러 해 전부터 택시 면허가 없었다. 술에 취해 시비를 거는 손님을 매그넘 347 권총으로 위협했는데, 문제의 손님이 보스턴의 성질 더러운 변호사였던 것이다. 주디 갈런드로서는 일이 꼬인 셈이었다. 그 사건으로 면허를 잃었지만 차는 빼앗기지 않았다. 그 후로 그는 영업 표시등을 끄고 시내를 누비면서 클라라문트나 다른 고용주가 그의 CB로 연락해오기를 기다렸다.

"클라라문트 씨를 찾는데요." 그를 만나 안도한 심정이 된 마리아 크리스티나가 말했다.

"클라라문트 씨가 아가씨더러 들르라고 했어요." 질문인지 대답인지 알 수 없었다.

그는 저음의 특징 없는 목소리로 몹시 간략하게 말을 해서 질문을 하는 것인지 뭔가를 알려주는 것인지 알 수가 없었다. 습관적 침묵과 높낮이 없는 음성 때문에 그는 실제 이상으로 똑똑해 보였다. 적어도 마리아 크리스티나의 생각엔 그랬다. 그는 언제나 무뚝뚝하고 뚱한 표정이었다.

"난 그분을 만나야 했어요." 마리아 크리스티나가 조심스레 말했다.

"그는 떠났습니다." 갈런드는 손수레의 두 손잡이를 치켜들어 대화를 종결시켰다.

"얼마나 있어야 돌아오는데요?"

갈런드는 걸음을 멈추고 손수레를 내려놓더니 마리아 크리스티나를 뚫어지게 쳐다보았다. 그녀가 얼마나 똑똑한지, 믿어도 되는지 따져보는 듯했다.

"돌아오지 않을 겁니다. 집을 떠나야 했거든요."

"그게 무슨 말이에요?"

"채권자들하고 뉴욕의 일들이죠."

"채권자라뇨?"

"꽤 여러 사람에게 빚이 있었습니다." 그가 친절하게 번역해주었다.

"꽤 여러 사람이요?" 마리아 크리스티나는 어안이 벙벙해 그 말을 따라했다.

"그리고 뉴욕에 해결할 일들이 있었어요. 그래서 집을 떠난 겁니다."

"이런 일이 자주 있나요? 그러니까, 집을 떠나는 게, 이렇게 갑자기 떠나는 게요."

그녀가 좀 멍청하다고 결론 내리기라도 하는 것인지 갈런드가 눈살을 찌푸리면서 그녀를 바라보았다.

"집은 팔릴 겁니다."

"상황이 그렇게 끔찍한가요?"

"그것도 경매에 넘어갈 겁니다."

"근데 그 난초들은 뭐예요?"

"팔려고요."

"왜요?"

"이 중에 돈이 좀 될 만한 희귀종들이 있거든요. 어차피 돌볼 사람이 없어 다 죽을 테니까. 나는 클라라문트한테 몇 달째 돈을 받지 못했습니다."

남자는 다시 움직이기 시작하더니 집 건물을 돌아 철책문 쪽으로 향했다.

마리아 크리스티나는 불이 들어왔다 나갔다 하는 기분이었다. 사고력이 폭우 속의 전구만큼이나 깜빡깜빡했다.

그녀는 그를 쫓아 달려갔다.

"난 어떻게 해야 하죠?" 그를 붙잡으며 말했다. "나도 받을 돈이 있는데요."

"난초는 내가 먼저 찜했는데." 갈런드가 방어적으로 나왔다.

"아니에요, 아니에요, 그건 걱정하지 마세요, 난초를 가져가겠다는 게 아니에요. 난 그저 클라라문트를 만나고 싶은 것뿐이에요."

사내는 달리기 세계기록 수립 장면이라도 본 것처럼 휘파람을 불었다.

"그는 어딘가 숨어 있어요."

"어느 쪽으로 찾아봐야 하죠?"

"하지만 그가 아가씨에게 다시 연락하지 않을 까닭은 없는데요. 그 양반, 당신을 좋아하거든요."

듣기 좋은 말에 기뻐하고 있을 상황이 아니었지만 기분은 좋았다.

"혹시 집 열쇠 있어요? 들어가서 내 물건인 서류철 하나 좀 찾아오려고요. 그가 떠나기 전에 나와 통화하려고 여러 번 시도했어요. 내게 미리 알려주려고 했던 게 틀림없어요."

그는 망설이는 표정이었다.

"그럼 내가 같이 들어가도록 하죠."

얼마나 고결한 감시인인가.

그들은 저택에 들어갔다. 버려진 마당에 저택이라는 이름은 과분해 보였다.

"아무것도 만지면 안 됩니다." 갈런드가 말했다.

마리아 크리스티나는 서재에 들어서자마자 자기 원고가 사라진 것을 알아챘다. 그녀는 원고가 없는 것을 어떻게 해석해야 할지 몰랐다. 어쩌면 그는 정말 전화로 원고 얘기를 하려고 했을지도 몰라. 그녀는 서랍을 뒤졌다.

"돌아올 거야." 그녀는 중얼거렸다. "다 버려두고 떠났을 리 없어."

그 말을 듣기라도 했는지 서재 문가에 서 있던 갈런드가 말했다.

"다시 나타날 겁니다. 이런 일은 이미 여러 번 있었어요. 재기할 수단을 고민하고 있을 거예요."

그녀가 찾아낸 전화번호는 뉴욕의 편집자 레베카 스테인의 것뿐이었다. 늘 그렇듯 그녀의 명함은 책상 위 눈에 띄는 곳에, 클라라문트가 파커 만년필 잉크를 보관하는 필통에 꽂혀 있었다.

그녀는 그 번호를 옮겨 적었다. 혹시 자기에게 남긴 메모라도, 신호라도, 무언가라도 있나 찾아보았다. 그가 자의로 떠난 것이지 악당들에게 납치당한 것이 아니라는 점을 잊고 있는 것 같았다.

그녀는 갈런드와 함께 저택을 나섰고 철책문까지 발을 질질 끌며 걸었다.

"같이 가도 될까요?"

그가 눈썹을 찡그렸다.

"그냥 약간 막막한 기분이라서 그래요. 그냥 따라만 갈게요. 난초나 롤렉스는 하고 싶은 대로 해요. 난 관심 없으니까. 하지만 지금 집에 가고 싶진 않아서 그래요."

그는 어깨를 으쓱했다. 그들은 그의 택시가 있는 쪽으로 갔다. 그녀는 그를 도와 트렁크와 뒷좌석에 꽃을 실었다. 이 거만하고 위엄 있는 꽃들이 차 안에 있으니 이상했다. 꽃들은 공기와 공간이 부족해 보였다. 갈런드는 마리아 크리스티나에게 분무기를 건넸다.

"그냥 놀고 있지만 말고요."

그가 그녀와 난초들을 선셋 대로 부근 거리의 고급 꽃가게까지 싣고 가는 동안 그녀는 이 귀부인들의 갈증을 달래주려고 쉴 새 없이 물안개를 뿌렸다. 그녀가 그와 자주 마주치던 그 시절에, 특히 이 날, 나중에 '난초의 날'이라고 부르게 될 이 날에, 몇 년 뒤 이 남자가 자기 인생에 미칠 영향을 예감하지 못했다는 것은 당혹스럽다. 삶이 우리가 예상한 형태로 구체화되는 일은 거의 없는 법. 인생은 장난삼아 우리를 꿈에도 생각지 못한 곳으로 데려가고, 우리가 당연시하는 것들을 대놓고 우롱하면서 은밀히 물밑 작업을 하는 것 같다.

목적지에 도착한 두 사람은 미래를 몰랐기에 모두 별 생각 없이 꽃들을 차에서 내렸다. 그가 가게에서 흥정을 하는 동안 그녀는 기다렸다. 돌아왔을 때 그는 미소를 짓는 것 같았다. 미소까지는 아니더라도 어렴풋한 만족감에 얼굴이 환했다.

"내가 한잔 사죠." 그가 말했다.

그것은 막혔던 일이 갑자기 해결되는 것 같은 기적적 순간이었다.

그는 그녀를 태우고 패서디나에 있는 아는 술집에 갔다. 가는 동안 그녀는 아무 질문도 할 수 없었다. 묻고 싶어 미칠 것 같은 질문을 할 수 없어서였는데, 그 질문이 아무리 별것 아니라 해도 다른 질문을 하기 전에(하고 싶은 다른 질문이 있었는지, 마리아 크리스티나가 그 밖에 궁금한 게 더 있었는지는 모르겠지만) 우선 그것부터 물어야 했던 것이다. 하지만 이 남자의 이상한 이름에 관한 질문은 무조건 최우선적인 동시에 가장 묻기 어려운 질문이었다. 똑같은 질문을 이미 수천 번은 받았을 테니까. 그녀가 어렸을 때 같은 반에 '자음'이라는 이름의 여자애가 있었는데 다들 그 애를 '모음'이라고 불렀고, 부모의 몰지각에 대한 답변이 응당 준비되어 있어야 한다는 듯 "왜 이름이 자음이야?"라고 줄곧 물어댔다. 조롱이나 당혹스러움의 정도 차는 있어도 단 한 명의 예외도 없이 모든 사람이 그 아이에게 하는 첫 번째 질문은 그것이었다. 그리고 마리아 크리스티나가 알고 싶은 것도 바로 그것이었다. 어떻게 그와 같은 사람이, 손님이 돈을 제대로 안 낸다고 매그넘 347을 뽑을 수 있는 사람이, 그처럼 과묵하고 내성적이고 은밀히 폭력적인 사람이 그렇게 엉뚱한 이름을 가질 수 있는지 그녀는 알고 싶었다.

그는 술집 앞에 주차를 하고 마리아 크리스티나를 안으로 데려갔다. 바텐더가 손을 들어 그에게 인사했다. 자유분방한 여자가 된다는 것은 즐거운 일이었다. 그들은 바에 앉았고 그는 맥주 네 잔을 들이켠 뒤 클라라문트에 대해, 클라라문트와의 관계에 대해, 클라라문트에 대한 자신의 헌신에 대해 이야기했다(상대적인 헌신이지, 마리아 크리스티나는 생각했다. 주인이 뺑소니치자마자 돈이 될 물건을 팔아치우지 않았는가). 그 양반(그는 그런 호칭을 썼다)이 아주 좋은 사람이라고 생각한다고 했다. 클라라문트가 가끔은 사기꾼일 때도 있다는 얘기도 있지만, 갈런드와는 한 번도 문제가 없었다. 클라라문트는 언제나 깔끔했다. 어쩌다 지불이 늦어질 때도 있었지만 돈이 생기면 그 자리에서 깨끗이 치렀다. 마치 마리아 크리스티나를 안심시키기라도 하려는 듯 갈런드는, 좋은 사람이에요, 라는 말을 되풀이했고, 그러면서도 물론 아끼는 물건은 그에게 맡기거나 빌려주지 않는 게 좋다는 단서를 달았다. 마리아 크리스티나는 순진하게도 마음이 놓여 나는 순결에 그리 집착하지 않았으니까 괜찮아, 라고 속으로 중얼거렸다. 갈런드는 이야기를 계속했다. 그 양반이 무슨 생각을 하는지는 절대 알 수가 없었어요, 항상 돈이 필요하기는 했지요, 사람들이 길에서 자기를 알아보길 원했고, 그러니까 굉장히 진부한 욕망이었어요, 돈을 원했고 인정받기를 원했죠. 갈런드는 클라라문트의 시들을 읽었다. 그렇다, 누구도 생각지 못한 일이었다. 왜냐하면 시는 보통은 금속테 안경을 쓴 장발족들밖에 읽지 않는다고 생각하니까. 아니면 링컨처럼 수염을 기른 노교수들이나. 아니다, 갈런드 같은 남자도 시를 읽는다. 사람들을 바보 취급하는 것을 중단해야 한다. 갈런드 같은 남자도 슬픈 노래를, 사랑의 괴로움이나 속죄에 관한 노래를 들을 때가 있는 것처럼 시를 읽는다. '속죄'라는 단어를 갈런드가 알고 있다니 얼마나 놀라운가, 그런 것에 놀라다니 얼마나 부끄러운가. 갈런드는 집중해서 읽었다. 그렇다, 클라라문트의 시를 읽다보면 갈런드는 정신을 집중하게 되었다. 그는 클라라문트를 존경했고, 감동을 받았고, 심지어 그의 소설도 읽었다. 소설 세 권을 읽었는데 셋 다 믿을 수 없을 만큼 달랐다. 사냥을 떠난 네 젊은이의 이야기를 다룬 소설이 있었다. 사냥을 떠났다 빈손으로 돌아오는 이야기였다. 또한 북부의 한 대학교를 배경으로 한 소설도 있었다. 여교수가 제자 한 명을 사랑하게 되는데 그 또한 이루어지진 않지만 사냥 이야기와는 비슷하지 않다. 사냥 이야기만큼 피비린내 나는 이야기는 아니잖아요. 그리고 아르헨티나에 대한 소설이 있었다. 아아아, 아르헨티나에 대한 소설은 정말 미쳤어요, 생각도 못한 곳으로 이야기를 끌고 가는 그 재능이란, 그게 누구이건 완벽하게 그 인물 속으로 들어가는 재능이란, 그 상상력이란, 정말 미친 것 같다니까요, 그 상상력은. 어쨌든 클라라문트가 다시 나타날 때면 사소한 돈 문제들은 이미 해결했을 거예요, 아니면 집에 있는 물건 몇 개를 팔아도 되고. 그 집에는 돈 될 게 많아요. 손님용 침실로 올라가는 계단에 걸린 에로틱한 데생들만 해도 값이 꽤 나갈걸. 마리아 크리스티나는 그의 이야기에 귀를 기울였다. 클라라문트가 폭풍으로 집을 떠나야 할 때 어디에 숨는지 알고 싶었다. 그가 한 부밖에 없는 원고를 들고 다니고 있다는 생각—그걸 전부 타자치는 데만도 얼마나 고생이었는데 뭐 하러 사본을 만들었겠는가, 그녀는 먹지가 없었고 먹지를 살 돈도 없었다—그러니까 그가 그녀의 원고를 겨드랑이에 끼고 어딘가 거친 파도 속을 항해하고 있다는 생각은 그녀를 심각한 걱정으로 몰아넣었다.

그들은 술집을 나왔다. 주디 갈런드는 맥주 열여섯 잔을 해치웠고 세상에서 가장 수다스러운 친구가 되어 있었다. 그런 일이 가능하다면, 조용하고 침울한 사람에서 늙은 고양이처럼 친절하고 상냥한 사람이 되어 있었다. 마리아 크리스티나는 진토닉 세 잔을 마셨다. 그해에 로스앤젤레스에서는 진토닉이 유행이었다. 진토닉을 마시는 것은 현지 적응 전략의 일환이었다. 그녀는 비틀거렸지만 주디 갈런드는 아니었다. 두 다리가 굳건하고, 피로한 푸른 눈에 바싹 마른 장신長身의 몸집에 상스러운 말씨의 우크라이나 사람의 얼굴을 한 갈런드는(그렇게 말한 것은 조앤이었다. 그를 처음 보았을 때 조앤은 "러시아 살인청부업자처럼 생겼어"라고 했다) 자기 차를 3미터 앞에 두고 인도 한복판에서 갑자기 걸음을 멈추더니(그렇게 갑자기 정지하는 모습을 보면 그가 과음했음을 알 수 있었다) 그녀에게 말했다.

"내 이름은 오즈예요."

"뭐라고요?"

"그걸 안 물어보더군요. 그래서 감동했습니다."

"무슨 말인지 모르겠는데요."

"이름이 오즈라고요. 오즈 미트자베르즈브키요. 하지만 제대로 발음하는 사람은 아무도 없어요."

"근데 나한테 굳이 말해주는군요."

"굳이 얘기하는 겁니다."

마리아 크리스티나는 고마움과 취기로 고개를 끄덕였고, 그러다가 그 기운에 휩쓸려 몸의 균형을 잃을 뻔했다.

그가 그녀의 손을 잡았다.

"괜찮다면 집까지 태워다드릴까요?" 그가 말했다.

# 갈런드에 관한 두세 가지 것들

그의 가족에 대해서는 별로 알려진 바가 없다. 그의 어머니는 후대의 용어로 말하자면 소위 대리모였다. 그런데 자동 세탁소 사업으로 큰돈을 번 우크라이나인 가족이었던 의뢰인 부부가 아이가 태어나기 전 교통사고로 사망했다. 모든 서류가 합법적이었으므로 아이는 그 사람들의 성을 갖게 되었고, 이름은 아버지로 추정되는 이의 이름을 따랐다. 아이의 생물학적 어머니는 출산 뒤 순식간에 사라져버렸다.

어린 시절 그는 여러 보육시설을 전전했다. 그에게 그런 시스템은 터키의 감옥에 수감되는 것보다 특별히 낫지도 않았다. 그는 보육시설을 도망쳐나옴으로써 이 시스템에서 완전히 벗어났다.

그는 몇 년 동안 어느 스포츠센터에서 살았다. 그의 말로는 스포츠센터라고 했지만 실제로는 별로 스포츠센터와 닮지 않은 곳이었다. 오리건주의 서머필드라는 도시 근교에 위치한 이 스포츠센터는 서부시대 테마파크 비슷한 놀이공원에 더 가까웠다. 그곳에는 1950년대의 체육관처럼 (컨트리댄스 경연대회와 함께) 댄스플로어가 있었으며, 야구장, 인공호수, 가짜 야생마들을 위한 마구간, 로데오 경기 관람을 위한 계단식 극장, 텍스멕스(멕시코 풍 미국 음식) 식당들, 야외 수영장, 문신 가게, 사격장, 서점, 술 장식 가죽옷 전문점 등이 있었다. 밤에는 야간 경비원들이 개를 끌고 순찰을 돌았다. 공원을 떠나지 않고 거기서 살겠다는 생각을 한 것은 그가 처음이 아니었다. 하지만 그는 가장 능숙하고 가장 조심스럽고 가장 참을성 있었고, 가장 관찰력이 좋았다. 놀이공원에 사는 녀석들은 혼자서는 버틸 수 없으니 함께 뭉치고 단체를 이뤄야 한다고 했지만, 그들은 그저 혼자인 게 두렵고 패거리를 지어 살고 싶은 것이었다. 그런 녀석들은 보통 계단식 극장 밑에 터를 잡았고 금세 적발되었다. 갈런드의 선택은 혼자 지내는 것이었다. 그는 텍스멕스 가건물 중 하나의 지붕철골 밑에 살았으며, 날이 어두워지면 내려왔다. 그는 야간 경비원 다섯 명의 일거수일투족을, 그들의 습관, 무전기로 하는 농담, 성적 취향, 개들의 이름, 자식들의 이름을 꿰고 있었다. 그는 다른 아이들을 피했다. 그들은 그가 어디에 사는지 몰랐고 그러다보니 필연적으로 잡히게 되어도 그를 밀고할 수 없었다. 갈런드는 밤이면 이곳저곳의 주방에서 식사를 했는데, 절대로 과식하는 법이 없었고 아무 흔적도 남기지 않았다. 낮에는 놀이공원을 거닐고 로데오 경기를 관람하면서, 어린애들이 계단식 좌석에 버리고 간 팝콘 봉지로 배를 채웠다. 대낮에 쓰레기통 뒤지는 일은 절대 금물이었다. 그랬다간 당장 잡힐 것이었다. 그는 그곳에서 이 년을 살았다. 한 번도 밖으로 나오지 않고 거기서 이 년을 보냈다. 그러던 중 그 생활을 그만두겠다는 결심이 들었다. 그는 '스포츠센터'를 떠났다. 그는 신분증이 있었고 법적으로 직업을 구할 수 있는 나이가 되었다. 이제 그는 유령 소년이 아니었다.

몇 년 뒤 그는 클라라문트의 심복이자 만능 일꾼인 불법 택시 운전사로 다시 모습을 드러낸다. 이상이 내가 그에 대해 알아낼 수 있었던 전부다. 행적이 뚜렷한 시기들, 종적을 감춘 시기들, 그 외의 조각들을 그럭저럭 조립해보면 빈 구멍은 많아도 갈런드의 인생과 주요 사건들이 그려진다.

우리가 하고 있는 이야기의 이 시점에서 마리아 크리스티나는 내가 방금 얘기한 것 대부분을 모르고 있다. 하지만 상관없다. 모든 일은 제때에 일어나게 마련이니까.

# 악어 굴에 팔 끝까지 넣기

마리아 크리스티나는 레베카 스테인과 통화하려고 마흔여덟 번은 시도했다.

"너 때문에 우리 파산하겠어." 스무 번이 넘어가자 조앤이 말했다.

그래서 마리아 크리스티나는 공중전화에서 전화를 걸기 시작했다. 매번 누군가가 전화를 받았고, 그녀의 이름을 적었고, 기다리라고 했고, '어스 윈드 앤드 파이어'의 노래를 대기 음악으로 틀어주었다. 전화기 너머의 상대방은 편안하고 태평했고, 뉴욕 한복판 121층짜리 빌딩의 53층, 홀에는 추상화들이 걸려 있고 벽에는 출판사에서 책을 낸 모든 유명 작가들의 이름이 은색 스티커 글자로 붙어 있는 그곳의 근사한 자기 자리를 의식하고 있었다. 게다가 클라라문트의 이름은 그중 잘 보이는 자리에 붙어 있었다. 벽을 메운 다른 이름들처럼 그의 이름은 번쩍이고 있었다. 그의 이름이 태평하게 번쩍이는 동안 마리아 크리스티나는 '어스 윈드 앤드 파이어'를 들으면서 대기하고 있었다. 더이상 '어스 윈드 앤드 파이어'를 견딜 수가 없어졌다. 대기 시간이 터무니없이 길었다. 감미로울 만치 시원한 그 카펫 깔린 아름다운 사무실들에서 일하는 사람 중 누가 생각이나 했겠는가. 매일 같이, 심지어 하루에도 몇 번씩 전화를 걸어오는 사람이 자기네 사무실과 통화 한번 하겠다고 작열하는 햇볕 아래 유리 전화박스에 있다는 것을(그것도 금속 달궈진 냄새나 플라스틱 녹는 냄새를 맡으면서, 언제나 그녀에게 구토와 불안 발작을 유발할 냄새들을 맡으면서. 나중에 돈을 벌어 집에 자기 명의의 전화를 놓게 되면 국제전화를 실컷 해대리라, 그 냄새들을 다시는 맡지 않으리라), 자식이나 시누이들이 남아 있는 국경 저편으로 전화를 하려는 멕시코 여자들이 그녀 뒤에 줄을 서서 기다리고 있다는 것을. 공중전화의 대기 열은 인도 위로 길게 늘어져 구불구불 이어졌고, 때로는 햇살을 피해 건물 그늘로 피신한 사람들로 줄이 툭툭 끊어지기도 했다. 그들은 저마다 쭈그리고 앉아 벽에 등을 기댄 채 몽상에 빠져 있었다. 그러다가 새로운 지원자가 나타나면 줄이 끊어진 곳에 있는 여자가 손을 들어 신호를 했고, 그래서 누구나 자기 위치를 알 수 있었다. 모두가 마리아 크리스티나가 뉴욕의 일을 성사시키기를 고대했다. 모두가 체념하고 고통을 감내했다. 모두가 성질을 죽이고 있었다.

엄청나게 긴 시간이 지난 끝에 죄송합니다. 스테인 씨는 외근 중인 것 같아요, 돌아오시면 전화 드리라고 전할까요? 라는 말이 들리곤 했다. 그러면 마리아 크리스티나는 한숨을 쉬면서 클라라문트가 시켜서 전화하는 거라고 우기곤 했지만, 빈틈없는 접수 직원은 마리아 크리스티나가 세 시간의 시차를 감수하며 전화선 저편 공중전화 박스에서 작은 철제 선반 위에 동전을 무더기로 쌓아놓고 민소매셔츠에 반바지 차림으로 쭈그리고 앉아 땀을 줄줄 흘리고 있음을 대번에 짐작했다. 교환수는 정중하지만 단호하게 퇴짜를 놓았고, 마리아 크리스티나는 결국 아파트 전화번호를 남긴 뒤 전화를 끊었고, 레베카 스테인은 결코 전화를 주지 않았다.

마리아 크리스티나가 아무 소득 없이 집에 돌아오면 조앤은 루이스를 새끼 표범처럼 팔뚝에 얹은 채 말했다.

"너 그 남자를 아직도 사랑하는 거야, 아니면 미워하는 거야?"

때로는 마리아 크리스티나를 꼭 안아주면서 말하기도 했다.

"우리 불쌍한 년, 남자한테 차이다니."

그러면 마리아 크리스티나는 포옹을 풀어버렸다. 울보가 되는 것도 이제 지겨웠다.

한번은 주디 갈런드가 그녀를 보러 들렀다. 그는 거실에 앉았고, 조앤은 맥주를 권했다. 조앤은 가급적 자리에서 일어나지 않으려고 발치에 양동이를 두고 그 안에 맥주를 넣어 시원하게 보관했다. 그는 클라라문트에게서 소식이 없다고 알렸다. 하지만 소식을 듣게 되면 즉시 마리아 크리스티나에게 연락하겠다고 했다. 그게 그가 한 말의 전부였다. 조앤은 그에게 몹시 끌렸다.

그러던 어느 날 기적이 일어났다.

레베카 스테인에게서 전화가 온 것이었다.

그날 마리아 크리스티나는 집에 혼자 있었다. 그녀는 안뜰에서 담배를 피우면서 머리 위 네모난 파란 하늘을 바라보며 맥주를 마시고 있었다. 그녀는 가위로 자른 반바지와 조앤에게 빌린 민소매셔츠 차림으로 시멘트 바닥에 앉아, 발가락을 꼬물락거리면서 유아적인 만족감을 느끼고 있었다. 구관조는 날카로운 목소리로 규칙적으로 소리를 질러대 정신이 표류하기에 적당한 소리의 파문을 만들어내고 있었다. 마리아 크리스티나는 라페루즈로 쫓겨나지 않고 얼마나 버틸 수 있을지 자문하곤 했다. 추방당하지 않기 위해 이번 학년도가 끝나기 전에 들었어야 할 강의의 숫자를 헤아려보곤 했다. 그녀는 경찰을 피해 달아나고, 은신처를 마련하고, 불법 취업을 하는 상상을 했다. 그녀는 이것이 몰락의 시작이라고 생각했다. 내가 이렇게 탈선하는구나. 그녀는 현지 적응에 실패했다. 아니, 성공했는지도 모른다. 그녀는 어떤 의미로는 적응에 성공했고, 캘리포니아 사람이 되었다고 느꼈다. 하지만 훌륭한 학생이 되는 데는 실패했다. 좋은 기회를 날려버렸다. 긴장이 풀어져 되는대로 살고 있었고, 남자에게 농락당했다. 그녀는 남들에게 쉽게 영향을 받았다. 슬픈 이야기이지만, 조앤의 영향으로 꽤 자유분방해졌다고는 해도 그녀가 아직 너무나 자기 주관이 없는 사람이라는 데는 의심의 여지가 없었다. 그날 그녀는 평소에 가끔 그러듯, 《못된 여동생》(그녀가 클라라문트에게 남긴 원고)을 다시 써야지, 더 훌륭하게 써야지, 라고 중얼거리지 않았다. 비록 갈런드가 그녀의 집에 들를 때마다 클라라문트가 다시 나타날 거라고 장담했지만, 그 푸르스름한 눈으로 그녀를 뚫어지게 보면서 참고 기다려 보세요, 라고 했지만 쐐기풀 위에 앉아 참고 기다리는 것은 쉽지 않은 일이다. 그날 오후 마리아 크리스티나는 태평하게 잡념에 빠져, 생각들이 빙빙 맴돌다가 안뜰에서 허공으로 떠올라 요오드를 함유한 바닷가 공기 중에 반짝이는 실처럼 풀어지는 것을 우두커니 보고 있었다. 이 나른한 상태가 얼마나 즐거운지! 그 덕에 관청들에 갈 날짜를 지나치고 비자가 만료되고 있다는 사실을 잊을 수 있으니.

전화벨이 울렸다.

마리아 크리스티나는 전화를 받으려고 자리에서 일어났다. 그런데 상대방은 그녀가 생각한 사람이 전혀 아니었다. 누군가에게 전화를 걸어 상대의 목소리와 '여보세요' 소리가 들릴 것을 예상하고 있는데 정작 저쪽에서 전화를 받는 순간 수화기에 우당탕 소리와 함께 사고라도 난 것 같은 혼란스러운 소리와 왁자지껄한 여러 사람의 목소리가 들려오고, 그중 누구도 통화를 하려 했던 사람이 아닌 경우가 있다. 지금이 바로 그런 상황이었다. 그리고 그것은 시간당 8달러짜리 목소리였고 몰개성적 목소리였다. 세련되게 예의를 갖췄으면서도 거리를 두는 목소리였다. 고상하고 우아하게, 비행기가 다섯 시간 연착한다는 사실을 알리는 스피커 소리처럼 마음을 편하게 해주는 목소리였다. 전화 저편의 목소리가(남자인지 여자인지 분간이 어려웠다. 그 목소리의 특징은 성별이 아니라 완전화음이었다) 말했다. 잠깐만 기다려주세요, 레베카 스테인 씨를 연결해드리겠습니다. 마리아 크리스티나는 보통 사회경제적 위상이 오를수록 전화번호를 직접 누르는 일이 줄어든다는 사실을, 그래서 그런 사람과 전화 통화를 할 때면 늘 상대방이 자신이 귀찮게 하고 조르는 쪽인 것처럼 느끼게 된다는 사실을 몰랐다. 마리아 크리스티나는 잠시 어리둥절해져서 중얼거렸다. 전화를 내가 걸었던가?

"아아, 마리아 크리스티나 바토넨 씨", 레베카 스테인이 속삭

이듯 달콤하게 말했다. 마치 그녀와 통화하려고 수십 번은 시도했는데 운이 좋게도 이번에는 마리아 크리스티나가 국제 문제를 해결하느라 바쁘지 않고 안뜰에서 술을 마시고 팬더 시가릴로를 피우고 있다는 투였다. "통화를 하게 되어 정말 반가워요. 라파엘을 만났는데 당신 얘기를 하더군요."

라파엘? 클라라문트를 라파엘이라고 부르는 사람은 아무도 없었다. 하지만 그것은 어쩌면 특별하게 가까운 사이라는 것을 드러내려는 의도인지도 몰랐다.

아주 잠깐, 마리아 크리스티나의 머릿속에 질문이 떠올랐다, 클라라문트는 이 여자랑 잤을까? 그럭저럭 예쁘기만 하다면 안 그랬을 이유가 없다는 결론이 나왔다. 그리고 아주 잠깐 그녀는 자기혐오에 빠졌다. 여성 비하적 생각에 사로잡히다니 끔찍했다.

레베카 스테인은 엄청 미안하다, 좀 복잡한 시기였다, 외국에 오래 나가 있었고 미리 전화하지 못한 것은 오로지 그 때문이다, 라고 설명했다. 또한 그녀는 몇 가지 개인적인 문제가(이 대화가 사적인 것임을 알리기 위해 목소리를 낮춰 이 말을 발음했다) 있었다. 심각한 일은 아닌데요, 사적인 일이라는 게 시간과 에너지를 많이 빼앗잖아요. 그러니까 그 모든 얘기가 결국은 드디어 마리아 크리스티나와 통화를 하게 되어 기쁘다는 말이었다. 마리아 크리스티나는 로스앤젤레스에 걱정하는 사람이 많다면서—그가 사라져서 가장 걱정하는 게 그의 운전사와 그가 한가할 때 유혹했던 비서라는 사실은 굳이 밝힐 필요가 없었다—클라라문트의 소식을 들은 게 있는지 물었다. 레베카 스테인은 그가 아직 뉴욕에 있지만 곧 캘리포니아로 돌아갈 거라고 대답했다.

"물론 그렇게 말은 했지만, 아시잖아요, 라파엘이 어떤지."

"그렇게 잘 아는 건 아니라서요." 마리아 크리스티나가 대꾸했다.

문득 마리아 크리스티나는 이 대화의 톤을 제대로 파악하지 못하고 과감한 충동에 사로잡혀, 클라라문트가 원고를 하나 전해주지 않았는지 물었다.

"맞아요. 맞아요." 레베카 스테인이 푸른 담배의 연기를 소리내어 뿜으면서 말했다. "안 그래도 그 일 때문에 전화한 거예요, 마리아 크리스티나. 원고를 읽어봤어요. 근데 글쎄, 라파엘의 신작 원고인 줄 알았다니까요. 라파엘이 그런 식으로 던져줬거든요. 겉표지도 없이, 제목도 없이, 아무 설명도 없이. 그는 항상 신비스러운 분위기를 풍기려 하잖아요. 그래서 읽었죠. 아주 훌륭했어요. 라파엘에게 물어봤죠, 엄마 때문에 그런 끔찍한 마을에 갇혀 있는 어린아이의 심리를 어떻게 그렇게 잘 알 수가 있어요? 난 열광했어요. 정말 놀라운 재능이에요, 감정 이입 능력이 정말 대단해요, 선생님은 어떻게 매번 그렇게 다른 분야를 다룰 수 있는 거죠? 그러자 라파엘이 웃기 시작했어요. 내가 그랬죠, 선생님이 이 어린애였다면 얼마나 좋았을까요, 여기저기 데리고 다니면서 강연을 시켰을 텐데. 독자와 언론이 원하는 게 그런 거라고요, 그들은 실화를 원해요, 슬프고 섹시한 작은 얼굴을 원한다고요. 난 한숨을 쉬었고 라파엘도 한숨을 쉬었고 우리는 문학의 미래에 대해 한동안 투덜거렸어요. 근데 라파엘이 그러더군요. 좋은 소식이 있는데, 이 글은 바로 그 어린애가 쓴 거야. 정말로 슬프고 섹시한 작은 얼굴을 하고 있고."

이 말을 들었을 때 마리아 크리스티나는 눈물을 터뜨릴 뻔했다. 처음에는 살짝 모욕적인 기분이었다. 어쩌면 농락당한 기분인 것도 같았다. 곧 그녀는 이런 기분을 지워버리고 좋은 소식만 기억하기로 했다. 조앤이 입버릇처럼 하는 말이 있었다. 스팽글 장식 슬리퍼를 신을 때는 그걸 누가 만들었는지, 뒷굽 상태가 어떤지 생각 말고 그냥 신어. 신을 수 있을 때 그냥 신으라고.

나라의 반대편에서 레베카 스테인은 자기가 마리아 크리스티나의 편집자가 되고 싶은데 승낙하겠는지, 혹시 시간을 내서 뉴욕에 올 수 있는지 물었다. 만약 뉴욕에 오지 못한다면 라파엘이 두 사람 사이에서, 중간에서 일을 처리할 거라고 했다.

자기 글을 클라라문트의 작품과 혼동하다니, 마리아 크리스티나는 무슨 편집자가 이 모양인지 잠시 의아했다. 그게 아니면 자기가 클라라문트의 영향을 받아서 그 글을 쓴 건 아닌지, 자기 글에 멘토의 색깔이 너무 많이 남아 있어 레베카 스테인마저 착각한 건 아닌지 스스로 의심이 들었다.

혹은 다른 가능성도 있었다. 레베카 스테인은 원고를 읽지 않고 부하 직원들에게 읽게 한 다음 그들이 정리한 것을 대충 띄엄띄엄 훑어보았는지도 모른다.

마리아 크리스티나는 웅얼거리다가 전화를 끊었다. 조앤에게 통화 내용을 전해주려 했을 때는 자기가 뭐라고 대답했는지도 기억나지 않았다. 긴 잠에서 깨어난 듯 그녀의 말은 조리가 없었고 기억도 뒤죽박죽이었다. 자기가 레베카 스테인에게 뭐라고 했는지, 서로 만나기로 했는지 다시 전화하기로 했는지조차 알지 못한 채 전화를 끊은 것이었다.

# 포기의 순간[*]

일주일 뒤 주디 갈런드가 클라라문트를 택시에 태우고 나타
났다.

"보자고 하십니다." 그가 마리아 크리스티나에게 말했다.

조앤은 문턱에 서서 친구 뒤에서 얼굴을 내밀고는 갈런드 쪽
으로 빠르게 눈알을 굴렸다. 그는 눈을 감으면서 그녀를 향해
고개를 끄덕였다. 그것은 그가 할 수 있는 가장 열정적인 몸짓
이었다. 일종의 네안데르탈인식 예법이었다.

마리아 크리스티나는 차에 타 커다란 도둑고양이처럼 미소
짓고 있는 클라라문트 옆에 앉았다. 그녀는 어깨끈이 달린 짧

---

[*] 프랑스 작가 필립 베송의 2006년 작 소설 제목.

은 원피스와 단추 달린 레몬색 카디건을 입고 있었다. 그녀는 흥분했고, 겁먹었고, 완전히 함락되어 있었다.

"멋진데." 그가 말했다.

갈런드가 차를 출발시켰다. 클라라문트는 마리아 크리스티나의 무릎에 커다란 손을 얹었지만 그녀는 그 손을 잡고 자신의 작은 손가락들을 그의 손바닥에 올려놓았다.

담회색 스리피스 정장 차림으로 다시 나타난 그의 모습은 정말 괴상했다. 설사 실크해트, 각반, 둥근 은장식 달린 지팡이 차림이었다 해도 그만큼 시대착오적이지는 않았을 것이다.

그는 그녀를 저택으로 데려갔다. 이 집에서 영화 촬영이 있을 예정이라 한동안 떠나 있을 거라 했다. 그는 호텔에서 지낼 예정이었다. 나중에 그녀도 종종 보게 될 일이었는데, 그는 자기 집을 빌려줄 때면 늘 샌타모니카 한복판의 굉장한 호텔로 거처를 옮겼다. 하지만 그를 따라 저택에 들어가니 가구들은 빠져 있었고 계단의 에로틱한 데생들도 보이지 않았다. 차압된 건가? 팔아치웠나? 아니면 안전한 곳에 보관해뒀나? 그는 그녀를 침실로 들어오게 한 후 옷을 벗겼고, 그녀를 LOMD(내 인생의 빛Light of my days)라고 불렀다. 그는 잠시 움직임을 멈추고 그녀의 몸을 감상했다. 그러고는 한숨을 쉬더니 다시 옷을 벗기기 시작했다. 모든 게 지난번과는 완전히 달랐다. 그는 불안하고 근심스러운 표정이었으며 동작은 늦고 눈먼 춘화 작가처럼 느릿했다. 그는 말이 거의 없었고, 마리아 크리스티나의 몸을 꽉 껴안았다. 그는 일을 중단하고 자기 몸을 긁다가 공기가 모자라기라도 한 듯 크게 한숨을 쉬었다.

"당신이 쓴 글 정말 좋았어." 마침내 그가 입을 열었다.

그리고 마리아 크리스티나는 뜻밖에도 그의 품에서 선잠이 들었다. 그녀는 그가 으레 다른 사람들에게 하듯 뭔가 얻고 싶은 게 있어서 자기 비위를 맞춘다고 생각하지 않았다. 너무 소심하거나 방황하고 있어 스스로 못 깨닫고 있지만 당신에겐 숨은 재능이 있으며, 오직 자기만이 그 재능을 알아보고 있고, 이 모든 바보짓은 분명히 더 숭고한 목적을 위해 쓰일 거라는 식의 알랑방귀. 그런 게 아니었다. 문득 마리아 크리스티나는 모든 게 적막하고 따분해 보였다. 클라라문트의 침실 안 햇살은 너무나 달콤했다. 백색광이 블라인드 사이로 군데군데 들어왔고 빛줄기 속에 먼지들이 천천히 떠다니고 있었다. 그녀가 잠에서 깨어나니 그는 곁에 없었다. 그녀는 시트를 몸에 두르고 자리에서 일어났다. 그가 알몸에 무방비로 이 방 저 방을 헤매고 있는 게 보였다. 그녀가 보이자 그는 손을 건넸고 그녀는 거실에서 그의 무릎 위에 앉았다.

"내가 다 알아서 처리할게." 그가 말했다.

두 사람 모두 그것이 가능하지도 않고 별로 바람직하지도 않은 일임을 알고 있었다.

그는 시트 자락을 벌려 그녀의 유방을 들추어냈고 그 커다란 머리를 그녀의 가슴에 기댔다. 그들은 아무 말 없이 가만히 있었다. 그녀는 생각에 잠긴 듯 그의 머리칼을 어루만졌다. 그는 싸움에 나가기 전 휴식을 취하는 것 같았다. 그 기다림의 나날 내내 그녀가 불신의 문턱에서 망설이고 흔들려왔다면, 이 순간의 우울한 거리감은 그녀의 마음을 다시 한번 뒤집어놓았다.

그
밖의
사람들

# 지뢰밭에서 살아남기

"리스트들을 준비해."

"리스트라니?"

"툭하면 리스트 뽑아달라는 요청을 받을 거야. 무인도에 들고 가고 싶은 책 세 권, 무인도에 난파했을 때 같이 있고 싶은 사람 이름, 죽은 배우 중 가장 좋아하는 사람, 생존 배우 중 가장 좋아하는 사람, 가장 무서워하는 병, 다시 태어난다면 태어나고 싶은 나라, 개인적으로 좋아하는 파스타 레시피, 아직껏 아무한테도 말한 적 없지만 잡지에 공개하고 싶은 판타지 세 가지, 역사상 최고의 정치인 다섯 명(예수를 넣어도 돼), 키우고 싶은 동물, 아니면 지구에서 박멸시키고 싶은 동물, 갖고 있는 알레르기 리스트, 추천할 만한 로스앤젤레스의 피나 콜라다 맛집들, 자기만의 몸치장 팁…"

"그 질문들을 다 받아봤어?"

"응, 몸치장 팁만 빼고."

"진짜야?"

"당연히 농담이지, LOMD, 장난한 거야."

# 길을 잃다

그녀는 "슬프고 섹시한 작은 얼굴" 덕에 세계 일주를 했다.

1978년 3월 《못된 여동생》이 출간될 때 마리아 크리스티나는 아직 성인이 아니다. 따라서 본래는 아버지가 출판계약서에 대신 서명해주어야 했다(《못된 여동생》이 자전적 이야기라는 전제에 따르면 어머니는 죽은 것으로 되어 있다. 마리아 크리스티나는 이 책이 자전적이라는 것을 한 번도 부인하지 않는다). 클라라몬트는 이로 인해 생길 문제들을 예상하고 나이를 속이기로 한다. 그는 일을 매우 공식적으로 처리한다. 마리아 크리스티나의 체류증도 마찬가지로 그렇게 만들어질 정도다. 그러니까 이 시점부터 마리아 크리스티나의 나이는 요동치기 시작하고, 그 결과 늙음에 대한 그녀의 인식이 묘하게 변질되는 기색이 나타나게 된다.

그 시기에 클라라문트는 활력을 되찾는다. 돈 문제는 이제 과거지사다. 저택은 되찾지 못했지만 파라다이스 호텔 411호에 거처를 정한다. 그곳에서 그는 마리아 크리스티나가 하는 인터뷰들을 관리한다. 그는 그녀에게는 방벽이며 귀찮은 사람들에게는 무서운 존재다. 그는 이 역할을 낚아채고 그녀는 그러는 걸 막지 않는다.

다소 혼란스러운 시기다.

그의 말에 따르면 그녀가 남자를 흥분시키는 건 그도 누구도 필요하지 않은 것 같은 인상을 주기 때문이다.

마리아 크리스티나는 섹시한 젊은 여자가 된다. 그녀가 섹시한 여자들에게 매혹되어 있기 때문에, 섹시한 게 위험하다고 생각하기 때문에, 그리고 그런 태도가 조앤이 말하는 여성 혐오적 페미니스트들의 성질을 긁기 때문이다. 그녀는 매력적이라는 것에는 위험이 따르고, 자기는 그런 위험을 감수하는 게 좋다고 말한다.

그녀는 또한 뚱뚱해지고 추해져서 더이상 서로를 경쟁자로 여기지 않을 수 있다는 것이 여자들에게 구원이라고 말한다. 그렇게 되면 여자들은 덜 불행할 것이다. 그녀는 그럴 때 남자들도 덜 불행할 거라고 말한다. 감히 만질 수 없는 엉덩이들이, 긴 다리에 미니스커트 차림으로 롤러스케이트를 타면서 그들에게 줄곧 퇴짜를 놓는 오만하고 까다로운 아가씨들이 도처에 깔려 있는 건 남자들에게 끔찍한 일이 아닌가?

그러고는 그녀는 그게 농담이라는 것을 남들이 알 수 있도록 자기가 하는 얘기에 스스로 웃는다. 하지만 어떨 때는 그녀 자신도 농담인지 아닌지 알 수가 없다.

그녀는 여자들, 남자들, 어린아이들에 대해 많은 이야기를 한다. 남자와 여자의 차이에 대해 이야기한다. 자기 강연을 들으러 오는 여학생들에게, 여자가 남자의 체중과 민첩성을 가늠할 때가 언제나 있죠, 라고 말한다. 그리고 좀더 실제적인 사례를 든다. 한밤중에 지하주차장 4층에 내려가 시멘트 바닥에 울리는 자기 발소리를 들으면서 자기가 정말 혼자인지, 만약 무슨 일이 일어나면 자동차까지 갈 시간이 있을지 확인하려고 정신을 집중하는 게 어떤 건지 모르는 여자는 없잖아요.

사람들은 종종 그녀에게 남녀 불평등에 대해 의견을 구한다. 그녀가 하는 말은 종종 오해된다. 클라라문트는 그런 오해는 신경 쓰지 말라고 알려준다. 어찌 되었든 책이 성공한다는 것은 오해의 소산이라고 반복해 말한다.

그녀는 아이를 원하지 않는다고 말한다. 이 종족은 이미 충분히 수가 많다고 말한다.

그녀는 커플에 대해 말하면서, 커플이 거주지를 공유해야 한다는 기성 관념에 대해 놀라움을 표시한다. 포유류 중 극소

수만이 그런 단계에 도달했다고 얘기한다. 그녀는 이 문제에 관한한 우리는 수달보다 그렇게 많이 진화하지 않았어요, 라고 선언한다.* 그런데 뭐 하러 억지로 그래야 하죠? 그녀는, 커플들은 시간이 지나면 상대를 멋대로 재단하고 현실은 엉망인데도 자신은 똑똑하다고 착각하게 된다고 얘기한다. 실제 경험도 없으면서 커플에 대해, 커플 간의 다툼에 대해 이야기한다. 그녀는 자기 생각을 전하는 것보다 남들 생각에 반응하는 일이 많은 듯하다.

그녀는 여성들이 수백 년 동안 자유전자自由電子가 될 권리를 누리지 못했다고 말한다. 여자들은 결혼했거나 수녀원에 들어갔다. 현대 여성은 자유롭게 남아야 할 의무가 있다.

그녀는 고독에만 의지하고 싶다고 말한다. 그녀는 나와 네가 뒤섞이는 '우리'를 거부하고 싶다고 한다.

하지만 관념적인 사고는 취약하다.

그녀는 책 한 권을 집필하는 일이 술책과 회피로 이루어진다는 것을 알게 된다.

그녀는 벽의 틈 같은 곳에 숨어들고 싶은 마음이 없다. 그녀에게 그렇게 하라고 권할 만한 사람은 갈런드밖에 없지만, 그는 그녀에게 조언이나 설득을 할 위치가 아니다. 마치 그는 수

---

* 수달은 보통 단독 생활을 한다.

상 도시의 밑바닥에 있고, 그녀는 돌길을 전속력으로 빙빙 돌면서 기어오르고 있기라도 한 것 같다. 마리아 크리스티나의 삶은 현대적이다. 실제로 필요한 것 이상으로 일단은 쌓아두겠다는 시뮬라크르를 사랑하는 삶. 이야기의 이 지점에서 그것은 어쩔 수 없는 일이다.

그녀는 클라라문트 이외의 남자들과 잔다. 혼자서 그러기도 하고, 클라라문트가 보는 앞에서 그러기도 한다. 이제 클라라문트는 섹스하는 게 힘에 부친다. 그녀는 여전히 조앤과 산다(클라라문트는 그 사실에 끊임없이 놀란다. 어떻게 그런 판잣집에서 살 수 있지? 마리아 크리스티나는 이 질문에 이성적 답변을 할 수 없다. 클라라문트는 조앤을 얘기할 때마다 "당신의 가난한 친구"라고 한다. 아니면 "그 히피 여자"라고 하거나). 하지만 그녀는 여행 중이 아니면 411호에서 많은 시간을 보낸다. 그녀는 여자들과도 잔다. 하지만 자주 있는 일은 아니고 보통은 클라라문트를 즐겁게 해주기 위해서다. 그것도 두 사람의 성생활의 일부이며, 어떤 아가씨들은 정말 아름답고 달콤하기 때문이다.

그리고 결국 그녀는 누구와도 자지 않게 된다.

그녀를 여전히 매혹시키는 것은 유혹의 순간이다. 섹스 이전의 순간. 반면 그녀는 새로운 살갗에 몸을 비비고, 새로운 냄새를 맡고, 새로운 성기들을 만지는 것에 싫증이 나버렸다. 그녀는 반복이 지겹다. 그녀가 좋아하는 것은 사흘 동안 사막을 헤매기라도 한 것처럼 허기를 불러일으키는, 위胃에 구멍을 내는 첫 만남의 달콤한 순간뿐이다. 그것은 실제로 몸뚱이를 관통하는 구멍이다. 유혹이란 그런 것이다. 그 구멍을 통해 반대편을 볼 수도 있을 것이다. 그녀가 그리운 것은 가슴 찢는 사랑의 느낌이다. 상대의 마음에 들고 싶다는 욕망이다. 그녀는 남들의 마음에 드는 것을 좋아한다. 남들의 마음에 들고 싶은 마음이 그렇게 간절하다는 게 짜증난다. 짜증날뿐더러 구식으로 보인다. 하지만 그녀는 타인의 시선을 받는 즐거움을 포기하겠다고 결심할 수 없다. 그런 즐거움이 상스러운 거라고 생각하면서도 포기할 수 없다. 스무 살도 되지 않았는데 아무와도 자고 싶은 마음이 안 드는 게 걱정스럽지 않다. 그녀는 안 그래도 모순투성이다.

때로는 다시 어린아이가 된다. 카페에 들어가면서 테라스에 있는 사람들에게 인사를 건네고, 잊고 하지 않았을까봐 카페를 나올 때 다시 인사를 한다. 도도한 여자로 여겨지는 게 두렵기 때문이다. 너무나 많은 사람을 만났고 너무나 많은 눈이 그녀를 쳐다보고 훑어보고 품평했던지라, 이제는 더이상 사람들의 얼굴을 알아볼 수 없기 때문이다. 왜 또 인사를 하는지 자기도 모르겠다. 그러다가 자신이 그러고 있다는 걸 깨닫는다. 그게 우스꽝스러운 일이라는 걸 알고 있다. 자기가 극도로 불편해하고 있는 게, 실제로는 정신이 이상한 여자처럼 보이면서도 겸손하고 착한 소녀처럼 보이고 싶어 하는 게 남들 눈에 뻔히 보인다는 걸 알고 있다. 그 모든 얼굴이 뒤섞여버려 이제 누가 누군지 알 수가 없다.

때로는 다시 시골 소녀가 되기도 한다. 부유층 전용 개인 병원 대기실의 흰 가죽소파에 앉아 차례를 기다리는데 그곳에 있는 여자들이 모두 자기보다 편안하고 아름다워 보일 때, 혹은 자기보다 아름답진 않아도 그 자리가 편안해 보일 때, 그 자리가 더 당연하고 더 자연스러워 보일 때 그녀는 다시 시골 소녀가 된다. 심지어 자기 몸에서 악취가 나는 것 같아 대기실에서 도망쳐나올 때도 있을 정도다.

그녀는 술을 많이 마시지만 마약은 하지 않는다.

그녀는 전날 한 말이 기억나지 않는 것을 즐긴다. 살짝 부끄러울지도 모르지만 아무것도 기억나지 않는다. 어제 일어난 일은 더이상 상관이 없다.

마침내 그녀는 레베카 스테인을 만난다. 뉴욕의 전망 좋은 사무실로 그녀를 만나러 간다. 60제곱미터는 되는 방으로 한쪽은 전면이 유리로 되어 있고, 그 너머로 합성수지로 만든 야자수와 수영장을 구비한 5번가 호화 주택의 옥상이 보인다. 너무나 밝은 자신의 사무실에서 레베카 스테인은 눈부시게 아름답다. 벽에 설치한 스피커에서는 바흐의 음악이 흘러나온다. 벽이 바흐를 분비하기라도 하는 것 같다. 천국의 모조품이 있다면 그와 비슷할 것이다. 카펫은 흰 담비 모피만큼이나 부드럽고 고급스럽다. 뉴욕 시내 한복판에서 에어컨 달린 캐딜락을 타고 솜 양탄자 위를 일정한 속도로 달리고 있어 멀리서 들려오는 차 소리가 '슈우' 하는 한숨 소리처럼 들리는 것 같은 그런 사무실이다. 그곳에는 모든 것이 사치, 고요, 쾌락뿐이다.*
레베카 스테인은 편집부를 소개한다. 그녀는 이 일은 팀워크예요, 라는 말을 입버릇처럼 해서 마리아 크리스티나는 올림픽 하키 팀에 선발된 것 같은 기분이다. 레베카 스테인은 머리카락이 눈만큼이나 까맣고, 흰옷만 입는다. 그녀는 극단적으로 말랐다. 곡물과 약간의 별꽃밖에 먹지 않는 게 틀림없다. 회사방문과 팀원 소개 동안 클라라문트는 마리아 크리스티나를 따라다니면서 그녀를 미소 짓게 하려고 쉴 새 없이 가시 돋친 말을 속삭인다. 그는 그녀가 매우 불편해하고 있으며, 협소하고 냄새가 나는 난장판 같은 사무실, 책만 있는 쪽방 같은 사무실에서 일하는 편집자를 상상했다는 걸 눈치챈다. 그곳을 나오면서 그는 그녀에게 레베카 스테인을 다시 만날 필요는 전혀 없다, 마리아 크리스티나는 모든 것을 원격 관리할 수 있고 나머지는 자기가 다 알아서 하겠다고 말한다.

---

* 보들레르의 시 〈여행으로의 초대〉에 나오는 유명한 구절.

그녀는 운전하는 법을 배우고 차를 구입한다. 그녀는 정기적으로 사막에서 차를 달린다. 뱀들은 뜨거운 아스팔트 위에서 꼼짝도 하지 않고, 개들은 누렇고 굶주려 있으며, 모래 범벅의 트레일러들은 저수조 밑에서 대기 중이다. 시로코*처럼 건조하고 뜨거운 바람은 살을 엔다. 그 길 끝에 그녀가 사는 그 작은 열대의 엘도라도가 있다고 중얼거릴 때면 기분이 얼마나 이상한지.

그녀는 비행기를 자주 탄다. 한번은 브라질을 가려고 비행기를 탔는데 비행기가 나뭇잎처럼 떨어진다. 비행기가 고도를 잃기 시작하는데, 승무원실의 모든 사람들은 잠들어 있다. 비행기를 지탱하는 게 전무하다는 것을, 비행기가 그저 기류를 타고 있다는 것을, 기류는 적이나 경쟁자는 아니지만 친구도 아니라는 것을 불현듯 느낀 마리아 크리스티나를 제외한 모든 사람들이. 비행기는 빙빙 돌더니 모든 기기가 정지한 것처럼, 바로 밑에 있는 괴물의 입에 빨려들어가는 것처럼 가상의 수직축을 따라 뚝 떨어진다. 추락은 몇 초 동안 계속된다. 하지만 마리아 크리스티나가 보이지 않는 천상의 존재들에게 속으로 수천 가지 약속을 할 시간은 된다. 비행기는 다시 균형을 되찾고, 마리아 크리스티나는 두번 다시 비행기를 타지 않겠다고 생각

---

* 북아프리카에서 지중해를 건너 지중해 북안으로 부는 고온 건조한 바람.

한다.

하지만 그녀는 비행기를 계속 탄다. 심지어 공항에 오면 긴장이 풀어지고, 눈을 감고도 그곳까지 찾아올 수 있고, 세관원들이 무섭지 않다고 스스로를 설득시키기에 이른다. 그 뒤로 그녀는 비행기에 탑승하면 안전벨트를 한 채로 십 분에 한 잔씩 진토닉을 마시면서 편안한 태도를 취한다. 그녀는 언제나 태평하고 당당해 보이려 애쓴다. 천성을 억누르다보면 언젠가는 정말로 태평하고 당당한 사람이 될 거라고 생각한다.

때로는 다시 공포에 사로잡힌다. 해수면으로부터, 상어들로부터, 심해로부터, 거대 오징어로부터 4만 피트 위, 플라스틱과 금속과 양탄자로 이루어진 동체 안에 있다는 공포에 사로잡힌다. 그 동체가 공중에서 균형을 유지한다는 것은 허공에 던져진 조약돌이 떨어지지 않는 것만큼이나 말이 안 된다. 양력揚力과 날개 주위의 공기 유동에 대해 들었음에도 기체 주변 극저온의 감각, 창문에 낀 얼음, 산소 부족은 그녀를 완전히 미치게 해 이성을 잃기 직전이 된다. 지금 난 달 위에 있는 건지도 몰라, 그녀는 툭하면 중얼거린다.

그녀는 도착 즉시 자신을 맞이하고 그 나라의 근사한 것들을 소개해주는 사람 없이는 여행을 못 한다. 그 나라에 체류하는 동안 그녀는 그 사람과 사적이고 허물없고 내밀하다시피 한 관계를, 짧은 체류 기간에 비하면 굉장히 강렬한 관계를 유지

한다. 그가 남자이든 여자이든 동반자와 헤어질 때는 꼭 다시 만날 거라고, 변치 않는 우정을 맺었다고 확신한다. 하지만 집에 돌아오면 모든 것이, 그 관계를 유지할 필요성까지 사라진다.

그녀는 남미로, 유럽으로 간다. 그리고 그곳에서 작가들을 만난다. 그들은 그녀가 아주 젊기 때문에, 자전적인 글을 썼기 때문에, 성공을 거뒀기 때문에 그녀에 대해 속단한다. 그들은 모두 오래 기억되면서도 인기 있는 작가가 되고 싶어 한다. 꽤 불쌍한 족속들이다. 그들은 자기들끼리 걸핏하면 돈 얘기를 하고, 계약과 수입과 지급받은 주택을 비교하고, 서로 헐뜯는다. 청중 앞에서 말을 할 때면 인기를 갈구하는 것처럼 보일 때도 있다. 그들은 농담을 하고, 재치 있는 말을 한다. 댄스 스텝을 밟거나 마술을 하나 보여줄지도 모른다. 그러다가도 본색을 되찾고 다시금 심각하고 침울해진다. 그녀는 시간이 꽤 지난 뒤에야 그들이 자기처럼 행동하고 있음을 깨닫는다. 그들은 단지 불안을 쫓으려는 것이다. 여기서는 모든 것이 조용조용하다. 이 길드의 성원 거의 전부가 줄무늬 벨벳 바지를 입고 고무 밑창 단화를 신고 있을지도 모른다.

집에 돌아오면 정반대다. 모든 게 귀가 멍멍할 정도로 시끄럽다.

그녀는 자기 모습을 즐긴다. 이 시기에는 캘리포니아든, 뉴욕이든, 클라라문트가 그녀를 데려가는 곳은 엄청나게 시끄럽다(작가들을 멀리해, 그 작자들은 못생겼으니까, 그는 말한다. 사실 클라라문트는 영화와 그림을 더 좋아한다. 그는 독재자나 록스타의 전기를 써달라는 요청을 받으면 재미있어하고, 이 거대한 노름판에서 자기가 그 어느 참가자보다 똑똑하다는 사실을 모두가 알아주길 바란다). 소리를 질러야 말이 들릴 정도로 음악의 볼륨이 높다. 소리를 질러야 말할 수 있는데 무슨 얘기를 할 수 있겠는가? 잘난 척하기 위한 농담, 험담, 거짓말밖에 없다. 아니면 폭탄선언을 하기도 한다. 이런 상황은 도덕적으로 바람직해 보인다. 주어진 기회를 이용하지 못하는 것이야말로 바람직하지 못한 일일 것이다.

클라라문트의 존재 덕에 마리아 크리스티나는 가는 곳마다 인정을 받는다. 그는 이미 굉장히 오랫동안 아무것도 출간하지 않았지만, 이상하게도 그가 그녀의 어깨에 손을 얹음으로써 그녀는 작가가 된다. 그는 그녀를 따라다니며 그녀에게 말한다, 나는 당신의 후견인이야, LOMD. 그러면서 그녀의 젖꼭지를 꼬집는다.

# 그새를 못 기다리고

1979년 3월 조앤이 전화를 걸어 방금 우편함에서 마리아 크리스티나의 어머니가 보낸 편지를 발견했다고 전한다. 마리아 크리스티나는 로스앤젤레스의 파라다이스 호텔에 있다. 동부 순회강연을 마치고 돌아온 길이다. 녹초가 된 그녀는 클라라문트가 테라스에서 신문을 읽는 동안 침대에서 졸다가 전화를 받는다. 조앤에게 고맙다고 하고 오후에 들르겠다고 한다. 그녀는 어머니가 어디선가 자기가 성공했다는 소식을 듣고 식구들 이야기를 했다며 비난하려는 거라고 생각한다. 예상한 바였다. 언젠간 닥칠 일이라는 걸 알고 있었다. 한편으로는 어머니가 축하해주는 것일지도 모른다는 마음이 손톱만큼은 있다. 그 모든 이유에도 불구하고 순진함과 희망이 농축된 그런 부분이 자기 안에 조금이라도 여전히 존재한다는 게 믿기지 않는다.

딸이 타락한 바빌론에서 책 쓰는 것을 어머니가 좋아할 리는 만무하다. 하물며 그들 삶의 방식을 격렬히 비난하는 데 몰두하는 추잡한 책들인 다음에야.

마리아 크리스티나가 편지를 찾으러 오자 조앤은 맥주를 갖다준 뒤 꼬마 루이스에게 물을 뿌려주려고 안뜰로 돌아간다. 아이는 노란 대야에 앉아 있다. 굉장히 더운 봄이다. 방울뱀들이 둥지라도 튼 것인지 담장 뒤 유칼리나무에서 거칠게 부스럭거리는 소리가 들린다. 아이는 엄마가 자기 쪽으로 들이댄 호스 주둥이에서 나오는 물을 잡으려고 고사리손을 놀리면서 웃는다.

마르그리트 리쇼몽의 편지에는 리엄 바토넨이 분홍 집의 욕조에서 익사했다고 쓰여 있다. 그는 감전사했다. 목욕을 하던 중 어쩌다 라디오와 헤어드라이어가 목재 욕조에 떨어졌기 때문이다. 마르그리트 리쇼몽은 딸에게 보낸 편지에서, 그녀가 너무 오랫동안 소식을 보내지 않았고 그런 침묵 때문에 아버지가 괴로워했지만 이제 장례식은 끝났고 아버지는 당연히 라페루즈 가톨릭 묘지에 묻혔으니 그녀가 어떤 인생을 선택했건 간에 다시는 연락을 할 필요가 없다고 한다. 어떻게 살고 있는지는 뻔하다, 가족을 버린 이상 그런 인생에 푹 빠져 있을 것이다. 메시지는 명확하다. 꽃은 '광명 구속 교회'로 보내고 그것 때문에 집에 들르지는 마라. 꽃은 제단에 안치될 것이며, 마리아 크리스티나도 그 정도는 할 수 있지 않겠느냐.

마리아 크리스티나는 격분한다. 그녀는 분노와 무력감에 눈물을 흘린다. 분노와 무력감은 종종 뒤섞인다. 일 년 전부터 어머니와 통화하려고 여러 번 시도했다. 우선 라페루즈로 돌아가지 않겠다는 것을 알리려 했고, 조심스러운 표현으로 몇 가지 사항을 전달하려 했다. 어머니가 《못된 여동생》의 출간 소식을 다른 데서 듣기를 원치 않아서였다. 하지만 전화를 했을 때 이웃집 여자가 마르그리트 리쇼몽을 찾는 데 성공한 적은 단 한 번도 없었다. 뚱뚱하고 몸이 불편한 그 여자가 자기 집 녹색 리놀륨 타일 위에서 제자리걸음하는 모습을 상상하기는 어렵지 않다. 겉으로 드러내려는 것보다 많은 것을 알고 있었지만, 그녀는 어머니가 더이상 마리아 크리스티나와 얘기하지 않으려 한다는 것을 감히 수화기에 대고 말하지 못해 어머니를 찾으러 가는 척하고, 아마도 자긴 그런 메시지를 전할 수 없다고 중얼거리면서, 마르그리트 리쇼몽에게 딸과의 상황을 분명히 정리하라고 재촉했을 것이다. 마리아 크리스티나가 몇 달째 어머니와 통화하려는 시도를 하지 않은 건 사실이다. 정신이 너무 없어서 라페루즈에 전화하는 일을 계속 미루고 있었다.

그리고 마리아 크리스티나는 아버지 때문에 운다. 욕조 때문에도 운다. 아버지가 몸을 접어야 겨우 들어갈 수 있었던 네

모난 하늘색 좌욕용 욕조가 눈에 선하다. 난쟁이용 욕조에서 가전제품에 뇌가 구워져 죽는 것보다 끔찍한 일이 어디 있단 말인가? 그나저나 라페루즈의 집에 웬 헤어드라이어가 있는 거지? 그리고 라디오는 왜 욕실에 있었을까? 아버지는 인쇄소의 공장장 사무실 말고 다른 도피처를 발견한 걸까? 제정신이라면 어떻게 욕실에 틀어박혀 평소 좋아하던 아카디아 음악을 라디오로 듣지? 그것도 건들거리는 선반 위에서 라디오가 겨우겨우 균형을 잡고 있는데. 어쩌면 콧노래를 부르고 있었을지도 모른다. 아버지가 머리를 말리면서도 콧노래를 부를 때가 있었나? 아니면 이 모든 것이 너무나 오래전부터 아버지를 장악하려 하던 그 달랠 길 없는 우울의 종착점에 불과한 건 아닐까?

마리아 크리스티나는 운다. 그녀가 우는 것은 오랜만이다.

조앤이 그녀를 위로한다. 그녀는 집에 들어와 있다. 루이스에게 기다리라고 소리 지르고는 친구를 안아준다.

"아버지가 돌아가셨어." 마리아 크리스티나가 말한다.

코를 훌쩍이며 덧붙인다.

"그리고 엄마는 이제 나를 보지 않겠대."

"그 미친 할망구가 정말." 조앤은 그렇게 말하고는 맥주를 다시 따라주고 마리아 크리스티나의 머리카락을 어루만진다.

"아빠가 날 기다릴 줄 알았는데." 마리아 크리스티나가 말한다.

그녀는 슬퍼하며 아버지와 얘기하고 싶었다는 말을 되뇐다. 무엇보다 아버지가 자기 이야기를 들어주기를 원했다고, 자기가 아버지를 얼마나 사랑하는지 말하고 싶었다고, 이제는 아침마다 아버지가 죽었다는 사실이 떠오를 거라고, 그런 자각은 따끔한 주사처럼 현실을 상기시킬 거라고, 잠에서 깨면 그녀를 불편하게 하고 슬프게 하는 무언가를 느낄 거라고, 찰나의 순간 이유를 궁금해하다가 왜 그런지 알게 될 거라고, 아버지의 죽음과 아버지와 이야기하지 못한 아쉬움과 아버지가 자기를 기다리지 않았다는 아쉬움 때문에 그렇다는 것을 알게 될 거라고. 그리고 그녀는 어머니의 가식적인 표정을 상상한다. 아버지의 장례식이 어떤 모습이었을지 상상한다. 광신도들과 온갖 기도와 제식용 향초를, 어머니의 과부 히스테리와 천박한 행동을 상상한다. 아버지는 이제 땅속에 묻혀 있는데, 마리아 크리스티나는 말한다. 그리고 그녀는 그들이 마지막으로 주고받은 말들을, 아버지가 그녀를 향해 한 마지막 동작을 떠올리려 애쓴다. 손가락이 따끔거리기라도 한 것처럼 움직이던 작은 손짓. 아버지는 그녀를 버스 터미널까지 배웅했고 인도에 서 있었다. 어머니도 언니도 나오지 않았다. 그녀는 캘리포니아로, 타락한 바빌론으로 떠나고 있었다. 거기에는 아버지밖에 없었다. 아버지는 매우 꼿꼿한 자세로 엄숙하고 속을 알 수 없는 표정으로, 라프족의 넓적한 얼굴과 바다표범 사냥꾼의 자세로 서 있었다.

아버지는 손가락으로 여성적이고 미묘하고 괴상한 자그마한 동작을 했다. 허공에 피아노라도 치는 것 같았다. 아버지는 미소 짓지 않았다. 눈을 깜박거리지도 않았다. 하지만 그 손짓에는 그의 자제력과 슬픔과 희망이 모두 담겨 있었다.

조앤은 계속 마리아 크리스티나의 어머니를 욕한다. 제삼자가 자기 부모를 욕하는 것은 매우 불쾌할 때도 있지만, 조앤이 편을 들어준 덕에 마리아 크리스티나는 마음이 진정된다.

# 증오

1980년 1월 1일 마리아 크리스티나는 로스앤젤레스에 있다. 그녀는 샤토 마몬트 호텔에서 열리고 있는 파티를 빠져나온다. 클라라문트는 몸도 제대로 가누지도 못하는데다 올해는 꼭 노벨상을 탈 거라고 자꾸 헛소리를 지껄여 파티장에 버려두고 나왔다. 클라라문트는 시계가 자정을 알리기 직전 영사관인지 도서국인지 어딘지에서 일하는 스웨덴 사람을 만났다. 그는 고위층에게 클라라문트 얘기를 하겠다고 약속한다. 그날 파티 참석자 중에는 앤디 워홀, 울트라 바이올렛, 짐 모리슨, 스티브 맥퀸도 있었다. 하지만 그게 정말인지는 확실치 않다. 이런 종류의 장소에는 유명 인사와 똑같이 생긴 사람, 여장 남자, 만취한 아가씨 등이 득실거린다. 속이 메스껍고 몸을 비틀거리던 마리아 크리스티나는 파티가 새벽까지 계속될 것임을 느끼자 이상하게도 자동차로 귀가하기로 마음 먹는다. 최근에 구입한 녹색 머스탱을 주차 요원이 그녀 앞까지 몰고 온다. 그녀는 코를 치켜들고 크게 숨을 들이쉰다. 주차 요원이 하는 말이 들리지 않는다. 그녀는 술을 마시면 청각 장애가 생긴다. 그녀는 자기가 멀쩡하다는 듯 미소 짓고는 팁을 준다. 마리아 크리스티나는 외국에 있을 때면 언제나 관광객이 아닌 것처럼 보이고 싶어 한다. 과음을 하면 늘 술을 마시지 않는 사람인 척하려 한다.

그녀는 이틀 후 일본으로 떠나야 한다.

집에—조앤의 집에—너무 늦게 들어가지 않으려는 것은 아마 그 때문일 것이다. 지난 몇 달 동안 이미 피로가 너무 누적되어 꼬부랑할망구가 된 기분이다.

새벽 두 시밖에 되지 않았다. 하늘은 회색과 오렌지색이 섞인 우윳빛이다. 별도 구름도 하나 없다. 마리아 크리스티나는 네크라인을 따라 금색 자수가 놓인 빨간색 미니 원피스를 재킷 속에 입고 있다. 이건 산타 아가씨 드레스잖아, 클라라문트는 열두 시 정각에 키스를 하면서 말했다.

"선물 주세요!" 그가 말했다(음악 볼륨 때문에 그는 귀에 대고 소리를 질렀다).

그녀를 뒤따라 한 커플이 나오더니 주차 요원에게 열쇠를 건넨다. 그 커플 뒤로 파티에서 그녀에게 말을 걸었던 남자 한 명이 나온다. 그녀의 책에 관한 얘기였는지, 그녀가 출연한 방송에 관한 얘기였는지 기억이 나지 않는다. 그녀는 그 사람들의 출발에 방해가 되지 않으려고 서둘러 시동을 건다.

그녀는 핸들에 달라붙어 초점을 맞추려고 집중한다. 물병의 물을 마신다. 그녀는 언제나 조수석 글러브박스에 물병을 하나 넣어둔다. 필요할 때 머리를 맑게 하는 데 도움이 된다.

마침내 조앤의 집 앞에 도착한다. 가로등 밑에 차를 댄다. 차 문을 잠그는 순간 그녀는 파티에서 이야기를 나눴고 자기와 동시에 샤토 마몬트를 빠져나온 남자가 맞은편에 오토바이를 세우는 것을 본다. 헬멧을 쓰지 않아 얼굴을 알아볼 수 있다. 잠시 재미있는 생각이 든다. 아, 저 남자도 이 동네에 사는구나. 그녀는 그가 자기에게 관심이 있는지 궁금하다. 그런 생각은 아주 잠깐 지속된다. 그녀는 머리를 옆으로 돌려 에나멜 핸드백에서 열쇠를 찾는다. 그때 뒤쪽에서 빠르게 움직이는 소리가 들리더니 다부진 팔이 그녀의 턱밑을 잡아 그녀를 고꾸라뜨리는 게 느껴진다. 그녀는 잠시 짐승일 거라고 생각한다. 고릴라에게 공격받는 기분이다. 아마 그 팔뚝이 뜨겁고 털이 많아서일 것이다.

그녀는 넘어질 뻔하고, 몸을 다시 가누고, 졸린 목을 풀려고 한다. 하지만 남자는 그녀를 끌고 간다. 그녀에게는 남자가 보이지 않는다. 하지만 오토바이를 타고 온 놈이라는 것을 깨달는다. 남자에게서는 밤 산책의 서늘한 냄새가 난다. 경유 냄새도 난다. 그녀는 중얼거린다. 나 바본가봐.

그녀는 몸부림치고, 소리를 지르려 한다. 조앤이 집에 있을 것이다. 조앤은 애 봐줄 사람을 구하지 못했다. 남자는 그녀의 입을 손으로 막는다. 건물 옆에는 유칼리나무가 몇 그루 서 있는 헐벗은 잔디밭이 있다. 그는 여전히 그녀를 끌고 가고 있다. 왼쪽 구두굽이 부러진다. 그녀는 왼쪽 구두굽을 생각한다. 그 왼쪽 구두굽을 남자의 눈알에 박아버리고 싶다. 그는 그녀를 건물 벽에 밀치더니 한 손으로 목을 조르고 다른 손으로는 산타 아가씨 드레스를 잡아당기고 들추고 찢는다. 드레스는 이제 갈기갈기 찢어졌다. 강간을 하는 내내 남자는 욕설을 퍼붓고 그녀의 머리를 벽에 찧는다. 벽 뒤에서는 루이스가 자고 있고 아마 조앤은 텔레비전을 보고 있을 것이다. 남자는 말한다, 죽이고 싶지 않으니까 조용히 있어, 이 걸레 년아.

그녀는 희미하게나마 이 남자가 자기에게 개인적 원한이 있는 것 같다는 걸 깨닫는다. 그녀는 저항하지 않는다. 이 남자의 힘과 민첩성에 맞서 할 수 있는 일은 아무것도 없다. 그녀는 무력감에 휩싸인다. 그와 더불어 다리 사이의, 머리의, 가슴의 고통에 휩싸인다. 남자는 그녀의 유방이 상반신에 나사로 고정된 탈착식 부품이라도 되는 것처럼 마구 잡아당긴다. 그녀에게 벌을 주려 하고 (그의 표현처럼) 그녀의 아가리에서 웃음을 지워버리려 하는 이 작자와 어떻게 맞서 싸울 수 있겠는가? 그가 무엇을 요구하건 시키는 대로 하기로 한다. 심지어 열쇠도 잃어버렸다. 열쇠가 있었다면 남자의 목에 박아넣을 수 있었을 것이다. 오른쪽 구두와 핸드백도 없어졌다. 남은 건 두들겨맞고 있는 몸뚱이와 자수가 놓인 빨간 천 조각 몇 개뿐이다. 완전히 무방비에다 너무나 무력해서, 어떻게 그렇게 무력할 수 있는 건지, 이 일이 지나가기만을, 남자가 볼 일을 끝내기만을, 때리고 강간하는 것을 그만두기만을 기다린다. 그리고 그녀는 다른 쪽으로 도망친다. 고개를 쳐든다. 그녀의 입을 막고 있는 손의 살갗에서 짠내가 난다. 땀과 피가, 욕설과 고함 소리가 가득하다. 파티 때 이 자식이 무슨 말을 했더라? 남자가 무슨 말을 했는지를 기억해낸다면 모든 것의 비밀을 밝혀낼 수 있을 것 같다. 수수께끼를 풀 것 같다. 덤불숲에 숨겨진 퍼즐 조각을 모아 애초의 그림을 복구할 것 같다. 남자가 한 말에는 분명히 지극히 중요한 단서가 있을 것이다. 그 모든 것에는 분명히 어떤 의미가 있을 것이다. 그녀는 그것을 찾으려 하지만 그것은 너무나 큰 노력을 요구한다. 이미 죽지 않으려고, 너무 아프지 않으려고 온 힘을 기울이고 있다. 그래서 그녀는 이유를 찾는 대신, 이런 증오에 이유가 있다는 것을 어떻게 믿으란 말인가, 유칼리나무 밑에 쓰러져 정신을 잃는다.

# 표적

 

 

강간을 당한 밤(다른 사람들은 "네가 폭행당한 밤"이라고 하겠지만 그녀는 언제나 "강간당한 밤"이라고 할 것이다), 조앤은 집에 없다. 그녀는 결국 루이스를 집에 혼자 재워놓고 놀러 나갔다. 루이스는 자다가 밤에 깨는 법이 없다. 그럴 이유가 뭐 있겠는가? 그래서 새벽 여섯 시경 집에 들어가던 조앤의 눈에 도랑에 있는 마리아 크리스티나의 핸드백이 들어온다. 가방은 당연히 비어 있다. 돈과 신분증이 들어 있는 핸드백이 인도에 굴러다니는데 그냥 지나갈 사람은 없다. 하지만 조앤은 핸드백을 알아본다. 그리고 마리아 크리스티나의 구두 한 짝이 있다. 전전날 그녀는 조앤에게 새 구두를 보여주었다. 그러니 이제는 틀림없다. 인생이 늘 평탄치만은 않았던 조앤은 건물 주변을. 전기시설 쪽을, 우측의 헐벗은 정원 쪽을 뒤진다. 그리고 마리아 크리스티나를 발견한다. 온몸이 만신창이가 된데다 상태가 너무나 끔찍해서 조앤은 잠시 그녀가 죽었다고 생각한다. 살아 있는 것을 확인한 뒤 조앤은 그녀를 집으로 데리고 들어가고 클라라문트에게 전화하고 구급차를 부른다.

마리아 크리스티나는 마걸리스 박사의 병원에 한 달 이상 입원한다. 치아를 새로 하고, 두개골 외상과 수많은 부인과 관련 상처를 치료하고, 임신하진 않았는지 병에 걸리진 않았는지 검사하고, 기력을 회복시킨다.

매일 문병을 오는 조앤에게는 나름의 이론이 있다. 그 작자는 여자들을, 특히 마리아 크리스티나처럼 언론에서 급진적인 이야기를 하는 여자들을 증오하는 정신병자다(급진적이라고? 마리아 크리스티나는 되뇐다. 내가 급진적인 얘기를 했다고?). 조앤은 자기 분석이 맞다고 확신한다. 반면 마리아 크리스티나는 개인적 원한이라는 생각을 곧 버린다. 조앤이 말한다, 이건 정치적인 문제야. 마리아 크리스티나는 대답할 상태가 되었을 때 대답할 것이다. 나는 예멘에 사는 게 아니야, 여성에게 할례를 행하고 재갈을 물리는 정부에 맞서 싸우는 게 아니라고.

마걸리스 박사의 우아한 병원에 있는 그녀의 병실은 투알 드 주이*처럼 작은 인물들이 단색으로 그려진 벽지로 덮여 있다. 거기서 내내 말도 할 수 없고 움직일 수도 없고 책도 읽을 수 없고 꽃다발을 바라보는 것 이상의 집중력이 필요한 것은 그 무엇도 쳐다볼 수 없다보니 그녀는 벽지의 분홍색 주제들을 헤아린다. 양치기 처녀, 양, 개, 양치기 처녀들의 약혼자들. 그렇게 계산하다보면 경우에 따라 마음이 진정되기도 하고(이 청년의 사랑의 열정 밑에는 무엇이 숨어 있을까?) 불안해지기도 한다(늑대는 어디 숨어 있지?). 그녀는 이제 자기에게 정상적인 섣달그믐 밤은 결코 없으리라는 걸 안다. 앞으로는 살면서 이 새로운 구두점을 견뎌내야 할 것이다. 다음번 해가 바뀌는 순간 겪게 될 공포에 대비할 시간이 일 년 남았다.

그녀는 오토바이를 탄 남자의 이름을 알아내고 싶었다. 경찰에 신고를 했지만 직접 알아보지 않고 클라라문트를 보내는 쪽이 나았다. 모든 것이 조심스럽게 처리되어야 한다. 그녀는 이 이야기가 새어나가는 것을 원치 않는다. 클라라문트는 당신의 빨간미니원피스 때문이야, 라고 하고, 당신이 언론에서 남자들에 대해 그런 얘기를 해서 그래, 라고도 하고, 심지어 당신은 항상 남자들을 똑바로 쳐다보잖아, 당신은 모르겠지만 그러면 남자들은 미쳐버린단 말이야, 당신의 사나운 새끼고양이 같은 표정하며 토라진 공주님 같은 표정하며… 이 모든 문장이 클

---

* Toile de Jouy. 소박한 전원풍의 중세적 풍경이 단색 프린트로 들어간 프랑스산 날염 무늬 옷감.

라라문트의 입에서 튀어나온다. 여기도 네안데르탈인이 있군. 그는 호신술 동호회에 가입하라는 권유도 한다. 내가 항상 당신을 보호할 수는 없잖아. 그리고 이 모든 말은 듣기가 괴롭다. 그녀가 직접 할 수 있는 형편이 아니므로 그녀의 부탁에 따라 그가 샤토 마몬트에 가서 조사를 했다. 하지만 아무도 새해 첫날 새벽 두 시쯤 헬멧을 쓰지 않은 채 오토바이를 타고 떠난 남자의 신원을 알려주지 못한다.

입원 후 그녀는 이사를 한다. 모든 여행 계획을 취소하고, 모든 초대를 거절하고, 짐을 싸서 떠난다. 이런 그녀를 돕는 것은 주디 갈런드다. 그는 말한다, 제발 내가 하게 가만히 있어요. 그리고 도와줄 사람을 두 명 부른다. 걔들은 뭐든지 운반해요. 그녀는 가마를 탄 도자기 인형 공주가 된 기분이다. 그녀는 그 덕에 마음이 놓였다는 것을 부정하고, 클라라문트의 고양이를 데려간다. 그녀는 샌타모니카의 수영장 달린 레지던스에 집을 구한다. 이 이야기를 시작할 때 그녀가 살고 있는 바로 그 집이다. 그리고 다시 글을 쓰기 시작한다.

그녀는 그 해의 대부분을 조용히 보내고 신중하게만 외출을 재개한다. 그녀의 말로는, 수사搜査를 재개한다.

10월에 클라라문트는 노벨상을 타지 못한다.

그는 그녀에게 들러 그 사실을 알린다. 이제 파라다이스 호텔에 살 수 없다는 것도 알린다. 일단은 작은 셋집을 구할 것이다.

그는 예민해져 있다. 그는 오후 다섯 시쯤 도착했다. 주디 갈런드는 그를 태우고 온 뒤 심부름을 하러 나갔다. 클라라문트로서는 공격적이 되고 고뇌에 빠질 구실이 생긴 것이다.

그녀는 그에게 마실 것을 갖다준다. 그가 오는 바람에 하던 일이 중단됐지만 그녀는 그의 혼란을 이해한다. 그녀는 주방과 거실을 분리하는 바 앞의 높은 스툴에 앉아 있다. 그는 수영장이 내다보이는 전면 유리창 앞의 안락의자에 주저앉았다. 물을 튀기고 얌전히 노는 청량한 소리가 들려온다.

"요즘 세상엔 능력과 재능이 폄하되고 있어." 그가 말을 시작한다.

그는 술잔에 담긴 얼음을 빙빙 돌리면서 무슨 말을 할지 곰곰이 생각하는 척한다. 하지만 정확히 준비한 말을 선포할 생각으로 온 게 확실하다.

"지금은 보이는 게 최고인 세상이야."

"무슨 뜻이야?" 마리아 크리스티나가 살짝 방어적인 태도로 말한다.

"외모가 필수 요소라고."

"언제는 안 그랬어?"

"그렇지 않아. 이제 여자들은 꼭 누구랑 결혼해서가 아니더라도 혼자서 유명해지고 자신의 아름다움을 드러낼 수 있어. 더구나 당신은 굉장히 아름다운 젊은 여자잖아."

"그 말에 깔린 뉘앙스가 기분 나쁜데."

"다른 뜻 전혀 없어. 그저 당신이 유명하고 사진을 자주 찍히는 작가라는 얘기야."

"그래서 당신이 노벨상을 놓친 게 과체중 문제가 있는 남자이기 때문이라는 거야?"

"꼭 그렇다는 건 아니야."

"당신이 이제 사진을 자주 찍히는 유명 작가가 아닌 게 우리의 외모 차 때문이라는 거잖아."

"그렇게 생각해볼 수도 있다는 거지."

"내가 외모로 승부하는 작가라 이거지?"

"누군 안 그런가?"

"…그러니까 내 명성은 재능과는 하등의 관계가 없다, 이거지?"

"일종의 가설이지."

마리아 크리스티나는 자리에서 일어난다.

"여기서 꺼져." 그녀는 말한다. "이제 당신을 다시는 보고 싶지 않아."

그녀는 자리를 떠나 서재에 틀어박힌다.

클라라문트는 이 날 자기가 노벨상을 놓쳤을 뿐 아니라 마리아 크리스티나에게 차였다고 생각한다. 그는 항상 비극의 주인공이 되려는 경향이 있다.

# 인고忍苦

마리아 크리스티나는 이후의 구 년을 꽤 고독하게 보낸다.
조앤과 주디 갈런드는 계속 만나고, 화가 가라앉자 클라라문
트도 보기 시작한다. 그 후로 그녀는 클라라문트와 대화하는
재미를, 이제 자신이 관계와 대화를 주도하는 기분을 즐길 수
있게 되었다. 때로는 그를 아주 멀리서 바라보는 기분이다. 그
는 그녀 곁에 있지만 그녀에게는 아주 먼 곳에 있는 것처럼 보
인다. 어린 시절 현기증을 동반하는 독감에 걸려 세상이 흐릿
하고 계속 흔들거리고 크기가 커졌다 작아졌다 했던 것처럼 말
이다. 그녀는 보통 그를 굉장히 상냥하게 대한다. 어떤 면에서
그녀는 그를 좋아하고 영원히 좋아할 것이다. 하지만 그에 대한
마음은 접었다. 그와 얘기할 때면 종종 예의 바르게 거리를 둔

다. 조금이라도 더 무관심한 사람이 강자가 되는 법이지, 라고 말한 것은 다름 아닌 클라라문트였다.

겨우 스무 살 내지는 이십대 초반의 나이에 마리아 크리스티나가 품위와 고독의 삶을 선택했다는 것은 놀라운 일이다. 이 시기 동안 그녀는 소설 세 권을 출간한다. 첫 번째 작품은 이누이트 족의 캐나다와 온타리오의 캐나다 사이에서 엇갈리며 지나가는 여러 세대의 인물들에 대한 프레스코화로, 파란만장한 세월 동안 마흔 명의 목소리가 얽혀드는 가운데 시적이고 백과사전적인 여담으로 가득해 독자가 걸핏하면 길을 잘못 들거나 막다른 골목에 이르곤 하는 소설이다. 두 번째 작품은 일종의 환경주의 스릴러물이다. 닌자 한 명이 전 세계 환경오염의 주범들을 죄악의 현장에서 제거하기로 결심한다(고래 사냥꾼들은 고래 지방 속에서, 자기들이 막 물 밖으로 꺼낸 짐승의 내부에서 질식사한 채 발견된다. 다른 수종의 나무들을 모조리 제거하고 팜유 나무를 심어 태국의 정글을 황폐하게 만든 자들은 팜유 나무 가지에서 교수형을 당한다. 농축산물 가공업 재벌들은 그들이 전 세계에서 사육하는 닭들과 똑같은 호르몬 처리를 당한다. 지나치게 너그러웠던 한 유럽 국가의 환경부 장관은 방사선에 피폭된다, 등등). 문제의 닌자가 여성이라는 것을 밝혀두도록 하자. 세 번째 소설은 로스앤젤레스에서 길을 잃은 한 여인의 방황을 이야기한다. 그녀의 여정과 몰락은 단

하루로 압축되어 있으며, 서술에는 군데군데 빈 구멍이 많다. 이 작품은 관조적이고 통찰력이 있는 텍스트로 극적인 면은 전무하다.

가끔 마리아 크리스티나는 형식이 단순할수록 독자가 내용을 이해하기 쉬울 거야, 라고 말한다. 하지만 보통은 이런 주장을 철회하고 입버릇처럼 말한다. 내 책이 너무 복잡하고 어렵다고 생각해도 상관없어요, 노력하면 이해할 거라고 믿어요.

또한 그녀는 간간이 일기를 쓴다. 띄엄띄엄 쓰기는 했지만 이 일기는 내게 가장 귀중한 자료로 남아 있다.

이런 일련의 활동들과 병행해 마리아 크리스티나는 여러 구호 단체와 정치 단체에 가입한다. 직접 활동에 참여하는 일은 없지만 멸종 위기 생물 보호를 위해 기부를 한다.

1983년, 그녀는 자신을 강간한 자를 찾아내 53건의 강간에 대해 일체의 자백을 받아냈지만 그자가 법정 출두 전에 감방에서 목을 매어 자살했다는 소식을 통보받는다. 이 정보를 전달받는 순간 마리아 크리스티나는 매우 차분한 태도를 유지한다. 경찰이 하나 왔고, 나중에 그 얘기를 하려고 경찰 둘이 왔다. 이 소식 때문인지 다른 일 때문인지 그들은 유감스럽다는 표정이다. 그녀는 홍차를 대접한다. 그들은 맥주를 사양했다. 장 뤼크 고다르는 그녀의 무릎 위에 있다. 그녀는 장 뤼크를 쓰다듬고 귀 사이의 머리를 긁어준다. 그녀가 젊은 경찰의 이야기를 들는 동안 장 뤼크는 눈살을 찌푸리고 가르랑거린다(두 경찰 중 연장자는 말을 하지 않는다. 어쩌면 후배를 테스트하는지도 모른다, 나쁜 소식을 전해야 할 때 어떻게 하는지 한번 봐야겠어). 그녀는 아직도 감방에서 목매는 일이 일어난다는 것에 놀라지 않을 수 없다.

그녀는 조앤과 갈런드에게 소식을 전한다. 둘 다 똑같은 말을 한다, 그 개자식을 자기 손으로 목 졸라 죽이지 못해 아쉽다고. 클라라문트에게는 이 얘기를 하지 않는다. 굳이 이유는 말할 필요가 없을 것이다.

그녀는 《못된 여동생》이 출간됐을 때 자기가 한 이야기들이 유아적이고 형식주의적인 태도의 소산에 불과하다는 것을 깨닫는다. 직관은 있었지만 현실적 토대는 없었다. 이후 그녀는 조사를 위해 여행을 많이 하고, 열심히 자료 수집도 했다.

《못된 여동생》 이후에 나온 세 소설도 마찬가지로 성공을 거두었다.

하지만 그녀는 이제 강연 초빙에 거의 응하지 않았다. 대학교나 그와 비견될 장소에서 행사가 열리고, 엉킨 생각을 풀고 사유를 자극하고 자신의 생각을 표출하는 데 도움이 될 초대만 응했다.

사람들은 그녀를 페미니스트, 레즈비언, 극좌파 등으로 부른다. 그녀는 1984년 프린스턴 대학교에서 발표를 할 때 삭발을 하고 나타난다.

하지만 우리가 알고 있는 것처럼 그녀는 여전히 연약하고 내성적이고 자신감 없고 쉽게 흥분하고 혼자 있기를 좋아하는 젊은 여성이다.

그녀는 어느 면에서도 불행하지 않다. 그녀가 영위하는 삶은 어쩌면 그녀가 소망했던 것보다 고독하고 누추할지도 모른다(우리라면 '담백한' 삶이라고 했을 것이다). 말없는 아이들이 늘 그렇듯, 그녀는 파란만장하고 떠들썩한 인생을 갈망했으니까. 하지만 이런 인생은 사실 그녀가 어린 시절 분홍 집 현관의 시멘트 계단에 앉아 꿈꾸던 인생과 꽤 어울린다. 이 인생은 아이들의 손과 사타구니에 들러붙은 타락한 습관을 막겠답시고 잠자리에 들기 전 어머니가 그녀와 언니의 손을 등 뒤로 묶었을 때 그녀가 생각하던 인생과 비슷하다. 마스터베이션의 유혹에 끌리지 못하도록 양손을 묶인 채로 침대에 눕는 것은 자유와 위반의 욕망을 북돋우기 위한 이상적 자세다. 언니가 침대에서 소리지르며 발버둥치고 포승을 풀려고 몸을 비틀고 아버지를 부르는 동안(아버지는 아내의 미친 짓으로부터 딸들을 보호할 수 없는 게 명백했지만) 마리아 크리스티나는 묘하게도 몸도 시선도 꼼짝하지 않으면서 되뇌었다. 나는 고통을 꾹 참을 거야, 그래봤자 나는 끄떡없어.

따라서 1989년 6월 마리아 크리스티나가 라페루즈로 향한 것은 어머니의 부탁 때문이 아니라 언니에 대한 애정 때문인 게 분명하다. 그것은 무언의, 굴레를 쓴, 뒤틀린 애정이었지만 그녀가 캘리포니아의 안식처를 떠나 어린 필리트를 만나러 가게 할 정도로 강력한 애정이었다.

V

필리트

# 누구시더라?

도시가 변했기에, 오모코 강변이 정화 사업으로 정리되고 똑같은 모양과 똑같은 색깔을 한(조금은 역겨운 아이스크림 노란색), 흰색 창틀과 회색 지붕에 우측에는 바비큐 시설을 갖추고 차고 출입로는 방설포防雪布로 덮인─고상하게 늙는 법을 모르는 플라스틱 덕에, 그 실용성과 추함 덕에 방설포들은 풍경을 더없이 흉측하게 만들어버린다─소형 분양 주택들이 잔뜩 건설되었기에 그녀는 분홍 집으로 가는 데 애를 먹는다.

상습 침수 지역에 늘어선 이 소형 주택들을 보면 개미의 집념과 낙관주의를 가지고 자연 환경에 도전하는 것 같아 가슴이 찡하다. 왜 라페루즈 사람들은 분양지의 새 주민들에게 오모코 강이 주기적으로 범람한다는 사실을 말해주지 않았을까?

하긴 오모코 강이 이제는 범람하지 않을 수도 있지만.

언제나 그대로일 것 같던 기후 조건도 점점 누그러지는 모양이야. 어느 순간 눈이 내리지 않기 시작하면서 그리 높지 않은 산의 스키장이 점점 몰락하다가 완전히 망해 무단 입주한 짐승들의 보금자리가 되는 것처럼 말이야.

마리아 크리스티나는 어머니와 언니와 재회하는 장면을 머릿속에서 떨쳐버리기 위해 스키장과 야생염소 생각을 하고 있다는 걸 알고 있다. 그녀는 왜 재회의 변을 준비하지 않았단 말인가? 왜 그들과의 대화를 미리 생각하지 못했단 말인가? 왜 아무 선물도 가져오지 않았단 말인가? 상대가 누구든 남의 집에 갈 때는 빈손으로 가는 게 아니다(바로 그 사람이 십 년 전에 인연을 끊겠다고 선언했을지라도? 그 사람이 당장 돌아와달라며 어려운 부탁을 했는데도? 이런 경우에도 정해진 예절이 있나?). 좌우지간, 아무 선물도 없이 어머니의 집에 간다는 생각에 마리아 크리스티나는 갑자기 패닉에 빠진다. 머릿속이 하얘진다. 몸에 마비 증세라도 오는 것 같다. 그녀는 상점들을 둘러보려고 라페루즈의 번화가에 차를 세웠다. 초콜릿이나 사탕은 안 돼. 식탐은 죄악이야. 꽃도 안 돼. 꽃이라니 말도 안 돼. 마리아 크리스티나는 차에서 내려 인도를 걸으며 쇼윈도들을 본다. 기념품 가게와 식료품점이 있다. 예전과는 다르지만 엄청나게 바뀌지는 않았다. 주사위들을 컵에 넣고 흔든 다음 떨어뜨렸더니 각기 다른 면이 나온 것 같다. 다 그게 그거 같다. 술? 엄마가 기분 나빠할걸. 담배? 말을 말자. 책? 너무 잔꾀를 쓰는 것 같잖아. 스카프? 몸치장은 타락이야. 메이플시럽이야 집에 남아돌 거고. 수예용품 가게 앞에서 마리아 크리스티나는 갑자기 걸음을 멈춘다. 어릴 때도 그 자리에 있던 가게다. 변하지 않았다. 유리창 안에는 아직도 숲속 빈터 한가운데 수사슴이 서 있는 그림의 자수 바탕천이 있고, 문에는 실에 엮은 단추와 방패꼴 문장紋章들이 줄줄이 걸려 있다. 가게는 단지 좀더 불편한 기색이다. 오른쪽의 스타벅스와 왼쪽의 들소 고기 전문 식당 사이에 끼어 찌부러진 것처럼 보인다. 마리아 크리스티나는 땡그랑 종소리가 울리는 문을 밀고 들어가 십오 분 뒤 베이지색 털실 뭉치 스물두 개들이 상자를 들고 나온다.

마리아 크리스티나가 어렸을 때 어머니는 뜨개질하는 것을 좋아했다.

뜨개질을 하면 신경 곤두선 게 가라앉아. 어머니는 말하곤 했다. 게다가 그것은 쓸모 있는 오락이었다. 마르그리트 리쇼몽은 쓸모 있는 오락을 좋아했다. 그녀는 딸들과 남편을 위해 스웨터를 만들곤 했다. 자기가 입을 것은 절대 만들지 않았다. 그녀는 뜨개질로 인형들을 만들어 속에 털 뭉치와 낡은 천을 채워넣었다. 그것은 작은 십자고상이었는데, 피부는 분홍색으로,

성흔聖痕은 빨간색으로, 눈물은 녹색으로 했고, 나무토막 두 개를 십자로 걸쳐놓고 거기에 인형을 끈으로 묶은 다음 개인 구유에 놓거나 광명 구속 교회의 자선바자 때 팔았다. 1972년 주님공현대축일 때는 뜨개질로 나귀, 소, 동방박사까지 만들었다. 그녀 자신만의 봉헌이었다. 하지만 교구 신부는 그녀가 만든 동방박사 세 명 중에 흑인이 없다는 사실을 지적하면서 발타자르가 아프리카인이었음을 잊지 말라고 했다. 마르그리트 리쇼몽은 그 지적에 기분이 상해 인형들을 다시 가져와 실을 죄다 풀어버렸다. 그래서 마리아 크리스티나는 1월에 회색, 밤색, 노란색이 섞인 스웨터를 입게 되었는데, 세상에 그렇게 구역질나는 색깔도 또 없었다.

그래서 패닉에 빠진 마리아 크리스티나에게 떠오른 유일한 아이디어는 어머니에게 면 70퍼센트, 아크릴 30퍼센트의 무난한 색깔의 실몽당이를 사다주자는 것이다. 마르그리트 리쇼몽은 순면을 싫어한다. 순면은 좀이 슬고 쪼그라든다는 것이다. 순면은 부자와 속물들이나 쓰는 거라는 것이다.

마리아 크리스티나는 뒷좌석에 상자를 던져넣고 다시 차를 탄다.

그녀는 분홍 집으로 통하는 길의 분기점까지 천천히 차를 몬다. 너무 천천히 운전해서 마치 방금 기절했다가 깨어나기라도 한 것 같다. 액셀을 밟고 있는 이의 몸 상태는 정상이 아닌

듯 보인다. 변함없는 것들을(벌채되지 않은 나무들, 색이 바랜 광고판과 관광안내판, 신호등) 보니 현기증이 난다. 그녀는 두 이미지를, 어린 시절의 이미지와 지금 보이는 이미지를 겹쳐놓고 다른 그림 찾기 놀이를 하고 싶다.

초췌한 얼굴에도 불구하고 그녀는 마침내 분홍 집에 도착한다. 집은 여전히 분홍색이지만 지독한 피부병으로 껍질이 벗겨지기라도 한 것처럼 분홍색 나무판자들의 표면이 일어나 있다. 그녀는 베이지색 털실 박스를 들고 현관 앞 층계에 올라 문 앞에 선다. 문을 두드린다. 초인종을 누르면 엄마는 미친 듯이 화를 내니까. 그녀는 살짝 세 번을 두드린다. 그러자 엄마가 문을 연다. 엄마가 맞기는 하겠지만 허리가 굽어 꼬부랑할망구가 된, 홀쭉한 뼈대에 살이 너무 많아 살이 늘어지기 시작한 여인이 문을 연다. 코는 처졌고 눈은 쪼그라들었고 육중한 안경을 쓰고 있다. 안경이 1톤은 되어 보인다. 더구나 안경을 절대 벗지 않는 게 틀림없다. 코뼈에 홈을 파서 안경을 장착한 게 틀림없다. 그러지 않고는 저럴 수가 없다. 그러니 이제는 안경을 벗을 필요가 없다. 안경은 그 자리에 있고, 그 자리에 머물면서 끝까지 소임을 다할 것이다. 그리고 원피스, 군청색 밤색 기하학적 무늬가 그려진 테틸렌 소재 원피스를 입었다. 안 어울리는 색들만 고집하는 취향은 그대로다. 머리카락은, 머리카락은 보이지 않는다. 뿌연 잿빛 스카프에 덮여 보이지 않는다. 머리에 헤어롤을 잔뜩 말고 있다는 걸 알 수 있다. 스카프는 온통 쭈글쭈글하다. 헤어롤은 주님께서 허락하신 유일한 미용 용품이다.

열린 문으로 구취와 위생 불량의 냄새가 흘러나온다. 맙소사, 이럴 줄 몰랐어?

그리고 엄마가 말한다.

"이제 뜨개질 안 하는데, 관절염이 있어."

그게 첫마디다. 고르고 고른, 완벽한, 당당한 첫마디가 그렇다. 누가 그녀를 귀찮게 하기라도 하는 것 같다. 누가 찾아와 돈을 달라고 하거나, 불시에 방문을 받은 것 같기도 하다. (그러니까 이게 사십 년 뒤의 내 모습이란 말이지? 이게 나란 말이지? 미리 본 미래의 내 초상화란 말이지? 맙소사, 이럴 줄 몰랐어?)

"나야, 마리아 크리스티나."

두 사람 모두 어떻게 반응해야 할지 모른다. 그들은 멍하니, 무뚝뚝하게, 망설이며 가만히 서 있다.

마르그리트 리쇼몽은 집 쪽으로 몸을 돌리더니 복도 끝, 계단이 있는, 아무도 없는 곳을 향해 소리를 지른다.

"필리트!"

집은 크기가 줄었다. 정원, 현관 앞 층계, 물푸레나무, 잡초, 창문들도 마찬가지이다. 십 년 뒤면 집은 거의 사라져 있을 것이다. 이곳은 모든 게 음울하다. 철로변의 버려진 집 같다. 그저 조약돌 튕기는 소리 듣는 재미로 돌을 던져 유리창을 깨뜨리고 싶은 집 같다. 이런 두더지 굴 같은 집에서 내가 어떻게 그렇게 오래 살 수 있었지? 왜 태어나자마자 기권을 선언하지 않았을까? 어떻게 이곳을 빠져나올 수 있다는 생각을 할 수 있었을까?

필리트가 나타나자 마리아 크리스티나는 속으로 신음한다. 아이는 할머니 옆에 있다. 아이는 마리아 크리스티나 쪽을 바라본다(그녀를 바라보는 게 아니라 그녀가 있는 방향을 쳐다본다. 그녀가 마치 그 자리에 있지 않은 것처럼, 그녀에게 관심이 없는 것처럼, 그녀는 보지 않고 철책 문 너머 더 먼 곳에 있는 것을 자세히 보려는 것처럼). 아이는 땟국물이 흐르고 입에는 이중 잠금장치라도 한 것 같다. 세 살 아니면 네 살 아니면 다섯 살일 것이다. 마리아 크리스티나는 애들 나이 짐작하는 데 젬병이다. 그녀는 속으로 중얼거린다, 안 돼, 안 돼, 오는 게 아니었어. 그녀는 털실 상자를 손에 든 채 안절부절 못한다. 어머니는 들어오라는 말이 없다. 어머니는 원래 집에 사람을 잘 들이지 않는다. 늘 그런 식이었다. 어머니는 문턱에서 손님을 맞이했다. 문턱에서 대화를 나눴다. 손님에게 물이나 커피를 갖다주고 문턱에 서 있을 때도 있었다. 비가 오면 우산을 빌려주었다. 하지만 손님을 집 안에 들인다는 생각은 절대 떠오르지 않았다. 날이 너무 추우면 집 안의 온기가 달아날까봐 니트를 걸치고 문을 닫은 다음 문에 등을 기댄 채 현관 층계 위에 서서 대화를 나눴다.

마리아 크리스티나는 실몽당이와 여행용 핸드백을 들고 그곳에 서 있다. 의사의 낡은 왕진 가방처럼 우아한 가죽 가방이다. 덕분에 커다란 짐 가방을 들고 현관 앞 층계에 서 있는 꼴은 면할 수 있다. 이 여행용 핸드백은 일반 핸드백으로도 아무 손색이 없다. 만약 어머니가 접근을 불허한다면 마리아 크리스티나는 그럭저럭 의연한 모습을 유지하면서 그 자리를 빠져나올 것이다. 계단을 내려와서 철책 문을 다시 지나 태연하게 차를 세워둔 곳으로 올라갈 것이다(털실 뭉치 스물두 개를 들고 다니는 게 흔한 일인 것처럼 행동할 것이다).

하지만 결국 마르그리트 리쇼몽은 들어와, 신발 벗고 들어와, 라고 한다. 그러고는 어딜 가나 더러운 것들이랑 병균이 너무 많아, 애가 병에 걸리게 하고 싶지 않아, 라고 덧붙이면서 길을 비켜준다. 그래서 마리아 크리스티나는 어머니의 뒤를 따른다. 아이는 옆에서 깡충깡충 뛰고 있다. 그녀는 아이에게 인사를 건네지 못한다. 아이가 대답하지 않을까 너무 두렵다. 그녀는 아이들이 자기에게 쌀쌀맞게 굴까봐, 자기를 무시할까봐, 오만한 표정으로, 그녀에 대해 무언가를 안다는 표정으로, 점쟁이 같은 표정으로 쳐다볼까봐 늘 두렵다. 결국 그녀가 평생 친하게 지낸 아이는 조앤의 아들 루이스뿐이다. 루이스와는 사이가 아주 좋다. 하지만 그녀는 루이스가 특별한 아이라 그렇다고 믿고 있다.

마르그리트 리쇼몽는 마리아 크리스티나를 소금기가 퇴적되어 석회화된 주방에 들어오게 한다. 어머니는 물이라도 한 잔 마시겠냐고 묻는다. 리쇼몽 집안 기준으로는 최고 등급의 손님 대접인걸, 마리아 크리스티나는 속으로 생각한다. 사실 이 순간 더 센 것을 마시고 싶다. 핸드백 안에 있는 것을, 공항에서 산 진 한 병을 마시고 싶다. 그녀는 두 병을 사지 않은 걸 후회한다. 어차피 다 마시지도 못했겠지만 두 병이 있었다면 정말 마음이 놓였을 것이다.

마리아 크리스티나는 어릴 때부터 그 자리에 있었던 포마이카 의자에 앉는다. 의자는 예전과 똑같이 흔들거린다(그녀는 대각선 방향의 두 다리로 균형을 잡아보려고 애쓰곤 했다. 다른 두 다리는 땅에 닿지 않았기 때문이다. 하지만 그녀는 늘 실패했고, 자기가 지금도 그 미세한 곡예를 시도하고 있다는 사실에 놀란다). 어머니는 그냥 선 채로 팔짱을 끼고 개수대에 몸을 기대고 있다. 그 바람에 어머니의 원피스에, 그 납작한 엉덩이 높이에 수평으로 물 자국이 남을 것이다. 어머니는 말을 시작한다. 메나의 아들이 주방에 있다는 것을, 샐러드 야채 씻는 체 소쿠리를 다리 사이에 낀 채 바닥에 앉아 있다는 것을, 재미있어하면서 소쿠리를 돌리고 또 돌리고 있다는 것을 한 순간도 신경 쓰지 않으면서 메나 이야기를 한다. 어머니는 메나 이야기를 한다. 그녀는 마치 예전처럼 말하는데, 딸들과 죽은 남편과 라페루즈 마을 전체와 비열한 메노나이트 신도들에게 한이라도 맺힌 것 같다. 어머니는 메나가 창녀가 되었다고 내뱉는다. 당연히 그 말은 사실이 아니다. 메나는 단지 마을의 청년들과, 유부남들과, 여행객들과 자기 시작한 것뿐이다. 그렇게 남자들은 그녀와 자고도 편한 마음으로 집에 돌아갈 수 있었다. 심지어 분홍 집의 초인종을 눌러대면서 메나더러 나오라고 하는 일도 있었다. 그러면 메나는 한껏 치장을 하고, 거의 알몸으로 집을 나오곤 했다. 그녀는 창녀처럼 화장을 했다. 메나는 거의 창녀나 다름없었지만 진짜 창녀는 아니었어. 창녀들은 돈을 받는데 그 애는 그러지 않았으니까. 메나는 그저 타락해서, 그 더러운 육체의 욕구를 채우려고 그런 짓을 한 것이었다. 심지어 한번은 깜둥이가 문 앞에서 초인종을 누르기까지 했다. 메나는 깜둥이와도 잤다. 어떻게 깜둥이와 잘 수가 있지? 그것들 냄새가 얼마나 나는데. 물건도 엄청나게 크다며? 악惡이 그 애 몸에 깃든 게 분명하지 않아? 메나의 아버지는 오래전부터 포기하고 있었다. 그는 딸을 보지 않으려 했다. 메나에게 관심이 없었다. 신부님이 말씀하시길, 심리학에 조예가 깊으신 신부님이 말씀하시길, 메나가 그런 짓을 하고 다니는 건 두 딸 중 막내밖에 좋아하지 않았던 아버지의 관심을 끌기 위해서라고 했다.

(마리아 크리스티나는 속으로 중얼거렸다. 정말 미쳤어, 언니의 행실이 문란한 것도 내 탓이라는 거네. 그리고 생각했다. 이제 우린 못된 두 자매네, 마르그리트 리쇼몽의 못된 두 딸.)

하지만 마르그리트 리쇼몽이 메나를 어쩔 수 있었겠는가? 머리도 그렇게 둔하고 마음도 그렇게 못돼먹은 애를. 딸 둘이 심성이 악하다니, 그런 불행이 또 있겠는가? 마르그리트 리쇼몽은 체념하고 받아들였다. 요즘 세상에는 자기가 어릴 때처럼 여자아이들을 잡아둘 수가 없다. 여자애들이 남자애들과 잔다. 세상이 그런 식이다. 현대 세계가 그런 것이란다. 남자들은 워낙 단순하고 짐승 같아서 여자가 한쪽 가슴만 드러내도 거품을 문다. 그러니 양쪽 가슴을 다 드러낸 메나는 어떻겠는가? 사람들 앞에서 메나는 거의 알몸으로 다녔고, 엉덩이와 젖가슴을 보였다. 게다가 메나는 남자들을 향해 이상한 몸짓을 했다. 짐승들이야. 메나가 길거리에 나타나기만 하면 남정네들은 흥분했다. 하지만 그건 교주를 만나기 전의 일이었다.

"교주라니?" 마리아 크리스티나가 어리둥절해서 묻는다.

"그 사람이 애 아빠야." 마르그리트 리쇼몽이 대답한다.

그리고 마리아 크리스티나는 알게 된다. 메나가 더이상 분홍 집에 살지 않는다는 것을, 이상한 작자와 함께 떠나 숲에서 산다는 것을, 그놈은 일부다처제를 신봉한다는 것을, 그 작자는 길 잃은 양들을 찾아 데려오고 이미 자기 소유의 작은 공동체가 있다는 것을. 그 작자는 울긋불긋 헐렁한 사제복을 입고 다니고, 면도를 절대 하지 않아 수염이 무릎까지 온다. 메나는 그자의 그물에 걸렸다. 그래서 메나는 이제 그자를 제외하고는 누구와도 자지 않는다. 그자는 이후 그녀가 지상과 천상에서 얻게 될 영혼의 구원을 보여준다. 그자는 불행한 사람들, 알코올중독자들, 길 잃은 처녀들을 받아들인다. 그들은 수도도 전기도 없이 살고 있다. 그들은 짐승을 기르고 감자를 심는다. 라페루즈는 그야말로 미치광이들의 마을이다. 이곳에 정착하면 인생이 그동안 자기들에게 진 빚을 갚을 거라고 믿다니, 리엄과 마르그리트 리쇼몽은 무슨 정신이었던 걸까? 라페루즈에서라면 세상으로부터 멀리 떨어져 주님 곁에서 평화롭게 살 수 있을 거라고 생각하다니, 대체 무슨 생각이었을까? 모든 일을 그들 대신 제멋대로 결정 내리는, 그들의 의사와 반대되는 결정을 내리는 세상으로부터 벗어나겠다면서 이렇게 라페루즈를 선택하다니. 두 딸의 인생이 그렇게 엉망이 되어버렸는데.

(그리고 마리아 크리스티나는 생각한다. 언니가 하고 있는 게 그거잖아? 교주와 함께 숲속에 틀어박히는 것, 그게 세상에서 멀리 떨어져 구세주 곁으로 가는 것 아니야?)

그리고 마르그리트 리쇼몽은 필리트가 생후 이 주밖에 되지 않았을 때 메나가 숲에서 나와 아기를 맡기고 갔다는 이야기를 한다. 숲에 홍역이 돌고 있어서 아기가 걱정되었던 것이다. 그 뒤로 그녀는 다시 오지 않았다. 전염병이 수그러든 뒤에도 오지 않았다. 그러다가 두 달 전에 와서는 아이를 데려가겠다고 했다. 처음부터 아이를 돌본 것은 마르그리트 리쇼몽인데 말이다. 그 나이에 어린아이를 돌보는 게 얼마나 힘든 일인지 도대체가 아무도 모른다. 골관절병증에, 관절염에, 자궁하수증까지 있는데, 시력도 나빠지는데.

(마리아 크리스티나는 다른 곳을 본다. 개수대 위, 어머니 위쪽의 한 지점을 바라본다. 그곳에서 배가 불룩하고 다리는 앙상한 연약한 예수님이 그녀와 그녀의 동포들을 가련해하고 있다.)

그리고 마르그리트 리쇼몽은 이야기를 계속하기를, 그녀가 아이를 맡아주었으면 좋겠다고 한다. 그녀가 로스앤젤레스에 살고 있고, 그곳이 샌앤드리어스 단층과 와츠 지구*와 그놈의 흑인들과 푸에르토리코인들과 태평양의 상어 때문에 위험하다는 건 알고 있다. 하지만 자기는 이제 이 아이를 키울 수 없다. 메나가 와서 아이를 데려갈까 두렵다. 숲속의 오두막에서 그 백해무익한 놈들과 사는 건 최악일 것이다. 거기에는 전과자들과 중국인들이 있다, 마약도 있다, 확실하다. 그리고 제라르 비앵브뉘라는 교주는 제정신이 아니다. 그 교주는 이름이 제라르

---

* 로스앤젤레스의 흑인 밀집 지역.

비앵브뉘다.*

(마리아 크리스티나는 아이의 이름이 필리트 비앵브뉘일까 생각한다.)

교주는 프리섹스를 권장한다. 그곳에는 조금 특이한 규칙들이 있다고 한다. 족장 말로는 아이가 다섯 살이 되면 부모의 사랑을 받을 준비가 된다고 한다. 필리트는 아직 다섯 살이 안 되었지만 얼마 남지 않았다. 아마 그 때문에 족장이 메나에게 아이를 데려오라고 시켰을 것이다. 그곳에서는 남녀가 상대를 가리지 않고 그 짓을 한다. 세상이 미쳐 돌아가는데 아무도 그걸 보지 못한다. 퇴폐한 로마는 멸망할 것이다, 그리고

(마리아 크리스티나는 눈이 휘둥그레진다. 최대한 빨리 이곳을 떠나야겠다고 생각한다. 엄마는 완전히 실성했다. 그녀는 바닥에 앉아 있는 꼬마를 바라보다가 질문한다.)

"애 성은 뭐야? 나이는 몇 살이고? 애는 정상인 거야?"

그리고 어머니는 출생 관련 서류를 가져오려고 뛰어간다. 아이의 성은 바토넨이다. 얼마 안 있으면 다섯 살이 된다. 어미도 아비도 본 적이 없다. 완전히 정상이다. 아이는 마리아 크리스티나가 자기를 데려가기 위해 온 것을 알고 있다. 그녀가 자기 이모이고, 바다 구경을 시켜주려고 데려갈 것임을 알고 있다.

---

\* '비앵브뉘Bienvenue'는 프랑스에서 가톨릭 용어로 복자福者라는 뜻이다.

할머니가 병들고 피로해서 그렇다. 할머니는 쉬어야 한다. 언젠가 기회가 되면 할머니도 합류할 것이다.

(마리아 크리스티나는 더 상세한 설명을 듣고 싶다. 하지만 마르그리트 리쇼몽은 염려스러울 만치 흥분하고 있는 게 분명하다.)

여기서 하룻밤을 보내도 되지만 가장 좋은 것은 당장 떠나는 것이다. 교주와 다른 놈들을 데리고 메나가 올지도 모른다. 마리아 크리스티나는 다시금 어머니의 광기에 말려든다. 어떻게 저항하란 말인가. 이제 어머니는 완전히 실성한 사람처럼 헛소리를 지껄이기 시작한다. 어머니는 마리아 크리스티나의 어깨를 흔들면서 말한다.

"사모님, 이 아이를 데려가셔야 해요, 저는 이 애를 더이상 돌볼 수 없어요."

# 할렐루야

마리아 크리스티나는 그곳에서 잤다. 당장 떠나고 싶지는 않았다. 당장 떠나려면 아이를 데리고 가야 할 것 같아서였다. 그리고 그녀는 아이를 원치 않았다. 그건 확실했다. 어쩌면 그 점을 확인하기 위해 여기까지 와야 했던 것인지도 모른다. 그녀는 메나와 제라르 비앵브뉘 사이에서 태어난 이 아이를 원치 않았다. 샤마와크 숲에는 약간 머리가 돈 인간들이 늘 있었다. 환각성 버섯들을 알고 프리섹스를 주창하는 아웃사이더들이었다. 이 지방에는 그런 놈들이 늘 있었다. 그리즐리 곰을 좋아하다가 배고픈 날 곰에게 식사거리가 되는 모피 사냥꾼들이 있었다. 메나가 그런 유의 남자에게 걸려든 것은 놀랄 일이 아니다. 하지만 마리아 크리스티나는 이 아이를 맡고 싶지 않았다.

거의 오 년 동안 마르그리트 리쇼몽의 손에서 자란, 미친 할망구한테 종속되어 단 한 순간도 사랑이라고는 받아보지 못한 사내아이를 데리고 무엇을 할 수 있겠는가? 아이는 저능아인 게 분명했다. 심리 장애를 갖고 있거나, 아니면 다른 문제가 있거나. 게다가 이 아이는 저녁 내내 한 마디도 하지 않았다. 아이들이 몇 살부터 말을 하는데! 아이는 타파웨어 통들과 색색의 통 뚜껑을 가지고 놀기만 했다. 아이는 통과 뚜껑을 큰 순서대로 정렬하고, 층층이 쌓고, 넘어뜨리고, 다시 쌓는 데 몰두했다. 마리아 크리스티나는 자기 자식이 아닌 아이를 맡을 수 없었다. 받아들일 수 없는 일이었다. 불가능한 일이었다. 심지어 불쾌하기까지 한 생각이었다. 그래서 그녀는 거실에서 잠을 자고—필리트는 그녀와 언니가 어렸을 때 쓰던 방에서 잤다—다음 날 아침 몰래 떠나기로 결심했다. 그녀는 어머니에게 말했다. 알았어 알았어 내가 데리고 갈게. 하지만 이 어린아이에게 그녀가 무엇을 줄 수 있단 말인가? 아무것도 없었다. 샌타모니카에서의 쓸쓸한 생활, 그것은 그녀만의 샤마와크 숲이었다. 그녀는 기운도 없고 시간도 없었다. 게다가 툭하면 여기저기 여행을 다녔다. 그녀는 아이 키우는 법을 몰랐다. 아이 식단은 어떻게 짜야 하는지 아는 게 하나도 없었다. 공인된 모델이라고는 할 수 없는 자기 엄마의 모델을 제외하면, 그녀는 지금까지 두 가지 엄마 모델밖에 알지 못했다. 그러니까 자녀의 과외 활동에 졸졸 따라다니는 엄마들, 번쩍거리는 4륜구동 자동차를 몰고 다니고 쇼핑몰에서 죽치는 엄마들이 있었고, 조앤처럼 아이가 혼자서 쑥쑥 자라게 내버려두면서 그때그때 상황에 따라 당시 애인이 누구냐에 따라 아이에게 귀찮을 정도로 애정을 쏟기도 하고 무관심하게 대하기도 하는 엄마들이 있었다. 마리아 크리스티나에게는 어느 쪽도 맞지 않을 것이다. 아이를 마르그리트 리쇼몽에게 남겨두고 로스앤젤레스로 다시 돌아가야 했다. 그곳에서 라페루즈의 복지후생과에 전화를 해서 상황을 알린다. 일이 처리되는 과정은 당연히 감시한다. 좋은 아이디어였다. 돈을 보내준다. 정말 마음에 들었다. 그녀는 19세기 고아들의 꿈이었던 미국 이모가 될 것이다. 사랑하는 조카야, 언젠간 이 모든 게 네 것이 될 거야. 좋아, 다시 시작하자. 라페루즈에는 분명히 복지후생과가 있을 것이다. 지금은 석기시대가 아니니까, 전문가들이 아이를 돌볼 것이다. 얼마나 위안이 되는지. 아이에게도 그게 최선일 것이다. 바토넨 집안 사람들과는 관계를 최소화하는 것이, 아니면 소원疏遠하고 온정이 있고 감염의 위험이 없는 관계만을 유지하는 것이 최선일 것이다.

마리아 크리스티나는 거실에서 잠을 잔다. 긴 의자 비슷한 것을 만들려고 안락의자 두 개를 마주보게 놓고 그 위에 눕기는 했다. 누웠지만 잠을 자지는 않는다. 안락의자들은 어렸을 때 것과 똑같다. 그러니까 삼십 년은 되었다는 말이다. 마르그리트 리쇼몽이 딸들에게는 절대 사용을 금하면서 열심히 관리했지만, 그럼에도 불구하고 두 의자는 밑이 내려앉았다. 마치 혼자서 망가진 것 같다. 쿠션 속은 바싹 말라 오그라들었고 스프링은 아무도 학대할 생각이 없는데도 태연히 녹슬기 시작했다. 설사 마리아 크리스티나가 마음이 진정되었다 해도 그 의자에서 잠을 이루지는 못했을 것이다.

거실은 깜깜하다. 그녀는 깜박깜박 졸다가 갑자기 겁에 질려 깨곤 한다. 새벽 다섯 시를 알리는 시계 소리에 그녀는 자리에서 일어나, 짐을 놓아둔 주방까지 도둑처럼 살금살금 걸어간다. 수도꼭지를 틀어 세수를 하지도 않는다. 마리아 크리스티나가 어렸을 때와 마찬가지로 어머니는 분명 귀를 기울이며 감시 중일 것이다. 수도관이 조금만 떨려도 어머니는 귀신같이 알아차린다. 현관문은 여러 개의 작은 빗장들로 잠겨 있다. 하지만 마리아 크리스티나는 지하실로 내려가 다행히 여전히 창살이 없는 환기창을 통해 빠져나간다. 그녀는 도주한다. 축축한 흙 냄새가 너무 강렬해 살짝 어지럽다. 그 어지러움이 얼마나 상쾌한지! 새들이 소란을 피운다. 아직 여명은 밝지 않았다. 새들이 너무나 시끄럽게 울어대는 게 어머니에게 그녀가 도망간다는 걸 알리는 건 아닐까 싶을 정도다. 그녀는 철책 문을 넘는다. 어둠 속에 자동차가 눈에 띈다. 마음이 편해져서 발을 헛디딜 뻔한다.

운전석에 앉는 순간 그녀는 강렬한 안도감을 느낀다. 안도감이 죄책감보다 크다. 자기의 결심이(아이를 사회복지기관에 맡겨 원격 관리한다는) 그럴 듯하고 충분히 상식적인 것처럼 보이긴 했지만, 아침까지 있었다면 아이를 두고 떠나지 못했을 것이다. 그녀는 잠시 언니 생각을 한다. 숲속 오두막에서 말코손바닥사슴 가죽 담요를 함께 덮고 교주 옆에서 알몸으로 자고 있는 언니를 상상한다. 그녀는 그 이미지를 떨쳐버리고, 담배에 불을 붙이고, 자동차의 라디오를 켠다. 하지만 이 꼭두새벽의 질서를 흐트러뜨리지 않으려고 볼륨은 아주 작게 줄인다. 그리고 차를 출발시킨다. 공항으로 가는 내내 그녀는 라페루즈로 돌아오라는 어머니의 명에 복종해 여기까지 와서 자신이 무엇을 찾으려 했던 것인지 이해하려 한다. 그녀는 생각한다. 정말로 그 아이를 데려갈 생각은 없었다. 그저 이 화석화된 세계가 지금은 어떤 모습인지 한번 보고 싶었던 것이다. 어머니의 부탁 덕에 얻게 된 권력을 즐기고 싶었던 것이다. 물론 마르그리트 리쇼몽이 머리가 어떻게 돼서 고마워할 게 전혀 없다고 느끼지 않을 수도 있었겠지만. 라페루즈로부터 멀어질수록 그녀가 내린 결정은 옳아 보인다. 그녀는 어린애와 함께 산다는 이야기에 클라라문트가 경멸을 표시한 것이 이런 자신의 결정에 어느 정도 영향을 미쳤음을 인식하지 못한다. 하지만 그 아이를 특별한 사람으로 생각해서는 안 된다. 게다가 그녀는 아이를 한순간도 제대로 쳐다보지 않았다. 마치 아이가 줄곧 그녀의 시야 귀퉁이에, 대각선 방향 어딘가에 머물러 있는 것 같았다. 그녀는 아이가 메나를 닮았는지, 얼굴에 리쇼몽-바토넨 집안의 특징이 있는지 알지 못한다. 공항을 몇 킬로미터 남기고 그녀는 기분이 불안해지고 약간 구역질이 난다. 그녀는 그것을 피로 탓으로 돌린다. 게다가 전날 점심부터 아무것도 먹지 않았다. 마르그리트 리쇼몽는 그녀에게 식사를 차려주지 않았다. 아이에게 수프와 알파벳 파스타를 주었을 뿐. 그녀는 지금 그 아이 생각을 너무 많이 하고 있다. 그녀는 그 어린애가 학대당하도록 내버려둔 것인가?

그녀는 렌터카 사무실 건물 근처 공항 주차장에 차를 댄다. 아침 여섯 시 삼십 분이다. 문을 연 곳이 하나도 없다. 그녀는 공항 쪽에 가서 개장 시간을 기다리면서 커피나 마시려고 한다. 뒷좌석의 핸드백을 집으려고 등을 돌리는데 좌석 커버를 보호하려고 씌워둔 체크무늬 담요 밑으로 작은 운동화가 비죽 나온 게 눈에 띈다. 그 작은 운동화 위쪽에는 작은 발목이 있다. 그녀는 담요를 걷는다. 너 거기서 뭐 하는 거야? 누워 있는 소년이 나타나는 것을 보고 그녀는 비명을 지른다. 아이는 너무 말라서 담요 밑에 있으면 거의 보이지 않을 정도다. 아이는 가슴에 두 손을 모으고 있다. 아이는 그녀를 뚫어지게 바라본다. 아이는 그녀를 두려워한다. 하지만 아이는 시체놀이를 한다. 죽은 시늉을 한다. 숨을 참는다. 정확히 그렇다. 아이는 숨을 참는다. 그러다가 얼굴까지 빨개지고, 눈이 흐려진다. 마리아 크리스티나는 차에서 뛰쳐나와 뒷좌석 문을 열고 아이를 끄집어내어 다리를 밖으로 내놓게 하고 자리에 앉힌다.

마리아 크리스티나는 무언가를 강요당하는 것을 좋아하지 않는다.

그녀는 중얼거린다. 이 애가 나를 강요하고 있어.

그래서 아이를 내려다보면서 선언한다.

"할머니한테 도로 데려갈 거야. 비행기까지 이모를 따라올 수 있다고 생각했다면 착각이야. 너는 신분증도 없고 아무것도 없잖아. 이모는 널 돌봐줄 수 없어."

그때 그녀는 깨닫는다. 사실 아이가 그녀보다 훨씬 영리했다는 것을. 전날 그녀가 걱정하는 이모 행세를 할 때, 그녀를 계속해서 '사모님'이라고 부르는 마르그리트 리쇼몽에게 아이를 데려가겠다고 약속했을 때, 아이는 한 순간도 그녀를 믿지 않았다. 아이는 그녀가 무슨 농간을 부리는지 빤히 들여다보고 있었다. 그래서 그녀는 말을 멈추고 경악의 눈으로 아이를 내려다본다.

"너 그리로 돌아가고 싶지 않은 거야?"

아이는 그녀를 계속 뚫어지게 쳐다보면서 고개를 끄덕인다.

아이가 자기 말을 알아듣는다는 것을 확인하자 마리아 크리스티나는 마음이 놓인다.

"오케이." 그녀는 다시 몸을 세우면서 그렇게 말하고는, 자기가 그렇게 쉽게 설득된 것에 스스로 놀란다. 하지만 더 고차원적인 어떤 것 때문에, 샤마와크 숲과 털실로 짠 예수상과 관계가 있는 어떤 것 때문에 결심은 확고하다. "오케이." 그녀는 같은 말을 다시 한다. "거기 가만있어." 그리고 아직 닫혀 있는 렌터카 사무실 쪽으로 간다. 사무실에는 미국 내 연락처들이 적혀 있다. '캐나다에서 차를 빌려 미국에서 반납하세요.' 그녀는 로스앤젤레스 지점의 전화번호와 주소를 메모하고 아이에게 돌아간다. "자, 타, 벨트 매고." 심각한 꼬마는 눈살을 찌푸린다. 그리고 눈빛이 밝아진다(얘는 눈 색깔이 어떻게 이렇지? 폭우 직전의 하늘 같은 회색이라니, 그리고 눈이 너무 큰 아이들 특유의 저 눈살 찌푸리는 버릇은 어떻게 된 거야? 얼굴은 작은데 속눈썹이 너무 길고 눈이 엄청 큰 애들 말이야, 눈 크기는 태어날 때부터 고정되어 있고 나머지 부분만 나중에 커지기라도 하는 것 같은 애들. 마리아 크리스티나는 아이의 두 귀를 골똘히 쳐다본다. 아이가 눈만 엄청나게 큰 게 아니라 귀도 너무 크다는 것을 알아차린다. 애들은 다 그런가?). 그녀는 운전석에 앉아 차문을 쾅 닫고 백미러를 슬쩍 보고는 미소를 짓는다. 하지만 아이는 밖을, 공항 주차장에 세워져 있는 차들을, 멀리서 이륙하는 비행기들을 바라보고 있다. 어쩌면 비행기를 처음 보는 것인지도 모른다. 아이는 신이 났거나 들뜬 기색이 전혀 없다. 그녀가 마음을 정한 이상 그 밖의 상황에는 초연해지기라도 한 것 같다.

"그럼 가요." 아이가 말한다.

그녀가 처음 듣는 아이의 말이다. 그녀는 백미러로 아이를 훑어본다. 따가운 셰틀랜드 스웨터 속의 체크무늬 셔츠, 수선 자국을 감추려고 밴쿠버 기독청년회 기장을 소매에 꿰맨 멜턴 재질의 밤색 재킷, 그리고 얼굴, 조금 전 얘기한 회색 눈, 들창코, 그 나이에는 애들 코가 다 저렇지 않나? 얇은 입술, 살갗 터진 곳들, 벌어지고 또 벌어진 흉터들, 하얀 피부, 약간의 주근깨, 물어뜯은 손톱, 작은 손, 예민한 성격, 누가 보면 결핵에 걸린 지난 세기의 소년인 줄 알 것이다, 가는 골격, 비타민 D 결핍, 뼈가 쉽게 부러지고 다시 잘 붙지 않을 테니 조심해야겠어, 곰 인형도 담요도 배낭도 없이 아이는 그렇게 떠나왔다. 표연히 떠나왔다. 아무것도 가져오지 않았다.

그 모든 것을 찰나의 순간에 파악한다.

마리아 크리스티나는 출발한다. 국경 방향으로 코스를 잡는다.

# 너그러움

샤무아조 부근에 차를 세웠을 때 그들은 아무 질문도 받지 않았다. 어린 남자아이와 혼자 여행하는 여자는 누가 봐도 당연히 아이의 엄마다. 그들은 호텔에 갔다. 아이에게 갑자기 충격을 주지 않으려는 듯, 대번에 400달러짜리 방에 데려가지는 않으려는 듯 그녀는 아주 소박한, 초라하다시피 한 모텔을 골랐다. 급격한 변화가 얼마나 사람을 혼란스럽게 할 수 있는지 그녀는 잘 안다. 방에서는 차게 식은 담배꽁초 냄새와 DTT 냄새가 난다. 바닥에는 타일이 깔려 있고 안락의자에는 비닐이 씌워져 있다. 만취해서 돌아오는 사람들을 대비한 전략이다. 아이는 도착하자마자 텔레비전을 켜더니 재킷도 신발도 벗지 않고 침대 가장자리에 앉는다.

"뭐 먹고 싶니?" 그녀는 아이에게 묻는다.

"그러면 고맙죠." 아이는 대답한다. "브로콜리를 곁들인 비너 슈니첼*이면 좋겠어요."

아이가 이 말을 하는 것을 듣고 그녀는 아연실색한다. 아이는 〈심슨 가족〉에서 눈을 떼지도 않았다. 아이의 입술은 기도를 하거나 무언가 알아들을 수 없는 말을 중얼거리기라도 하는 것처럼 달싹거린다.

그녀는 아이가 말을 너무 잘한다는 것을 깨닫고 정신을 차린다. 말을 잘하는 아이들은 어른들을 불편하게 만든다. 어른들이 말 잘하는 아이들을 걸핏하면 건방진 애로 여기거나 무슨 뜻인지도 모르고 지껄이는 앵무새로 치부한다는 것을 그녀는 익히 알고 있다. 우리는 여전히 샘 많은 어린애인가? 그녀는 자문한다.

그녀는 먹을 것을 찾으러 나간다. 주차장 앞 좁은 통로에 면한 방문을 잠그지 않는다. 아이가 가고 싶으면 가도 된다는 생각이다. 그러다가 아이가 다섯 살밖에 안 된다는 것을 기억하고는 방으로 다시 올라가 말한다. 내가 나가면 안에서 빗장을 채워. 아이가 문 쪽으로 오려고 비틀비틀 종종걸음으로 걷는 게 보인다. 그녀는 아이가 타일의 검은 홈만 밟고 걸으려 한다

---

* 송아지 고기에 튀김가루를 입힌 것.

는 것을 깨닫는다. 그러다보니 무용수가 요리조리 장애물을 피하는 것처럼 보인다. 그녀가 문을 닫자 아이가 빗장 돌리는 소리가 들린다. 아이 없이 다시 혼자가 되니 마음이 놓인다. 차로 주차장을 나오다가 차량 한 대를 지나친다. 밤색 승합차가 그녀가 나온 자리에 주차를 한다. 그녀는 소스라치게 놀란다. 헤드라이트 불빛 속에서 언니의 얼굴을 본 줄 알았다. 여자는 수염투성이 운전사 옆에 앉아 있었다. 그녀가 본 것은 그게 전부였다. 검은 수염과 그 수염 뒤의 남자.

가능한 일일까?

그녀는 길 한복판에서 유턴을 해 모텔로 돌아간다. 그녀가 주차를 하는 동안 두 남녀는 이미 그 자리에 없다. 어쨌든 승합차에는 이제 아무도 없다. 그녀는 객실로 올라가는 계단에 앉아 담배를 피운다. 어느새, 저 위쪽에서 침대에 바른 자세로 앉아, 텔레비전을 시청하는 아이들이 늘 그렇듯 근심스러운 표정으로, 최면에라도 걸린 것 같은 표정으로 〈심슨 가족〉을 보고 있는 아이의 보디가드가 된 기분이다.

크게 기분 전환이 되었을 외출을 포기하고 그녀는 계단을 오른다. 발걸음이 천근만근이다. 문을 두드린다. 나야, 나야, 필리트(아이와 이야기하면서 이름을 부르는 건 이번이 처음이다), 그녀는 타일을 발로 두드린다. 빗장 돌아가는 소리가 들린다. 아이는 문을 열어주지만 그녀를 보지 않는다. 아이의 눈은 화면에 나오는 치약 광고에 고정되어 있다. 그녀가 말한다, 여기서 피자를 시키자, 가게가 다 닫혔어. 그러자 아이는 자기가 주문한 방식으로 만든 슈니첼을 못 먹어 실망하는 대신, 그녀의 결정을 승인하는 대신 대답한다. 32.

"32라니?"

"광고가 33초, 34초, 35초예요."

그리고 침대로 돌아가 앉으면서 계속 속으로 센다.

맙소사, 그녀는 생각한다, 숫자에 집착하는 자폐증 아이라니.

"너 뭐 하는 거니?" 모텔 접수계 번호를 누르면서 그녀는 묻는다.

"수를 세요."

"무슨 수를 세는데?"

"뭐든지 다 세요."

그 선언을 들은 뒤 뭐라 해야 할지 몰라 그녀가 말한다.

"너 〈심슨 가족〉 좋아하니?"

잠시 생각하더니 아이가 대답한다.

"70퍼센트는요."

"무슨 말이야?"

"농담의 30퍼센트는 이해를 못 하겠어요."

그녀는 피자를 몇 개 주문하고, 아이의 옆에 앉아 아이가 놓치고 있는 30퍼센트를 설명해주려고 노력한다.

# 마지막 경계

도로는 아름답다. 아스팔트로 덮여 있고 까맣다. 새로 깐 티가 잔뜩 난다. 이 도로의 첫 이용객이 된 기분이다.

그들은 네브래스카, 콜로라도, 유타, 그리고 네바다의 한쪽 끄트머리를 횡단한다. 멀리 라스베이거스의 불빛이 보인다. 그들은 사막을 질주한다. 여행은 몇 날이고 며칠이고 계속된다. 그들이 어디 있는지 아무도 모른다. 그리고 아무도 그들을 걱정하지 않는다. 그들은 혼자다. 신용카드 한 장과 새 카펫 냄새가 가신 렌터카 한 대와 함께 그들은 사라져버렸다. 원한다면 멕시코까지 계속 갈 수도 있을 것이다. 그리고 적도와 남회귀선을 지나 파타고니아를 가로질러 대륙의 맨 끝, 혼 곶에, 갑자기 땅이 끝나버리는 곳에서 멈출 수도 있을 것이다. 절벽 끝에서 간신히 균형을 잡고 서 있으면서 무시무시한 폭풍을 기다릴 수도 있을 것이다. 못 할 이유가 전혀 없지 않은가? 그들은 매일같이 그런 가능성들에 대해 얘기한다. 마리아 크리스티나는 뭘 좀 안다는 듯 혼 곳과 고래들에 대해 이야기한다. 필리트는 바다를 한 번도 본 적이 없다. 출발점으로부터 그렇게 먼 곳까지 흘러가기를 단념하는 건 아마도 그랬다가는 여행에 싫증이 날 것이고, 그럼으로써 지금 이 순간 그들 사이에서 만들어지고 있는 관계의 초반부의 소중한 부분이 파괴될 거라는 확신 때문일 것이다.

필리트는 보통 말이 없다. 세기만 한다. 나무들을, 집들을, 도로 표지판들을, 맥도널드들을, 약국들을, 연못들을, 놀이공원들을, 금발의 아가씨들을, 파란색 카우보이 부츠를 신고 다니는 남자들을, 영화관들을, 흑인 아이들을, 빨간 자동차들을, 버스터미널들을, 이름 대신 숫자가 달린 모텔들을, 666으로 끝나는 자동차 번호판들을 센다. 어디까지 세었는지 잊는 법이 절대 없다.

필리트는 마리아 크리스티나 덕에 피자를 처음 접했다. 전에 피자를 한 번도 먹은 적이 없다는 것에 놀라자 필리트는 대답했다. 이탈리아 음식이잖아요.

그 뒤로 그들은 그날그날의 여정에서 발견할 수 있는 가장 이국적인 것들을 선택한다. 완당탕, 탄두리 치킨, 스프링롤, 게 필테 피시, 라이치, 라자냐.

나쁜 일은 전혀 일어나지 않는다. 돈이나 렌터카를 도둑맞지도 않고, 사고를 당하지도 않고, 사기를 당하지도 않고, 인디언들의 습격을 받지도 않고, 식중독 한 번 걸리지 않는다. 필리트는 일종의 부적 같다. 마리아 크리스티나는 필리트가 자기를 보호해준다고 굳게 믿는다.

목적지를 몇백 킬로미터 남긴 어느 저녁, 그들은 폴크스바겐 콤비 미니밴으로 여행 중인 커플을 만난다. 그들은 도로변의 같은 주차장에 차를 세웠고, 음담패설이 잔뜩 새겨져 있는 가짜 토템 옆 간이 식탁에서 함께 식사한다. 날씨도 좋고, 장소도 로스트비프 샌드위치 먹기에 아주 좋네, 차에서 내리면서 마리아 크리스티나가 그렇게 말하자 필리트는 약간 비웃는 표정으로 그녀를 바라본다. 예전처럼 자주 그러는 것은 아니지만 그녀는 가끔 필리트에게 열광할 것을 강요한다. 예전엔 애들한테 말을 할 때는 또박또박한 발음에 강한 어조로 해야 한다고 굳게 믿었다. 그렇지만 지금 그녀는 자신이 여전히 로스트비프 샌드위치 먹기에 좋은 장소네, 같은 말을 한다는 것에 놀란다. 그것도 늘 하던 말이 또 나올 것임을 짐작할 수 있는 억양으로라니. 그날 저녁 공기는 너무 맑아 도로변에 있다는 기분조차 거의 안 들 정도이고, 옆에는 노란색 폴크스바겐 콤비를 가진 커플이 있다. 여자는 아름답다. 조용한 슬픔에 잠긴 표정이다. 남자는 여자를 위해 세심하게 배려를 한다. 여자는 회복기의 환자 같다. 그녀는 청바지 위에 헐렁한 실크 블라우스를 걸치고 있다. 블라우스는 세련되었고 아마도 값이 비쌀 것이다. 그들의 자동차와는 대조적이다. 마리아 크리스티나는 그녀가 블라우스를 훔쳤을 거라고, 여자는 도벽이 있다고, 아니면 남자가 훔쳐다주었을 거라고 생각한다. 남자는 턱수염을 기르고 있고 금발이며 여자보다 젊다. 그는 자기가 건강한 게 불편하기라도 한 것 같다. 그 점에 대해 사과하고 싶은 것처럼 보인다. 마리아 크리스티나는 그 남자를 약간 사랑하게 된다. 아니, 두 사람의 모습을 사랑하게 된다. 남자의 말로는 그들은 세계일주를 떠난 거라고 한다. 여자가 자리를 피해주자(남자가 자기에 대해 이야기할 시간과 기회를 주기라도 하려는 듯 여자는 자리를 피해주고 콧노래를 부른다. 그들은 그런 식이다. 서로에 대한 배려가 극진하다) 남자는 간이식탁에 앉은 채 말한다, 사실 저는 모든 일에 실패한 것 같아요. 무슨 일이든 말만 해봐요, 내가 시도했다가 실패하지 않은 일이 있나. 가족과도 실패했고, 사업에도 실패했고, 우정도 실패했고, 홍보 회사도 실패했고, 군인이었을 때도 실패했어요. 심지어 시골에 정착해서 유기농 치즈를 만들어보려고도 했는데 육 개월 뒤에 도시로 돌아와야 했어요. 저는 매사에 실패만 했어요. 하지만 이 훌륭한 여자와는 실패하지 않았어요. 그래서 이 여자와 함께, 이 여자를 위해 할 수 있는 일을 해보려고요. 마리아 크리스티나는 그의 뜻을 지지한다. 그녀는 그가 모든 것을 포기했다는 것을, 그가 아마 빚투성이였을 거라는 것을, 그들이 이 여행을 시작한 것은 여자가 아프기 때문이라는 것을 알게 된다. 전에는 두 사람 모두 남은 시간이 아직 많아 보였고 남자는 실패하느라 바빠 군이 이런 큰일을 시도할 이유가 없었다. 설사 세계 여행을 마치지는 못하더라도 여자는 최소한 알래스카는 볼 것이다. 마리아 크리스티나는 그들의 여행이 어떻게 끝날지 추측할 수도 있었겠지만 그러고 싶지 않다. 그녀는 낙담하고 싶지 않다. 그래서 도로변에서 그들과 함께, 필리트와 함께, 산들 사이를 행진하다가 빨갛게 저무는 태양을 바라보기만 한다. 그들은 서로에게 행운을 빌어주고, 여자는 필리트에게 가죽 끈에 달린 풍뎅이 모양의 터키옥을 준다. 필리트는 주는 것을 받는다. 여자가 껴안을 때 쭈뼛거리지도 않는다. 그저 정신이 딴 데 가 있을 뿐이다. 아니, 정신이 딴 데 간 게 아니라 마치 그런 친절을, 그런 포옹을 받아들여주기로 하는 것 같다. 지금 여자는 어린 소년을 품에 앉을 필요가 있으니까, 자기도 그걸 아니까. 연극에 동참하지 못할 기분은 아니다.

가끔 마리아 크리스티나는 이 아이는 과거가 없는 것 같다는 생각을 한다. 적어도 알 수 있는 과거가 없다. 쉽게 파악할 수 있는 게 하나도 없다.

라디오 주파수가 잘 안 잡힐 때가 많고, 음악을 틀어놓고 달리는 즐거움을 아이와 공유하고 싶기도 해서 그녀는 카세트테이프를 몇 개 산다. 아이는 마이클 잭슨과 마돈나를 처음으로 듣게 된다. 그녀는 평소보다 술을 덜 마시려고 한다. 술을 오후 다섯 시 삼십 분 이후에야 시작하고, 시작 시간을 매일 오 분씩 늦춘다. 필리트는 아무 말도 하지 않는다. 그녀가 왼손으로 핸들을 잡고 진을 병째로 마시는 것을 보고도 놀라지 않는다. 아이는 관대하거나 무관심하다.

한번은 아이가 말한다, 저도 목이 말라요.

그녀는 그제야 깨닫는다. 처음부터 아이는 그녀가 물을 마시고 자기는 소다수만 준다고 생각하고 있었던 것이다. 필리트가 어른의 축소 모델이 아니라 단지 비밀이 많은 어린아이에 불과하다는 것을 그녀는 잊지 말아야 한다.

# 그제야 깨닫다

그녀는 말해두었다. 우리를 기다리는 사람은 아무도 없을 거야. 차를 공항에 놓고 머스탱을 찾아 집에 도착하니 문 앞에 누가 있었다. 건물에 등을 기댄 채 하늘을 보면서 발목을 꼬고 서서, 인도 위 두 노숙자의 아양 섞인 조롱을 들으며 담배를 물고 기다리는 사람이 있었다.

"저 사람 여기서 뭐 하는 거야?" 마리아 크리스티나가 난처한 기분으로 중얼거린다.

마리아 크리스티나와 필리트는 마치 말을 타고 그 많은 주<sub>州</sub>를 횡단하기라도 한 듯 먼지투성이에 녹초가 되어 있다.

"지나는 길이었어요." 그녀가 무슨 말을 하기도 전에 그가 말한다.

그리고 그가 지나는 길이 아니었다는 것은 분명하다. 밤낮 가리지 않고 내내 기다리고 있었던 게 분명하다. 그녀의 걱정을 하고 있었던 게 분명하다. 갈런드는 이제 남들을 걱정하는 사람이니까. 그것은 아주 오래전, 가진 거라고는 제 몸뚱이와 그림자밖에 없었던 유년기의 한 시절로부터 비롯된 것이다. 그는 강요된 고립으로 고통받았다. 하지만 그의 인생의 그 순간에는, 서부영화를 콘셉트로 한 놀이공원에서 숨어 살던 시절에는 다른 식으로 버틸 수 없었을 것이다. 그는 남들을 신경 쓰지 않으려 하는 사람이었다. 무관심해야만 생존할 수 있었으니까. 이제 그는 다른 사람이 되었다. 며칠 동안 꼼짝도 안 하면서 기다릴 수 있는, 자기 안에서 무기물 구조를 찾아 그것을 붙잡을 수 있는, 돌덩이 같은 부동자세를 즐길 수 있는 사람이 되었다. 그는 기다릴 수 있다. 불안을 잠시 제쳐놓을 수 있다. 그는 망을 보고 있다. 그는 저격수, 마약상, 경찰, 곰 사냥꾼이다. 그는 부동의 인간이다. 그것은 그의 본질적인 지점이다. 집의 옹벽 같은 것이다. 그것은 지하실이다, 건물을 짓기 위해 굴착한 암반이다. 갈런드는 기다릴 줄 안다. 그는 택시 운전사이자 망명객이다. 그는 가난하다. 꽤 가난하다. 그는 기다릴 줄 아는 사람이다. 그것은 라틴아메리카 사람들의 특징일 수도 있다. 비록 갈런드는 라틴아메리카 사람이 아니지만. 하지만 로스앤젤레스에서 사는 것은 넓게 보면 라틴아메리카에 사는 게 아닌가? 남에서 북으로의 마지막 질주, 공간과 영토의 정복, 먼지와 바람의 뜀박질, 참고 기다리며 지루해하는 사람들은 익히 알고 있는 느릿한 나선형 시간의 뜀박질이 아닌가? 그리고 지루해하려면 용기가 필요하다, 권태는 기나긴 불면증과도 같다. 공포와 불안을 직시해야 한다. 예민한 신경을 누그러뜨릴 줄 알아야 한다. 영혼의 허기를 채울 줄 알아야 한다. 그러니까 그는 이 느릿한 나선형의 시간으로부터 자양분을 이끌어내 침울하면서도 애수 어린 성격을 가지게 되었다. 굶주리고 그 어느 곳에도 자리가 없는 이들, 하지만 누군가가 자리를 만들어주기를 기다리는 것밖에는 달리 할 수 있는 게 없는 이들 특유의 침울하면서도 애수 어린 성격 말이다. 이런 사람들은 남의 자리를 강제로 빼앗지 않을 것이다. 자리가 비기만을 기다릴 것이다. 그리고 마리아 크리스티나는 그가 늘 곁에 있었기 때문에 그에 대해 아무것도 알려 하지 않았다는 걸 깨닫는다. 그리고 그것이 그의 주요 장점이었다. 그녀는 가끔씩 그를 찾아 의지할 사람으로 여길 수 있었고, 바로 그 때문에 그에게 절대 도움을 청하지 않았던 것이다. 마리아 크리스티나는 본능적으로 독립적인 사람이니까, 혼자 있는 것을 열렬히 갈구하는 사람이니까. 그리고 지금 이 순간 그녀는 이 아이를, 미친 언니의 아이를 데리고 있다. 이 아이를 어찌할 것인가? 그녀가 할 수 있는 유일한 일은 아이를 갈런드에게 주는 것이다, 갈런드에게 맡기는 것이다. 바깥바람을 쐬는 척하면서 자기를 기다리고 있는 그를 보는 순간 그녀의 머리를 스치고 지나가는 것은 그런 생각이다. 그녀는 중얼거린다, 이 남자는 풍경이야. 과거가 어땠는지는 몰라도 그의 느긋함은, 아니, 느긋함이 아니라 일분일초를 추가 휴식 시간처럼 살겠다는 그의 신념은, 현재만을 보고 살겠다는 신념은—그는 바보가 아니니까—그러니까 그의 느긋함은, 더 적당한 말이 없으니, 그 느긋함은 필리트에게 가장 잘 맞는 것일 것이다. 그리고 그녀는 릴레이 경주에서 횃불이나 바턴을 넘기듯 아이를 갈런드에게 넘기는 것이 터무니없는 일이라고 생각하지 않는다.

# 무지

갈런드는 아이가 누구인지 묻지 않았다. 그럼에도 그녀가 아이를 데리고 있는 것을 보더니 마치 그녀가 황제펭귄 떼와 산책이라도 나온 것처럼 놀란 기색이었다. 하지만 당혹감을 겉으로 드러내진 않았다. 그는 레지던스로 들어가는 철책 문 옆에, 문턱에 서 있었다. 그는 언제나 문턱에 머무르는 부류의 사람이었다. 사시사철 입고 다니는 (낡아서 그런 것인지, 단지 품질이 나빠서 그런 것인지) 살짝 속이 비치는 검은 터틀넥 차림이었다. 원래는 그의 이상한 문신을 가릴 목적으로 입는 옷이었지만 그렇게 비쳐 보이다보니 상반신, 팔, 목 위의 형상들을 더 이상하게 만들 뿐이었다. 마치 담쟁이덩굴이 그의 살갗에 들러붙어 살기로 한 것 같았다. 누군가가 지적을 했던 게 틀림없는 것이, 그는 이제 남들이 있을 때는 재킷을 벗지 않았다. 그는 고객의 집에서 언제든 출발할 수 있도록 재킷 차림으로 안락의자 끄트머리에 앉아 맥주를 마시고 머리를 맑게 하려고 빡빡 민 머리를 만졌다.

마리아 크리스티나는 필리트의 어깨에 오른손 손가락을 얹으면서 말한다.

"갈런드, 직업적 수비학자數秘學者인 내 어린 친구를 소개할 게요."

갈런드는 이 젊은이의 능력을 정확히 파악하고 있음을 보여주려고 입을 삐죽 내밀고는 허리를 굽혀 필리트와 악수한다.

그들은 아파트에 들어간다. 장 뤼크가 바에서 뛰어내려와 그들을 맞이한다. 밥 줄 사람이 맞나 확인하려고 내려온 것인지도 모른다. 마리아 크리스티나를 알아보자 장 뤼크는 등을 돌리고는 토라져서 욕실로 가버린다.

마리아 크리스티나는 갈런드와 필리트에게 자신이 집 안을 환기시킬 동안 편하게 앉아 있으라고 한다. 악어 입속에 들어간 기분이다. 오래된 물 냄새와 썩은 고기 냄새가 난다. 필리트는 거실에서 보이는 수영장에 넋을 잃는다.

"이모 부자구나." 필리트가 말한다.

필리트가 누구인지 설명을 듣자 갈런드는 마리아 크리스티나에게 말한다.

"그러니까 이 애를 납치한 거로군요."

그녀는 격렬히 항의한다.

"절대 그런 게 아니에요. 이 애의 할머니가 나한테 애를 맡겼다고요."

"하지만 할머니는 그럴 권리가 없잖아요. 엄마나 아빠면 몰라도."

이 지적에 그녀가 경기를 일으킬 듯하자 갈런드는 표현을 완화한다.

"그냥 일시적인 것이라고 생각하죠. 그러면 납치가 아니라 휴가인 셈이니까."

마리아 크리스티나는 눈살을 찌푸리며 갈런드를 주시한다. 마치 아주 먼 곳에서 그를 바라보기라도 하듯, 그에 대해 알고 있는 얼마 안 되는 정보와 지금 그가 보여주는 모습을 서로 맞춰보려고 애쓰기라도 하듯. 그녀는 문득 그에 대해 훨씬 많은 것이 알고 싶어진다. 그가 어떤 부류의 사람인지, 어떤 종류의 장소에 살고 있는지. 그를 처음 만난 것은 클라라문트만큼이나 오래되었지만 그녀는 한 번도 그의 집에 가본 적이 없다. 그 것은 엄연한 사실이다. 확실하다. 갈런드는 한곳에 머무는 사람이 아니다. 실제로는 어느 것도 확실하지 않다. 그녀는 갈런드의 인생에 대해 갑자기 관심이 생기는 것이 잘 설명이 안 된다. 이건 이성적이지 않아, 그저 그가 나보다 더 훌륭한 엄마가 될 거라서 이러는 거야. 엄마들은 자식이 없으면 불안해하고, 인내심이 무한하고, 자식이 귀가하기를 밤새 기다리고, 자식이 들어와 문을 잠근 뒤에야 눈을 붙이니까. 그녀는 그에게 맥주를 갖다준다. 자기가 먹으려고 마르가리타도 한 잔 만든다. 그녀는 그가 여기에 있고 자기들을 맞이해준 덕에 마음이 놓였음을 깨닫는다. 콘솔 위에서 빛의 속도로 깜박거리고 있는 자동응답기를 듣고 싶지 않다. 샤워를 하고 여행의 피로를 풀고 싶지 않다. 그녀는 이 여행을 자기 안에 간직하고 싶다. 자기 집이 여행의 일부가 되었으면 좋겠다. 자, 출정이다. 우리의 충직한 준마駿馬에 오르자, 라고 필리트에게 말한 다음, 노새는 뒤쪽에 묶어놓고 스프링필드 카빈총을 어깨에 메고 다시 여행을 떠나 새로운 영토들을 주파하고 싶다.

# 같은 시간, 세 개의 꿈

그날 밤 필리트는 마이클 잭슨이 죽는 꿈을 꾼다. 필리트에게는 실마리가 있다. 그는 마이클 잭슨이 왜 죽었는지 안다. 악마에게 영혼을 팔았기 때문이다. 필리트는 어떤 원초적 장면을 목격한다. 십대 시절(혹은 십대가 되기 직전에, 마리아 크리스티나가 들려준 그 천사 같은 목소리를 아직 갖고 있었을 때) 마이클 잭슨은 스포츠용품 가게의 파란색 운동화를 탐낸다. 두꺼운 흰 고무 창이 달린 번쩍이는 커다란 파란 운동화다. 그의 옆에 한 남자의 형체가 빚어지더니 영혼을 바치면 파란 운동화를 주겠다고 약속한다. 마이클 잭슨은 생각한다.—필리트는 마이클 잭슨의 생각을 읽는다—설사 이자가 미친놈이라고 해도 적어도 운동화는 생기겠네. 이자가 진짜 악마라 해도 난

아직 시간이 있으니 두고 봐야지. 이 "두고 봐야지"가 마이클 잭슨 죽음의 실마리다.

그날 밤 마리아 크리스티나는 슈퍼마켓에 있는 꿈을 꾼다. 그녀는 필리트와 함께 있다. 그들은 몸을 숨긴다. 사람들이 그들 주위를 돌면서 매장 통로를 어슬렁거리는 맹수들로부터 그들을 보호해주려 한다. 마리아 크리스티나는 필리트와 함께 매장 안쪽, 정육점 코너 근처에 있는 커다란 우리로 피신한다. 암사자 한 마리가, 어깨를 흔들며 걷는, 정말이지 아름다운 암사자 한 마리가 그들을 보호하던 사람들을 하나씩 잡아먹기 시작하는 게 보인다. 그녀는 필리트의 눈을 가린다. 필리트는 눈앞에서 벌어지는 장면에 아무 관심이 없다. 아이는 아무것도 신경 쓰지 않고 손가락으로 장난을 하고 있다. 그녀는 어떻게 하면 갈기갈기 찢기지 않고 이 우리에서, 슈퍼마켓에서 빠져나갈 수 있을지 궁리한다. 하지만 영리하고 날렵한 생각은 전혀 떠오르지 않아 잠이 깰 때까지도 꿈은 미해결 상태로 남는다.

그날 밤 갈런드는 서머필드로 돌아가는 꿈을 꾼다. 도시와 그가 살았던 스포츠센터는 황폐해졌다. 폭격기들이 포탄을 투하했다. 갈런드는 슬프면서도 마음이 놓인다. 그것은 옛날 영화의 플래시백 장면들처럼 희미한 흑백의 꿈이다. 꿈은 심지어 소리 파트마저 찍찍거리는 것 같다.

# 패주

라페루즈로부터 돌아온 지 한 달 뒤 클라라문트가 샌타모니카의 마리아 크리스티나의 집에 들이닥친다. 그는 택시를 타고 왔다. 면허가 있는, 차 안에서 정맥염을 앓고 있는 창백한 낮의 기사가 운전하는 진짜 택시다. 이동 수단의 선택만 봐도 클라라문트가 한바탕하려는 기분임을 짐작할 수 있을 것이다. 그에게 문을 열어주면서 마리아 크리스티나는 지난번 만났을 때, 그러니까 그녀가 라페루즈로 떠나기 전날 만났을 때 두 사람이 꽤 냉랭하게 헤어졌다는 사실을 잊고 있었다. 돌아온 뒤로 그에게 전화하지 않은 건 사실이다. 전화를 하고 싶지 않았다. 둘 사이에 그런 일은 종종 있었다. 그녀가 외국에 나갔다가 몇 주 후 선물을 들고 돌아와 지난번 만났을 때의 애매한 지점에서 다시 관계를 재개하는 식이었다. 대단히 잘못될 것도 없는 일이다. 문을 열어줄 때 그녀는 통화 중이다. 어느 젊은 남자, 마리아 크리스티나 바토넨의 소설에 나타나는 피해자들의 모습을 분석하려는 문학박사 과정의 학생과 통화 중이다. 그녀는 학생에게 친절하게 대한다. 다음 주에 시간을 내어 만나주기로 한다. 그리고 지금 나타난 클라라문트는 그녀가 아첨꾼 학생에게 찬사를 받는 꼴을 볼 기분이 아니다. 그는 전화를 끊으라고 손짓한다. 그는 창가에 앉는다. 수영장 근처 포석 깔린 안뜰로 나가는 사람은 거의 없다. 레지던스 입주자들이 고용한 예의 바른 수영 코치며, 그의 호루라기 소리며, 캐러멜 색으로 태운 그의 피부며, 그곳은 너무 위험하거나 너무 문명적인 장소 같다. 마리아 크리스티나와 그녀의 손님들은 전면 유리창 뒤에 있으면서 물이 반짝이는 모습을 보는 것으로 만족한다. 온종일 수영장에서 시간을 보내는 것은 꼬마 필리트밖에 없다. 필리트는 지금도 수영장에 있다. 필리트는 수영을 할 줄 모르고, 수영 코치의 불평에도 불구하고 수영장 옆 발 씻는 곳에서 뒹구는 걸 더 좋아한다. 코치는 계속해서 거긴 세균의 온상이다, 다른 데 앉아야 한다, 라고 하지만 필리트는 그곳에 앉아 사람들이 물놀이하는 것을 구경하는 걸 좋아한다. 아니면 수영장을 청소하는 사람들이나 일광욕실 뒤쪽의 초목에 물을 주는 사람들을 구경하거나. 발 씻는 곳은 필리트에게 크기가 딱 맞고 위험해 보이지도 않는 수영장이다. 필리트는 아마 뭔가를 세고 있을 것이다. 하지만 그는 덧셈의 결과를 남에게 알려주지 않는다. 가끔 입술이 움직이고 만족스러운 표정이 떠오르는 게 보인다.

그 전날, 저녁을 먹으려고 귀가하는데 필리트는 기분이 몹시 좋아 보였다. 소다 거품처럼 기쁨이 톡톡 튀어서 마리아 크리스티나는 말했다.

"행복을 향해 출발!"

그 뒤로 필리트는 누가 말만 걸면 그 말을 되풀이한다. 행복을 향해 출발, 행복을 향해 출발.

마리아 크리스티나는 전화를 끊고 클라라문트에게 인사를 한다. 그는 즉각 공격에 나서서 그녀가 무슨 짓을 하는지 이해가 되지 않는다고 한다. 그녀는 사라졌고, 갈런드와 자기 시작한다. 갈런드와 자다니 바보 아닌가? 갈런드는 권할 만한 사람이 아니다. 게다가 그녀는 갈런드에게 아이를 맡기고, 갈런드는 아이를 극장에 데려가거나 롤러스케이트를 타러 가는 모양이다. 그 외에 또 어떤 머리 나쁜 유인원들이나 하는 짓거리를 하고 다니는지 모르겠지만. 그녀는 그가 아이를 마약 운반책으로 만들 것을 모르는 것인가. 그는 아이에게 지저분한 물건들을 들려 멕시코로 보낼 것이다. 하지만 맙소사, 왜 그 작자랑 자는 것인가. 정말 실망스럽다. 그자는 택시 운전사야, 마리아 크리스티나, 우울증에 폭력 성향이 있는 택시 기사라고. 그녀가 그런 악취미를 키우는 게 짜증난다. 그런 몰지각은 대체 어디서 나온 것인가. 위스키 한 잔 줘. 그들은 가족이 될 것이다. 그녀가 내심 바라는 건 그것이었다. 그녀는 소시민적 꿈을 감추고 있었다. 작가인 척, 고독한 예술가인 척, 불쌍하고 외로운 여자인 척했지만 속으로는 그런 걸 바라고 있었다. 어린아이와 문신한 남편 같은 것. 얼마 안 있어 그녀는 테니스 클럽에 등록할 것이다. 그자가 그녀를 따라갈 것이고, 플리츠 미니스커트를 입은 유부녀들은 그 빡빡머리와 문신을 보고 반할 것이다. 요컨대 그녀가 바라는 게 그런 것이었다. 자기보다 못한 남자와 결혼하고 싶은 것이다. 격이 떨어지는 남자랑 결혼하고 우쭐해하는 건 정말 못난 짓 아닌가? 그 작자보다 그녀가 더 낫다는 것을, 더 교양 있고 더 재능 있고 더 유명하다는 것을, 더 유명한 거야 두말할 나위도 없지만 더 돈이 많다는 것을 모르는 사람은 없을 것이다. 위스키 한 잔 더 줘. 그녀는 도대체 무슨 생각을 하는 것인가, 이국 취향을 불러일으키는 상대와 사는 게 오래가는 커플의 비결이라고 생각하는 것인가. 나 웃어도 돼지?

"내 사생활에 대해 누가 그렇게 꼬치꼬치 알려줬는지 알고 싶은데."

"소식통들이 있어."

"정확히 뭘 질투하는 거야?"

"난 질투하는 게 아니야." 클라라문트가 고래고래 소리를 지른다. "다 당신 잘되라고 하는 소리야."

받아들일 수 없는 것들을 주려 하는 인간들보다 짜증나는 게 있을까? 마리아 크리스티나는 생각한다. 싫다고 하면 부정적이라고 몰아버리는 인간들. 상대가 공손하고 고분고분하다는 걸 이용해 한 번도 달라고 하지 않은 것을 받으라고 하는 인간들. 그걸 받으면 신세를 진 게 되고, 그렇게 되면 눈을 어느 쪽으로 돌리건, 어떤 입장을 취하건 이미 덫에 걸린 거지.

그녀는 자리에 앉는다. 모든 것을 깔끔하게 정리할 때가 되었다. 필리트가 돌아오는 소리가 들린다. 필리트가 안뜰 포석 위를 걸으니 작은 빗방울 소리가 난다. 유리문은 반쯤 열려 있다. 필리트는 그리로 코를 들이밀고 그들을 쳐다보더니 이해한다. 뭘 이해한 건지는 몰라도 뭔가를 이해한다. 그래서 말한다.

"저 다시 가서 좀더 놀다올게요."

필리트는 돌아간다. 자그마한 아이는 덥수룩한 갈색 머리에 목욕 타월을 뒤집어쓰고 있다. 그녀는 이 아이를 진심으로 사랑한다.

그녀는 클라라문트 쪽으로 몸을 돌리더니 그의 팔뚝에 손을 얹고 이야기를 시작한다.

"나도 정보원들이 있어, 클라르."

"뭐에 대해서?"

"《못된 여동생》을 두고 당신이 레베카 스테인과 체결한 중개인 계약서에 대해서."

그는 크게 소리 내어 한숨을 쉰다. 어쩌면 대응책을 찾고 있는지도 모른다, 아니면 포기하는지도 모르고. 그는 포기하는 중이다. 그가 사실을 받아들이기 위해서는 잠시 시간이 필요하다. 주사위는 던져졌다고 생각하고 있을 것이다.

"그건 완전히 합법적인 일이었어." 한번 시도해본다.

"그러면 왜 나한테 한 번도 얘기를 안 했는데?"

"아는 줄 알았지."

"만약 알았다면 당신이 가져갈 몫에 충격을 받았을 것 같은데."

"잘 기억이 안 나."

그는 생각에 잠긴 표정이다. 약간 꾀죄죄한 흰 양복을 입고 전면 유리 앞 안락의자에 앉아 있는 그의 모습은 마치 폐위된 왕 같다. 타락하여 폐위된 왕 같다. 심장이 두근거리고 몸이 근질거리고 엄청나게 땀을 흘리는 왕 같다.

"레베카 스테인이 당신한테 얼마를 주는지 난 몰랐어." 좀 더 자세히 말한다.

"정말?"

마리아 크리스티나는 그런 거짓말로는 빠져나갈 수 없다는 것을 이해시키기 위해 눈살을 찌푸린다. 더구나 그는 어떻게 해도 빠져나갈 수 없다, 패배를 받아들여야 한다.

"당신의 성공에 나도 기여했어." 곰곰이 생각하며 그가 말한다.

"기여했지, 근데 그 성공을 이용하기도 했잖아."

"잘 모르겠어."

"모르긴 뭘 몰라?"

"그리고 그때 당신은 미성년자였잖아."

"공식적으로는 아니었어, 클라르, 기억 안 나? 그러니까 나는 후견인이 전혀 필요 없었던 거야."

"내가 다 알아서 처리했잖아."

"더구나 그 후견인은 나랑 자는 사이였고."

"어휴, 그런 얘기는 듣고 싶지 않아. 내가 어떤 사람으로 여겨지기를 바라는 거야? 미성년자 강간범?"

(그는 그 단어를 제대로 발음하지 못한다. 발음이 잘 안 되는 외국어이기라도 한 것처럼.)

"그런 건 전혀 아니야. 하지만 당신이 존경받는 작가로서 업계에 처음 발을 내딛는 어린 소설가를 챙겨주기만 한 건 아니지."

"내가 다 알아서 처리했잖아." 클라라문트는 같은 말을 되풀이한다.

"그리고, 레베카 스테인에게 《못된 여동생》 원고를 보여주면서 자기 글인 척하지 않았어?"

"무슨 소리야?"

"그때 당신은 무일푼이었고 궁지에 몰려 있지 않았어?"

"그렇게 바보 같은 얘기는 정말 처음 듣는군."

"나도 인정해. 내 자전적 이야기가 클라라문트의 소설의 진수로 여겨질 수 있다고 생각하다니, 어떻게 그렇게 자만할 수가 있지?"

"나는 그런 종류의 도둑질을 하는 사람이 아니야."

"정말? 그러면 그냥 그렇게 사기를 쳤을 때 레베카 스테인이 어떻게 나오나 보고 싶었나보지."

"헛소리하지 마."

"온 세상을 우롱하는 게 재미있다고 생각했겠지."

"나는 그런 사람이 아니야."

"클라르, 당신은 약장수야."

그는 대응책을 검토하는 것처럼 보인다. 그러더니 어깨가 살짝 처진다.

"그러니까 내가 당신의 신뢰를 배반했을지도 모른다고 생각하는 거로군." 그는 정신과의사처럼 담담한 어조로 말한다.

"그럴 가능성을 배제해야 할 까닭이 없는 것 같은데."

그들은 모두 아주 느릿느릿 말한다. 마치 두 사람 사이에서 누가 졸고 있어서 깨우지 않으려고 조심하는 것 같다. 화를 내지 않으려고 조심하는 것 같다.

"원하는 게 뭐야?" 그가 묻는다. "돈? 돈을 원한다면 알아둬, 난 알거지야."

"정말로 내가 돈을 원한다고 생각해?"

그는 한숨을 쉰다.

"그건 아니겠지."

그녀는 그를 한참 동안 쳐다본다. 밖에 있는 사람을 내다보듯 쳐다본다.

그녀는 클라라문트의 사무실 바닥에 뒹굴고 있던 계약서들을 읽었을 뿐 아니라 그에 대해 다른 것들도 알아낸 게 있다. 하지만 지금 여기서 그에게 그것들을 밝히는 건 너무 잔인한 일일 것이다. 그가 무대를 퇴장할 때 허울뿐일지라도 체면을 유지할 수 있어야 한다. 그녀는 그의 목에 펜싱 검을 박아버리지 않은 것을 칭찬받고 싶다.

"그럼 나는 그만 일어날게." 그가 말한다. "그만 일어나서 가볼게. 당신이 택시 운전사랑 자건, 그 애를 키우건, 나 없이 살건 상관 안 할게."

"그렇게 해."

그는 고개를 끄덕이고, 술잔을 내려놓고, 커다란 한숨을 내쉬면서 안락의자에서 몸뚱이를 끄집어낸다.

"부탁인데, 차 한 대만 불러줘."

그리고 문 쪽으로 향한다. 그가 몸을 돌리더니 주머니를 뒤지는 척한다.

"지갑을 안 들고 나왔네."

"서둘렀나보지."

그녀는 20달러를 가져와 그에게 건넨다. 그는 받아들고는 다리를 절면서 마리아 크리스티나의 인생에서 퇴장한다.

# 행복

그 한 달 동안, 라페루즈에서의 귀환과 클라라문트의 패주 사이의 시간 동안, 중요한 사건이 여럿 일어나 마리아 크리스티나가 갖고 있던 몇 가지 신념을 뒤흔든다. 적어도 신념 비슷했던 것, 하지만 종종 방탕한 생활의 모습으로 나타났던 것들을.

그녀는 먼저 필리트를 조앤에게 소개했다. 조앤은 아이를 보고 넋을 잃었고, 이 아이를 원한다고, 원한다고, 원한다고 탄성을 질렀다. 조앤을 처음 만났을 때 필리트가 그녀를 보고 굉장한 미인이라고 했던 것이다. 필리트는 정말 그렇게 말했다. 이 아줌마 정말 미인이네요. 조앤이 탈색한 머리에 하고 있던 왕관 모양 머리띠 때문에 그런 말을 했을지도 모르지만 그건 중요치 않다. 아이는 그렇게 말했고, 누구나 그렇듯 조앤은 자기를 좋아하거나 자기를 선택하거나 자기를 다른 사람보다 더 좋아하는 사람을 만나면 사족을 못 쓴다. 그래서 그녀는 내가 얘를 입양할래, 라고 선언했다. 물론 말이 그렇다는 것이지 진심은 아니었지만. 어쨌든 그 우유부단한 성격에도 불구하고 조앤은 쉬는 날이 돌아오자마자 그날을 필리트와 보냈다. 조앤은 필리트를 아들 루이스와 함께 스케이트보드 장에 데려가기로 했다. 무슨 이유인지는 몰라도 갈런드가 마리아 크리스티나와 필리트를 조앤의 집까지 데려다주었다. 어쩌면 마리아 크리스티나의 차가 고장이 났을 수도 있지만 그랬다는 증거는 없다. 어쩌면 마리아 크리스티나는 조앤이 필리트를 정말로 스케이트보드 장에 데려가도록, 외출 계획을 접고 집에서 케이블티브이로 뮤직비디오나 보면서 나른하게 반나절을 보내는 일이 없도록 확실히 하고 싶었던지도 모른다. 좌우지간, 갈런드는 마리아 크리스티나와 필리트를 조앤의 집까지 데려다주었고 마리아 크리스티나를 다시 그녀의 집으로 데려다주었다. 돌아오는 길에 그들은 포인트 듐 근처에 차를 세우고 전망을 바라보았다. 그들은 차에서 내릴 수도 있었겠지만 차 안에 머물렀다. 그 어마어마한 햇빛 속에서 태평양의 수평선을 차 앞 유리창을 통해 바라보는 것만도 벌써 특별한 일이었다. 그리고 갈런드는 마리아 크리스티나에게 키스를 했다. 그가 그녀 쪽으로 몸을 구부려 키스를 시작한 게 두 사람이 가까이 왕래했던 그 모든 나날 중 하필 그날일 이유는 전혀 없다. 하지만 그는 그날을 선택했고, 그날 목석같은 태도를, 성난 표정이나 경계하는 표정을 벗어던졌다. 그것은 그녀가 그에 대해 경계심을 풀었던 것과 무관치 않다. 그는 그저 마리아 크리스티나의 얼굴에 왼쪽손을 얹었다. 그녀의 얼굴을 두 손으로 잡은 게 아니었다. 그는 손바닥을 마리아 크리스티나의 뺨에 대기만 했고, 조금도 강요하는 느낌 없이 그녀의 입술에 키스했다. 그리고 마리아 크리스티나의 심장은 두근거리기 시작했다. 그녀는 생각했다, 맙소사 이게 무슨 일이람? 그녀는 차에서 내려 보닛에 앉았다. 모든 것이, 철판도 대양大洋도 전날 생긴 빗물 웅덩이도 반짝이고 있었다. 보닛은 뜨거웠다. 그리고 그는 계속 키스를 하면서 그녀를 지극히 소중하고 연약한 존재라도 되는 것처럼 껴안았다. 아마 그는 정말 그렇게 생각했을 것이다. 그리고 한편으로는 그녀에게 고마워하고 있었다. 그리고 설사 모호하고 불분명하고 심지어 옳지 않은 방식이었을지라도 그가 고마움을 표시했다는 사실에 마리아 크리스티나는 감동했다. 그녀는 그게 우스꽝스럽다거나 불쌍한 척하는 것이라고 생각하지 않았다(게다가 그는 우스꽝스럽거나 불쌍한 척하는 사람으로 보이지 않았다). 그녀는 감동적이라고 생각했다. 그날은 바람이, 향긋하고 시끄러운 바람이 불었고, 먹이를 찾는 갈매기들이 잔뜩 날아다니고 있었다. 그들은 절벽 위 인적 없는 주차장 끝, 바위들과 녹슬어가는 가전제품들이 있는 곳에 있었다. 그리고 그 순간 마리아 크리스티나가 느낀 것은 일종의 안도감이었다.

그들은 집으로 돌아가 오후 내내 술을 마셨다. 그리고 조앤에게서 전화가 왔는데, 필리트가 너무 재미있는 아이라서 자기 집에서 재우겠다는 것이었다. 그녀는 집에서 루이스와 함께 밤에 이소룡 영화를 보겠다고 했다. 루이스도 필리트를 너무너무 좋아하니까. 그들은 계속 술을 마셨고 침대로 기어들어갔다. 마리아 크리스티나는 중얼거렸다, 좋았어 좋았어 좋았어, 술꾼 둘이 같이 자는 거네.

한밤중에 갈런드는 다시 옷을 주워 입고 자기 집으로 돌아갔다. 그가 집에 도착해보니 이미 십 분 전부터 전화기가 울리고 있었다. 마리아 크리스티나의 전화였다. 그녀는 단지 그와 이야기를 나누고 싶은 것이었다. 자신은 모르는 그 장소에서 자신이 말하고 그가 듣는 것을 상상하고 싶었다. 그녀는 그가 자기 아파트를 묘사해주길 바랐다. 이 모든 것이 갈런드를 웃게 만들었다. 그는 침대에 누웠고, 두 사람은 도시 하나를 사이에 두고 베개를 벤 채 한참 동안 얘기를 나눴다. 잠이 들어 조용한 때도 있었다. 갈런드는 잠깐 졸다가도 계속 술을 마셨지만 마리아 크리스티나는 술을 마시지 않았다. 그녀는 잠을 잤고, 잠에서 깼고, 그에게 말을 했다.

다음 날 그녀는 이제부터 그를 갈런드가 아니라 오즈라고 부르기로 결심했다. 그 얘기를 하려고 전화를 했지만 그는 집에 없었다. 그녀는 자동응답기에 메시지를 남기면서 오즈오즈 오즈오즈오즈오즈 이백이십이 번 반복했다.

조앤이 필리트를 데려왔다. 가라데를 배우기로 결심한 필리트는 들어오자마자 말했다.

"나 어제 스케이트보드 장에서 호머하고 마지*하고 같이 사진을 찍었어요."

"대단한데."

"심슨 가족으로 분장한 사람들이었어요."

"아, 그랬구나, 진짜 호머와 마지가 아닐 것 같았어."

조앤은 어떤 아이라도, 심지어 헨젤과 그레텔의 마녀 집에 오 년 동안 갇혀 있던 아이라도 천진한 진짜 미국 어린이로 탈바꿈시키는 재주가 있었다.

마리아 크리스티나의 소설에 나오는 피해자의 모습에 대해 글을 쓰려는 젊은 학생이 그날 전화를 걸어왔다. 그는 〈그란타 Granta〉지에 노벨상 선정 과정에 대한 글을 쓴 경력이 있었다. 그 말을 듣자 마리아 크리스티나는 클라라문트가 간발의 차이로 노벨상을 놓쳤던 때에 대해 자세히 묻지 않을 수 없었다. 별로 놀랍지 않게도 그녀는 클라라문트가 한 번도, 단 한 번도

---

* 〈심슨 가족〉의 주인공 부부.

본심에 오르지 못했고 아마 한림원 회원 중 그의 이름을 아는 사람은 아무도 없을 거라는 사실을 알게 되었다.

손목에 묶여 있던 밧줄을 풀게 되는 완벽한 순간이 있다. 밧줄은 손목에 자국과 화상을 남긴다. 밧줄 자국과 화상은 오랫동안 남아 있을 것이다. 하지만 손목을 바라볼 수 있는 것은, 하루에도 몇 번씩 바라보는 것은, 손목에 밧줄 자국만 보이고 밧줄 자체가 없는 것은 얼마나 기쁜 일인가!

그녀는 침실을 서재로 만들고 예전 서재를 필리트의 방으로 만들었다. 그녀는 커튼을 달고 벽에는 압정으로 이소룡의 포스터들을 붙였다. 커튼은 알록달록한 실로 되어 있었는데 필리트는 그게 굉장히 아름답다고 생각했다. 필리트가 세어보니 실은 이천사백오십이 올이었다.

"애를 학교에 등록시켜." 갈런드가 며칠 뒤 돌아와서 말했다. "그러면 모든 게 예전으로 돌아갈 거야."

하지만 마리아 크리스티나는 과연 모든 것이 예전으로 돌아가기를 원하는지 확신이 안 섰다.

그들이 처음으로 하룻밤을 온전히 같이 보냈을 때 그녀는 그에게 물었다.

"우리에게 무슨 일이 일어나고 있는 거야?"

그러자 그가 대답했다.

"피할 수 없는 일이었어."

그녀는 스스로 질문했다. 어느 순간에도 그녀는 이 관계가 피할 수 없는 것이라고 생각한 적이 없었다. 그들이 처음 마주친 날부터, 아니, 좀더 정확히는 '난초의 날'부터, 그들이 함께 시간을 보내고 함께 얘기하고 함께 술을 마신 것은 그때가 처음이었으니까, '난초의 날'부터 그들의 만남이 피할 수 없는 일이라는 사실이, 자기도 모르는 새 그녀가 그 만남을 향해 나아가고 있었다는 사실이 갈런드의 눈에는 보이고 마리아 크리스티나에게는 보이지 않았다는 게 과연 가능하단 말인가?

그 뒤로 마리아 크리스티나는 그의 인생의 구성 요소 하나하나를 작은 보물들처럼 자기 주위에 놓았다. 그녀는 너무나 오래전부터 갈런드에게 배어 있는 평온한 체념이, 닥칠 일은 닥치게 마련이라는 신념이 어떤 것인지 이해하려 노력했다. 그래서 그녀는 만사가 최대한 천천히 일어나고 사라지게 두기로 했다. 이들이 대양과 사막으로 둘러싸인 미국의 이 기묘한 장소에 있다는 것을 잊지 말자. 수많은 사람이 닿으려 했지만 겨울에 발목이 잡혀, 계곡과 자갈길에서 길을 잃어 출구를 찾지 못해, 캘리포니아와 액운을 막아주는 감귤들의 꿈과 종려나무들과 황금의 꿈을 찾지 못해 같은 자리에서 맴돌다가, 급기야는 서로를 잡아먹다가 닿지 못했던 미국의 이 기묘한 곳에, 멸균 처리와 살균 처리를 한 이 기묘한 곳에, 아이들을 위한 전래동화와 같은 환상의 세계에, 불안하고 완벽하고 비능률적이며

새로 산 해변용 장난감처럼 번쩍이는 환상의 세계에, 미국의
이 기묘한 곳에 있다는 것을 잊지 말자. 그 뒤로 마리아 크리스
티나는 발음이 불가능한 성姓을 가진 애인 옆에서 잠깐이나마,
드문드문이나마 꾸벅꾸벅 졸 수 있다.

# 노스리지 대지진

땅이 흔들리기 시작한 것은 1994년 1월 17일 네 시 삼십일 분이다. 지진의 진앙지는 로스앤젤레스에서 약 30킬로미터 떨어진 리시다Reseda이다. 피해가 가장 큰 곳은 리시다이다. 집들이 무너진다. 도로가 둘로 갈라진다. 도로 밑에는 애초에 크레바스밖에, 지구 중심으로 곧바로 길이 난 거대한 크레바스밖에 없었고, 우리는 모두 그것을 모른 채 매일같이 매캐덤 도로* 위를 지나다니고 있었고, 그 매캐덤 도로가 덮고 있던 것은 다만 허공과 화염과 액체 상태의 바위였던 것이다.

마리아 크리스티나 바토넨과 오즈 미트자베르즈브키는 지

---

* 쇄석碎石과 아스팔트를 사용해 틈이 없게 만드는 도로포장 공법.

난달에 결혼했다. 결혼식에는 아무도 초대받지 않았다. 조앤, 그리고 오즈만큼이나 발음하기 어려운 성을 가진 오즈의 친구 하나, 그리고 당연히 어린 필리트, 이들을 제외하면 당신도 누구도 초대받지 않았다.

결혼식은 12월 12일에 열렸고 우리는 멜로즈 대로에 있는 이탈리아 식당에서 밥을 먹었다. 모두들 기뻐했다.

마리아 크리스티나는 하얀색 꽃으로 만든 화관을 썼다. 프리지어나 재스민처럼 향긋하고 달콤한 향이 나는 꽃들이었다. 웨딩드레스는 부드러운 모직으로 된 짧고 흰 드레스로 10여 개의 난초가 수놓여 있었다. 난초를 수놓은 것은 말할 것도 없이 감상적인 선택이었다. 오즈는 태초 이래 가장 행복하고 가장 뿌듯하고 가장 감동한 남자 같았다. 필리트는 저녁 파티 때 잠시 일어나 자작시를 읽었다. 헌시獻詩였고 애가哀歌였다. 마리아 크리스티나는 내 독신 생활의 무덤이네, 라고 했을 것이다. 그리고 우리 모두는 두 사람의 행복과 장수를 기원했다. 우리는 그렇게 축복했다. 우리가 보기에 두 사람은 행복과 장수를 마땅히 누릴 만했다. 우리는 그 정도의 축복은 누구나 누릴 수 있는 거라고 믿었다.

마리아 크리스티나는 세계 각지에 있는 친구들에게 사진을 보냈다. 그녀가 쓴 글에, 그녀가 하는 일에, 그녀가 어떻게 되었는지에 관심이 있는 사람들이었다.

그녀가 사는 건물은 내진 건축이 되어 있다. 하지만 그날 밤 그녀는 집에 없다. 오즈와 필리트는 다 같이 살 집을 보려고 멕시코에 갔다. 마리아 크리스티나는 일이 있다. 끝내야 할 글이 있다. 소설의 마지막 부분이 그녀를 괴롭힌다. 그녀는 약간 지친 기분이고, 원하는 수준에 도달하지 못하고 있다. 하지만 전혀 힘들진 않다. 마지막 순간의 의심일 뿐이다. 처음부터 다 새로 시작할까? 극단적인 만큼 환희와 고통을 동시에 주는 생각이 머리를 스친다.

그리고 마리아 크리스티나는 차로 한 바퀴 돌려고 나간다. 공기는 차고 습하다. 그녀는 1월을 좋아한다. 비가 많이 오는 달이기도 하지만 12월로부터, 특히 12월 31일로부터 멀어지기 때문이다. 새해 첫날은 현기증이 날 정도로 빨리 멀어진다. 새해 첫날에 마리아 크리스티나가 유칼리나무에 몸이 긁히던 것을 떠올리고 혀로 의치義齒들을 더듬어보지 않는 일은 영원히 없을 테니까. 따라서 1월에는 안도의 한숨을 내쉴 수 있다. 아직 일 년은 그 더러운 기억을 멀리할 수 있다. 그녀는 집을 나간다. 밤에 혼자 나가는 일이 잦지는 않지만, 그녀는 집을 나간다. 곧 샌타모니카를 떠날 것이고, 바다 냄새를 들이마셔야겠고, 드라이브는 그녀에게 이미 명상의 형식이 되었으니까.

그녀는 북쪽으로 향한다. 샌디에이고 고속도로를 탔다가 리시다까지 직진한다. 고속도로를 막 벗어났는데, 낡은 녹색 머스탱을 타고 익숙한 차 안에서 아늑한 기분을 느끼고 있는데, 갑자기 눈앞에서 풍경이 뒤틀리는 것 같다. 풍경이 흔들리기 시작한다. 영화의 필름이 녹아내리는 것 같다. 길도 나무도 모든 것이 말랑말랑하고 살아 움직이는 것 같다. 리본이나 타월을 흔들어 펴는 것처럼 도로가 늘어난다. 차들이 전복한다. 물건을 제자리에 놓지 않기라도 한 것 같다. 필리트가 갖고 노는 플레이모빌의 받침대처럼 자그마한 세상인 것 같다. 앗, 위험하다, 내가 다 엎어버렸네. 경보가 울리고 집들이 무너지고 여러 층으로 된 주차장들이 통째로 폭파되고, 당연히 그 모든 게 이상하게도 동시에 일어난다. 그리고 차 앞에서 도로가 갈라진다. 도로는 그냥 둘로 쪼개진다. 사이렌 소리와 굉음과 잠에서 깬 사람들의 비명 소리 바로 밑에 무시무시한 침묵이 있다. 갈라지는 도로가 있다. 녹색 머스탱 밑의 균열이 있다. 산산조각이 난 작은 종이 자동차는 본 적도 생각한 적도 없는 곳으로 추락한다. 분해되고 분쇄되어 추락한다. 사람은 죽음을 혼자 맞이한다. 호흡 곤란을 겪으면서 다른 사람들이 멀어지는 것을 볼 시간이 없었더라도 그건 마찬가지다. 지체되어 자기 차례를 기다리는 사람들, 제 차례가 온다는 건 생각도 못 하는 사람들, 어둠 속에서 자기들을 노려보고 있는 존재를 의식하지 못하는 사람, 그런 사람들 곁에서 죽는 것은 정말 가슴 아픈 일이다. 그들은 당신 가까이에, 무방비로 있다. 그들은 당신의 손을 잡는다. 그리고 생명이 당신의 육신을 빠져나간다. 생명이 기권을 선언한다. 생명이 발광 섬유처럼 찬란한 빛을 발하면서 몸에서 빠져나가면 좋으련만 그런 일은 절대 일어나지 않는다. 그저 빛들이 천천히 꺼질 뿐이다. 그 사건은 불시에 단독으로 쓸쓸하게 일어난다. 나는 이제 풀 한 포기 자라지 못하는 헐벗은 들판일 뿐이야. 지금까지 모든 것이 이 순간을 위한 것이었어, 오래전부터 나는 이 순간을 위해 달려온 거야. 반면 집념에도 불구하고, 욕망에도 불구하고, 생명의 기운과 피와 소란스러운 심장에도 불구하고 거기에 있는 것은 갑자기 꺼지는 작은 전구들, 부러지는 척추, 우리 육신의 연약함뿐이다. 우리 육신의 연약함뿐이다. 그리고 어둠이다.

# 시계를 다시 맞추다

하지만 이것이 마리아 크리스티나 바토넨 이야기의 끝은 아니다. 내일 또 내일 또 내일 아무 일도 없을 것이라고 장담할 수는 없으므로, 이 이야기는 앞으로도 계속될 것이다. 마리아 크리스티나는 세상의 추악함으로부터 벗어나, 아이들을 사역 동물처럼 매질하며 키우는 미친 연놈들로부터 벗어나 마침내 피난처를 찾은 것일 뿐이다. 이것은 마르그리트 리쇼몽의 곁에서 보낸 오 년 동안 이모가, 못된 이모가 어느 날 자기를 찾으러 라페루즈에 올 거라는 생각을, 이모가 비행기로 와서 분홍 엉덩이 집의 북쪽 벽을 부수고, 폐허가 된 분홍 엉덩이 집에서 라페루즈로부터 먼 곳으로 데려갈 거라는 생각을 한 순간도 버리지 않았던 필리트의 이야기의 서두다. 비록 마르그리트 리쇼몽이 마리아 크리스티나에 대해 이야기하지 않았지만 성당 사람들은 필리트 주변에서 그녀의 이야기를 했고, 필리트가 할머니에게, 미사 때 사람들이 얘기하는 게 누구야? 라고 물었을 때 그녀는 아무도 아니야, 라고 했고, 아무도 아닌 이 이모는 필리트에게 일종의 희망이 되었다. 그리고 그녀가 왔다. 비록 필리트가 생각한 것만큼 웅장하게 등장하지 않았고 뜻밖에도 이모를 오게 한 것은 할머니였지만, 그녀는 왔다. 부탁이니 그녀가 필리트를 라페루즈에 버리고 떠나려 했다는 것은 잊도록 하자. 그녀가 왔다는 것은 필리트가 숫자를 알게 된 뒤로 매일같이 매달렸던 그 모든 작은 마법들이 목표에 도달했음을 의미한다. 그는 이제 다시는 메나와 교주의 아들이 아닐 것이다. 마르그리트 리쇼몽의 악귀 같은 손자가 아닐 것이다(그녀는 가끔 필리트를 디아볼로, 악마 선생, 메피스토 등으로 부르곤 했다). 이제 그는 마리아 크리스티나 바토넨의 아들일 것이다. 1994년 1월 17일의 지진 때문에 그는 안락함이 사람을 연약하게 만든다는 사실을 배웠다. 그래서 그는 수 세는 일을 재개했다. 그리고 오즈 미트자베르즈브키의 아들이 되었다. 필리트로서는 최선의 상황이었다. 그는 메나와 비앵브뉘 교주님과 늙은 마르그리트 리쇼몽이 어떻게 되었는지 알고 싶지 않았다. 덜 착한 사람들이 더 착한 사람들보다 오래 산다. 이 불완전한 세상은 그렇다. 또한 필리트는 오즈 옆에서만 괴로움을 견딜 수 있었다.

괴로움과 희망을 나누기에는 오즈만 한 사람도 없었다. 그리고 클라라문트 역시 마리아 크리스티나 바토넨보다 오래 살았다. 1994년 1월 17일 이후 그가 한 이야기들은 전부 새빨간 거짓말이다. 그는 실크 케이프라도 걸치듯 커다랗고 로맨틱한 상복을 입었고, 우아한 홀아비의 모습을 꾸며냈다. 나는 여기서 그가한 거짓말과 그가 스스로에게 부여한 화려한 역할을 가급적 줄여서 이야기하려고 노력했다. 하지만 오즈는 나에게 늘 말한다. 그건 중요하지 않아, 이제 중요하지 않아. 클라라문트는 오즈와 마리아 크리스티나가 결혼한 것을 알았을 때 이미 크게 무너졌다. 배은망덕한 것들이 실패하는 꼴은 얼마나 고소한지! 끔찍한 작자들이 몰락하는 꼴은 얼마나 고소한지! 마리아 크리스티나라면 말했을 것이다. 클라라문트는 신경 쓰지 마. 평화롭게 망하게 내버려둬. 루저들에게도, 표절꾼들에게도, 불한당들에게도 어느 정도는 은총이 있게 마련이니까.

# 불한당들에게도 은총이

첫판 1쇄 펴낸날  2015년 10월 23일

지은이 | 베로니크 오발데
옮긴이 | 이충민
펴낸이 | 박남희
기획·편집 | 박남주, 김지연
마케팅 | 유리나
디자인 | 정연화
관리 | 박효진

종이 | 화인페이퍼
인쇄·제본 | 한영문화사

펴낸곳 | (주)뮤진트리
출판등록 | 2007년 11월 28일 제318-2007-000130호
주소 | 서울시 마포구 토정로 135 (상수동) M빌딩
전화 | (02)2676-7117  팩스 | (02)2676-5261
E-mail | geist6@hanmail.net

ISBN 978-89-94015-83-5 03860

*잘못된 책은 교환해드립니다.